你说，人要是没感情该有多好？
可是，那跟死了有什么区别？

饶了双
2024.12.3

20周年
纪念版
2004-2022

小妖的金色城堡

饶雪漫 著

北京时代华文书局

图书在版编目（CIP）数据

小妖的金色城堡：20周年纪念版 / 饶雪漫著 . 北京：北京时代华文书局，2025. 1. --ISBN 978-7-5699-5918-5

Ⅰ . I247.5

中国国家版本馆 CIP 数据核字第 2024GT7802 号

Xiaoyao De Jinse Chengbao:20 Zhounian Jinianban

出 版 人：陈　涛
选题策划：赵　颖
责任编辑：畅岩海
责任校对：薛　治
装帧设计：唐小迪
责任印制：訾　敬

出版发行：北京时代华文书局 http://www.bjsdsj.com.cn
　　　　　北京市东城区安定门外大街 138 号皇城国际大厦 A 座 8 层
　　　　　邮编：100011　电话：010-64263661 64261528
印　　刷：北京美图印务有限公司
开　　本：880 mm×1230 mm　　1/32　成品尺寸：140 mm×200 mm
印　　张：11.25　　　　　　　　字　　数：282 千字
版　　次：2025 年 1 月第 1 版　印　　次：2025 年 1 月第 1 次印刷
定　　价：49.80 元

目录
CONTENT

上部 小妖的金色城堡

目 录
CONTENT

下部　没有人像我一样

上部

小妖的金色城堡

有点儿寂寞，
有点儿痛，
有点儿张扬，
有点儿不知所措，
有点儿需要安慰。
那么，
点开它，
它很美。

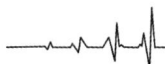

第 一 章

妖精七七

不白的白天
暗涌的黑夜
我看得见我的颜色
一个干净的孩子
没有绝望
因为破碎
仰望天空

林涣之看着我，我看着他。

这么多年来，我一直喊他林涣之，而他一直喊我七七。这应该是我第三次离家出走，前两次他都很轻易地找到了我，而这一次，他足足找了我五天。我被他活生生堵在网吧的门口，有点儿尴尬，看了他几秒钟，目光随即移到地面。

他略带讥讽地对我说："怎么，你没去阿富汗？"

和他吵架的时候，我曾说过我要去阿富汗，让他永远也找不到我。我当然去不了阿富汗，我甚至没有勇气坐火车去外地，于是，我整日在这座熟悉的城市里和他玩儿捉迷藏。我的日子过得并不差，临走的时候我偷了他一千多块钱，现在口袋里只剩几个硬币了。不过，刚才在网上聊天，布衣说他可以收留我，我们已经约好了见面的时间和地点。我告诉他我穿白色 T 恤，旧旧的牛仔裤，背玫瑰红色的小包，头发很长，看起来很美。

布衣呵呵地笑着说："我当然知道妖精七七是美女，我也是精明人呢，要不是为了美女我可不会赴约。"

我的想法其实很简单，我只想蹭布衣一顿晚饭。网友虽说不可靠，可在关键的时候解决一下温饱问题应该还是可以的。我们约在"圣地亚"，一家不错的西餐厅，我让他带着卡来赴约，可千万别付不起账。

他嘿嘿地笑，说："为了美女七七，我是上刀山下火海都在所不辞，更何况只是刷一刷小卡呢。"网上的人一向这么油嘴滑舌，我当然不会感动，心里盘算的只是待会儿应该点些什么好吃的来好好慰劳一下我饥肠辘辘的肚子。

可是我没想到的是，我被林涣之找到了。

他冲我抬抬下巴，我乖乖地上了他的车。他一言不发地开车，和往常一样。在他非常生气的时候，他总是一言不发。我受不了这种沉默的折磨，于是我开口说："找我是不是因为又花了你不少钱？"

"是。"他说。

"你不用来找我，"我说，"我可以过得很好。"

"是吗？"他像看穿我一般说，"就凭你兜里那几块钱？"

我涨红了脸，猛然意识到也许这些天他都在跟踪我，在我无能为力的时候，他才突然出现在我面前。他接下来的话证明了我的猜想，他说："你住的那家宾馆虽然便宜，但热水总是供应不上。你要是往前走二十米就会发现有家三星级的宾馆，单人间打折，又好又划算，而且更安全。"

我把头低下来，一直低到双膝上，连愤怒都失去力气了。

这么多年了，我一直都不是他的对手。

真的，过去很多年了，我一直都记得那个下午。天下着很大的雨。雨水浑浊而粗暴，将孤儿院的窗玻璃打得肮脏不堪。我敢保证从那以后我再也没有见过那样铺天盖地的雨，像是要把整个世界活活地

淹没。林涣之就靠着那扇窗站在那里，目光从我们十几个孩子的脸上一一扫过，然后，忽然指着我，说："就她。"

"七七？"院长说，"这孩子有点儿孤僻，脾气也不大好。"

林涣之并不答她，而是走过来，在我的面前蹲下，伸出手对我说："你叫七七？我们握个手好吗？以后将由我来照顾你的生活。"

"有公主裙穿吗？"我问他。罗宁子被人收养后曾回来看过我们，她穿着漂亮的公主裙，给我们每个人糖吃，我把她给我的糖狠狠地扔到厕所里。

"有，"他咧开嘴笑了，"从此以后，你要什么就有什么。"

我对自己的身世知之甚少，除了知道自己姓叶。在孤儿院里，他们都叫我七七，叶七七。林涣之领养我之后，并没有要求我跟他同姓，只是为了上学方便替我另起了一个学名，叫叶小寂。

寂寞的寂。

我明白，他是寂寞的大人，我是寂寞的孩子。

我们相依为命。

九岁那年，我遭遇过一次骨折。一辆疾驰而过的摩托车撞断了我的手臂，那种疼痛对于一个九岁的孩子而言是难以忍受的。做完手术，我在昏暗的病房里醒来，看到他立在窗前的背影，第一次感觉到"安全"这个词的含义所在。

他听到我的声音，走到床边，俯下身对我说："七七，对不起，我没有照顾好你。"

"我的手还能动吗？"这是我最关心的问题。

"能。医生向我保证，它会跟以前一样。"

"我想吃冰激凌，现在。"

"好的，"他温和地说，"你想要什么都可以。"

他没有食言，真的给了我一切我想要的东西，答应了我很多无理的要求，甚至包括在高二的时候休学一年。

3

其实这是我的花招。我不想念书了，我一到课堂上就头晕脑涨，不然，我也不会在数学课上把那个老师扔向我的粉笔头重新扔回到他的脸上，更不会和我不喜欢的那个男生在教室里拥吻。那个男生长得像某个明星，有很多人追，最夸张的一次是有个女生为了索要他的签名追他，一直追到男厕所。

可我发誓，我真的没有一秒钟喜欢过他。

我甚至连他的名字都弄不清楚，到底是叫曾伟，还是曾炜。

我就这样洒脱地离开了学校。

麦子来看我，我把门关起来不见她。她是医生，也是林涣之的老朋友，比林涣之要小十来岁，他们因为我的"骨折事件"相识。当年，她是我的主治医师，后来不知怎么搞的，就成了我们的"家庭医生"。林涣之和我一样，生平最怕的事情就是去医院，所以一有点儿小病小灾的，麦子多半会随叫随到。她的医术好像还可以，最主要的是打针不疼。她一面说着"七七你喜不喜欢游泳，我们有空去海边"，一面就将针管神不知鬼不觉地扎到我的屁股上，然后轻快地说："好啦，明天就活蹦乱跳了。"

日久生情这个词儿一点儿没错，麦子就这样慢慢地喜欢上了林涣之。麦子认识我们的时候还是个小姑娘，可是她一直不嫁人。我也知道，她不喜欢我。我偷听到她对林涣之说："你要多带七七出去玩玩，不然发展成抑郁症可就麻烦了。"

"别瞎说。"林涣之回她。

"我是医生，还能吓你？"

林涣之沉默了。

后来，他说要带我去欧洲旅行。他把护照都办好了，可是我却死活都不愿意去，我就是不想让他们称心。麦子来劝我，说了很多冠冕堂皇的话。我恶狠狠地说："闭嘴！你想去你直说！"她愣了好一会儿，眼泪就要出来了。林涣之叹了口气，把她拉走了。

不上学的日子，我并不爱出门，而是常常泡在网上。偶尔我会和林涣之吵架，比如他让我去英语口语培训班时，或者指责我的服装太过前卫时。每一次吵完，我都筋疲力尽。我不是没有想过要缓和一下我们之间的关系，但实际上却是一日比一日糟糕。

这不，糟糕到必须离家出走，才有可能解决问题。

当然，这些问题也只是短暂地被解决，完全解决是不可能的，除非有一天，我真正地、完全地离开那个家。

我跟林涣之说："我饿了，要去'圣地亚'。"他握着方向盘说："没问题。"

我知道他会迁就我，这是他的弱点。他总是以迁就我来衬出自己的宽容和伟大，心甘情愿地被我屡屡利用来证明他无悔当初的选择。可惜我并不感激他，我不止一次没有良心地想，我宁愿在孤儿院里长到今天，也许平庸，也许无奈，却肯定不会伤痕累累。

那一顿我吃了很多，仿佛只有吃才可以弥补我所有的不快。林涣之却全无食欲，在我的对面慢悠悠地品着一杯炭烧咖啡。我一面往死里吃，一面禁不住东张西望，偌大的餐厅里并没有一个单身的男子的身影。那个叫布衣的，也许压根就没来。不过，我倒是有兴趣看看他到底长什么样子，这个唯一有本事在网上逗得我哈哈大笑的男人，究竟是何方神圣。

趁着林涣之去洗手间，我悄悄地打开了手机。为了避免被找到，手机很多天都没打开。刚一打开，短信息就蜂拥而至。大部分都是以前那个姓曾的自以为是的帅哥发来的。

我一愤怒，就把手机关掉了。

还是没有一个人看上去像是布衣，这个世界真是充满欺骗，让人绝望。

林涣之远远地走过来，他看上去很帅。以前，我们班所有的同学都羡慕我有个既帅又有钱的老爸，可是我从没叫过他一声爸爸，

他也从不这样要求我。我一直想弄清楚我到底是爱他还是恨他，但是，我一直都弄不清楚。

我相信他也是，我们彼此彼此。

他坐下来，问我："吃饱没？没吃饱还可以外带。"

"你只是当养了一头猪。"我不惜诋毁自己来回报他的讥讽。

"呵呵，"他笑，"猪浑身都是宝。"言下之意很明了！

我提醒自己不能发火，发火就是认输，于是我微笑地说："错也好，对也好，还不都是你自己的选择。你要原谅我，我那时只有六岁。"

他依然笑，说："你知道吗？如今三岁的宝宝都会骂母亲：谁让你当初生下我来？"言下之意也很明了，你的智商和三岁小孩儿无异！

我放弃与他斗嘴，把一杯橙汁喝得咚咚有声。

回到家天色已暗，准确地说，这里是林涣之的家，不是我的家。家很大，有四层楼。如果是我一个人待着，我会冷得发抖。我这人和很多人不同，即使是在炎热的夏天，我的手脚也总是冰冰凉凉的。林涣之的秘书曾经为此给我买过很贵的保健品。那个姓朱的秘书削尖了脑袋想要嫁给他，可是林涣之对婚姻一点儿兴趣也没有。他连总把自己扮成温柔贤淑样儿的麦子都不肯娶，更何况那个姓朱的老是把眼皮涂得金光闪闪的俗气女人呢。

他不许我吃那种被朱秘书吹得天花乱坠的胶囊，淡淡地说："女孩子不要乱吃这些东西。"一转手就送给了一直照顾我们饮食起居的伍妈。

见我们回家，伍妈脸上露出欣慰的神色，呵斥我说："去去去，洗个澡，衣服换下来给我！"

她夸张地捂着鼻子，好像我刚从难民营回来。

客厅里有棵奇怪的植物，一年四季郁郁葱葱的，林涣之很钟爱

它，亲自给它浇水。我朝伍妈做了个鬼脸，倒坐在客厅的沙发上，肚子饱胀得一句话也不想说。林涣之拿着花洒在那里不知疲倦地浇着水。我知道我们之间不会再有争吵，每一次争执结束的时候都是如此地平淡无味，毫无刺激。我站起来，往楼上我的房间走去的时候，他忽然喊住了我："七七。"

我停下脚步。

他在我身后说："七七，你的头发长了，应该剪短一些。"

"好吧。"我头也不回地说。

"我很累，"他说，"你要体谅我。"

我的眼泪突然流了下来，可是他看不见。我飞奔上了楼。我听到自己的脚步声在屋子里发出仓促而沉闷的声响。我跑进自己的房间，把自己扔到床上，把头埋进被子里，不让自己听到自己的呜咽声。

不知道过了多久，伍妈在身后喊我："七七！"

"别烦我！"我把头伏在枕头上喊道。

"有人找你，"伍妈说，"在楼下。"

"谁？"我问。

她朝我摇头，之后就走出了我的房间。

我把眼泪擦干后走出房间，从旋转的楼梯上看下去，我看到一张相当熟悉的脸，曾炜，还是曾伟？

我懒懒地走下去，他很欣喜地站起来，看到我一脸的不高兴，马上为自己辩解说："你的手机一直没开机。"

"我没充值，"我说，"开了也没用。"

"很多天不见你，"他说，"我知道这样很冒昧，但是我真的很想见你。你爸爸挺和气的呢。"

呵，我爸爸。对了，林涣之呢？我左顾右盼，林涣之去了哪里？

"你真不打算回来念书了吗？"他问我。

"你好好看看四周，"我说，"我还有必要念书吗？"

7

"我一直听说你家很有钱，可是，"他笑了，"我认为这和你念不念书没有太大的关系，你说呢？"

"别说无聊的话了，"我在他对面坐下，"省省力气。"

"叶小寂。"他说，"我真的很想念你。"说完，他的手放到我的膝盖上。

我看着他笑了笑，他像是被鼓动了一样，手伸过来握我的手，我突然恶作剧般地尖叫起来："啊，啊，啊啊啊……"

他吓得从沙发上跳了起来，跳得老远，脸变得通红而有趣，林涣之和伍妈不知从哪里冒了出来，林涣之用严厉的目光扫了他一眼，然后问我："怎么回事？"

男生拎起他的包落荒而逃。

看着他狼狈的样子，我忍不住哈哈大笑，笑着笑着就涌出了泪水，笑也止不住，泪也止不住。我一边哭哭笑笑一边想：我真的是疯了，我一直就是一个疯子，我需要一个医生，一个来拯救我的大慈大悲的医生。

哪怕，是麦子。

林涣之走过来，他抱住了我。我开始在他怀里颤抖，一直不停地抖。他轻轻地拍着我的背，对我说："七七，说吧，你到底想要什么？"

"我要你结婚，"我说，"和麦子结婚。"

"呵呵，"他笑道，"你不是一直不喜欢她吗？"

"可是你喜欢不是吗？"我说，"我不想成为谁谁谁的累赘。"

林涣之让我坐下，伍妈端来了茶，是林涣之最喜欢的龙井，茶雾袅袅中，林涣之一字一句地对我说："七七，我不希望你介入我的感情生活。有一点你必须清楚，我不结婚，并不是因为你。"

"可是麦子说是，所有的人都说是！"

"我是你父亲，你就不能为我受点委屈？"

我惊讶地抬起头来，我根本没想到林涣之会如此和我说话。虽说这些年作为一个父亲他尽职尽责，但是，他从没要求过我尽一丁点儿女儿的责任。我从不喊他爸爸，他也没有怪过我一点儿。

可是……

"婚姻对我而言是绳索，"林涣之说，"在领养你之前，我结过两次婚，每一次都是匆忙而痛苦地收场。我不想再走进婚姻，如果说你是我的挡箭牌，那么七七，你替我挡挡也是理所应当的，对不对？"

说真的，这种平起平坐的对话让我震惊。

"这就是你领养我的原因吗？"我问他。

"你说对了一半。"他说。

"那还有一半呢？"我追问。

"你得自己去体会。"他说。

"我恨你，"我说，"你自以为是的爱心毁了我的一生。"

"我知道你一直这么想。"林涣之说，"我当年没有选错，你的自以为是一点也不比我差，我俩惺惺相惜，注定有缘相遇。"

我实在说不出话来。

过了很久我说："我要出国读书，法国、美国、澳洲，哪里都行。"

"我会考虑。"他告诉我。

我看着他，认真地说："我会一直充满热切的期待。"

他笑了，问我："什么时候学会文绉绉地说话了？"

"你该问我何时起已经长大，"我说，"我已经十七岁了，很快就十八、十九、二十。我会恋爱，会嫁人，会离开你，你应该早点做好这样的准备。所以，提前赶我出门未必不是最好的选择。"

他被我的话准确击中，埋着头无力地朝我挥挥手，示意我离开。

我离开，上楼。开机，上网。

伍妈随即上来，探进半个脑袋，对我说："七七，你要是再闹事，

我就用皮鞭子抽你！"

我知道伍妈不会，她很爱我。我跟她女儿是同一天生日，她做了好吃的，总是一式两份。要是逛街看到漂亮的衣服，会买两件。我朝她吐吐舌头，她对我说："你爸爸很伤心。你很过分。我要回家了，你自己好好反省反省！"

"再见。"我飞快地敲着键盘，头也不回地说。

她替我关门，声音很大，我耸耸肩，头也不回。

我进了"城堡"，那是一个我常去的网站，是一个个人网站，访客量非常有限。最初吸引我的是它的名字，全名叫"小妖的金色城堡"。几乎全黑的背景下有一座小而金色的城堡，旁边是一行浅浅的小字：有点儿寂寞，有点儿痛，有点儿张扬，有点儿不知所措，有点儿需要安慰。那么，点开它，有点儿美。

这些"有点儿"仿佛我都有，所以，我成了它的常客。

版主叫优诺，一个笑容甜美的女生，读大学，学的是中文。听说还出过书，她的文字很美。有时看她写的文字，我会莫名其妙地掉下泪来。在知道我和她在同一个城市后，她的网站对我来说更多了一层亲切感。

今晚，布衣不在，优诺不在，暴暴蓝孤独地待在聊天室，见我进去，送过来一个龇牙咧嘴的微笑，然后说："坏坏的妖精七七，你气坏了布衣！"

"布衣，他在哪里？"

"他在夜风里等了你三个小时，现在回家痛哭去了。"

"嘿嘿，"我说，"暴暴蓝你不要受他骗，他放我鸽子，我连他影子都没看见！"

"网络法官我不做，"暴暴蓝说，"快去看我新作！"

"不去，我不去，"我说，"我讨厌你的文章里全是一个男人的影子，没出息，没劲，不刺激。"

"妖精七七真笨。"

"骂得好。"

"妖精七七是神经病。"

"骂得妙。"

"妖妖七七没良心。"

"一点儿没错。"

……

暴暴蓝一直骂下去，我就这么一直没有自尊地应承下去，直到她骂够了，停了下来。聊天室里静悄悄的，我的手指离开键盘拿水喝。

暴暴蓝忽然哇哇大哭。

我问她："真哭还是假哭？"

"真哭，"她说，"就要高考了，可是我还什么都不会。"

"你不是会上网吗？"她骂我那么久，也该轮到我报仇了。

"我想自杀。"暴暴蓝说。

"吃安眠药比较不痛。"我建议。

"我想像张国荣那样从楼上往下跳，"她说，"死前飞一把，也够浪漫。"

"那你捎上我，"我说，"我陪你一起跳算了。"

"再带只降落伞，"暴暴蓝咯咯地笑起来，"咱们没死先把咱们妈吓死了。"

"我没妈，"我说。

"我叛逆那会儿也总这么说，"暴暴蓝说，"其实有妈没妈也没啥两样儿！"说完，她下线了，留下一个孤独的我。网上到处飞着怀念张国荣的帖子，我点开他的一首歌来听，是我不熟悉的粤语，寂寞而深情的男声。他们说，他有抑郁症。

麦子说过，我也有可能得了抑郁症。

我恨麦子，恨这个看似温柔体贴的女人，恨她对我恶毒的诅咒。

我一定会报复她，迟早。

外面传来车子发动的声音，我知道，他出去了。这个家对他而言，不过是旅馆和饭店。我跑到阳台上，看着他的车毫不留情地绝尘而去，我忽然恶毒地想，让他开得快些再快些，如果他出了车祸，如果他断胳膊断腿，如果他永远回不来……

我担心我前世一定是个恶人，不然，我的心里怎么会常常冒出这种恶毒的心思？它仿佛来自一个神秘幽深的洞穴，如深红色的丝线一般绵绵无休地被吐出，再将我缠成一个不能动弹的茧。

当然，这都是幻想而已。上帝对我而言，从来不曾给予过任何承诺和眷顾。他把我随心所欲地丢在一个地方，然后完全不负责任地忘掉我的存在。

夜安静得让人发疯。我裹紧了衣服看暴暴蓝的新帖。她没有写张国荣，她在写她自己，写她和某个男人的冷战，写得让人心酸和绝望。我没有对暴暴蓝说实话，其实我是喜欢她的文字的，她根本用不着读书，她可以去当作家。当作家就可以养活自己，我一直记得她在一则帖子里说过：我一路狂奔，渴望着在拥挤匆忙的人群里找到一张和我相似的面孔，她有和我相似的命运。我可以在她的身上看到自己生命的参照，何去何从，不再那么彷徨。

她说到我心里去了，我其实一直都在潜意识里寻找着那张与自己相似的面孔。那个人或许是我的母亲，或许是我的父亲。他可以告诉我，我究竟来自何方，应该去向何处。

只是这种相逢总是在黑夜的梦里，我与那张脸永远隔着无法触及的距离。当我醒来，周围是林涣之给我的一个华美的世界，我在这个世界里处处碰壁、狼狈不堪、顾虑重重，最终伤痕累累，永远也找不到出口。

这不是我想要的金色城堡，我从六岁的那一年穿着公主裙随林涣之跨进他的家门的那一刻起，就深深地知道。

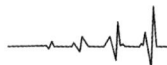

第 二 章

暴 暴 蓝

绽放 我一直在努力地绽放
想像一朵花
开得诡异而丰满
可是 荒凉的诺言让我一次次半途而废
如果你责备我
请忘记我妩媚的眼泪

暴暴蓝走出学校大门的时候，天是灰色的。

四月里居然有如此灰色的天空，真是让人绝望。春光像藏匿在玻璃球里的鲜花，只能观望却无法触及。暴暴蓝一边走一边挣扎，到底是回家，还是去涂鸦那里呢？

这时，班主任从校园里一路追出来，扯着嗓子喊："倪幸，倪幸，你等等！"

暴暴蓝想了很久才停下脚步，这是在叫我吗？对呢，自己叫倪幸，可是这个名字听起来，怎么会那么陌生？

"倪幸！"老师气喘吁吁地说，"一转眼你就不见了，好不容易才追上你。你看看这篇文章是不是你写的？"

老师手里拿着一本很流行的时尚杂志，这杂志班上很多同学都喜欢看，封面上有一行醒目的标题——我们的高三是场甜美的骗局。

老师愤怒的手指此刻就愤怒地指在上面。

"是，"暴暴蓝说，"是我写的，怎么了？"

"这话是什么意思？"老师把她拉到一边说，"什么叫骗局？你这些古里古怪的文字都是从哪里学来的？你知道这本书有多少同学在看吗？你知道影响有多恶劣吗？要是被校长知道，一定以为你在骂我们学校，你说该怎么收场？"

"我不知道，"暴暴蓝无可奈何地说，"你小题大做了吧。"

"倪幸，你数数，还有几天就要高考了？我都替你急，你到底有多少把握？想凭着会写两篇文章就让大学录取你，我告诉你，那简单是黄粱一梦！"

"谢谢您提醒，"暴暴蓝笑嘻嘻地把她手中的杂志抢过来说，"我还没收到样书呢，这本正好送我吧。我记住了，下次一定注意用词。"

"什么杂志，什么编辑，我要找他们！"老师还在愤愤不平。她已人到中年，身材发福，儿子不争气，最怕的是校长。暴暴蓝很同情她，所以不跟她吵。暴暴蓝手里拿着杂志，脚步轻快地远去了。

算一算，应该有一笔不错的稿费，至少可以请涂鸦去五次咖啡馆。

想到涂鸦，暴暴蓝的心开始凶猛地疼痛起来。从吵架到现在，有六十八个小时了，涂鸦曾经无比自信地说过："小暴你不要和我吵，你七十二小时内准投降。"他说这话的时候脸色坏坏的，嘴里叼着一根烟，用斜斜的目光瞄着她。

暴暴蓝喜欢他叫自己小暴，别人表示亲热都叫小蓝，可是他叫她小暴，叫得暴暴蓝的心像被什么呼啦一下子拎起来，然后就是荡秋千一样的甜蜜。

说起来有点儿老土，她和涂鸦是在网络上认识的。涂鸦是美院的学生，有一次他给她贴在论坛上的文章配上了很美的图画，然后说："我居然会喜欢上这些妖里妖气的文字。"

暴暴蓝说："谢谢你。"

他们就是这样认识的。

很巧，越过偌大的网络，他们发现自己和对方居然生活在同一个城市。遥远的距离忽然被拉近，说话的时候就多了一些亲切，比如，哪条路修好了，哪里的炒冰口味不错，哪家书店装饰得最有品位等。

半年后，涂鸦先提出见面，暴暴蓝想也没想就同意了。一切都是那么地水到渠成。在广场巨大的喷水池边，他们迅速地认出彼此，然后走向对方。涂鸦的手自然地环上她的肩，暴暴蓝吓得一缩，往后躲了躲。涂鸦哈哈地笑起来，搂紧了她说："小暴同志，你跟我想象中的一模一样。"

涂鸦也和暴暴蓝想象中差不多，只是还要更漂亮一些，像极了他自己画中的那些美少年——英俊的脸庞，桀骜不驯的眼神。比网络中的他还要危险。暴暴蓝不露声色地将他放在她脖子上的手臂移开，跳起来去摸一朵树上的粉白色花朵。

涂鸦在她的身后点燃一根烟，眯起眼睛说："你是我的第一个女朋友。"

"是吗？"暴暴蓝抓着花朵回头。

"少女型的。"涂鸦说完哈哈大笑起来。

暴暴蓝慌里慌张地跳上一辆出租车跟他说再见。她有点儿怕涂鸦，他和她以往认识的男生有很大的不同。她很怕会发生什么，所以本能地想保护自己。但是，相逢已成定局，涂鸦追得很紧，替她画了一张暴暴蓝迄今为止最喜欢的图画——少女的一张脸，是黑白底色的。脸被半朵娇艳的花挡住了，只能看到少女的眼神，清澈如水却充满渴望。

涂鸦把它叫作：一朵半途而废的花。

这幅画并没有公开发表，甚至在网络上也没有。它静静地躺在暴暴蓝的信箱里，诱惑暴暴蓝流下了许多泪水。第二次见面是在一家咖啡馆，涂鸦亲手把画送给了她，暴暴蓝微笑地接过来，跟他说

谢谢。然后说：“你请我喝什么？”

“应该是你请客。”涂鸦说。

“为什么？”

涂鸦笑了，说：“你把我们的故事写出来发表了，别以为我不知道。”

暴暴蓝吓了很大一跳，她以为涂鸦不知道。在她看来，涂鸦不会看那种充满小资情调的杂志。因为那篇文章泄露了太多的自我，所以她投稿的时候根本没用真名，连暴暴蓝这个名字都没用，除了那个编辑知道真相。暴暴蓝正要狡辩，涂鸦胸有成竹地打断了她的阴谋说：“世界太小了，我替那家杂志画插图快两年了，你的稿子我一眼就看得出来。”

“吹。”暴暴蓝说，心里却很服气。还有，一些开心。

文字，也是需要知己的。

“你怎么那么喜欢写字？”涂鸦忽然问道。

“因为我寂寞。”暴暴蓝毫不掩饰地说。

“你没有朋友吗？”

“没有。”

“父母呢？”

“他们忙。”暴暴蓝不愿意多说。

涂鸦的手从桌面上伸出来握住了她的手。隔着一只透明的、长长的玻璃杯，他轻轻地吻了暴暴蓝的脸颊，一切都和暴暴蓝的小说一模一样。然后他对暴暴蓝说：“我是你寂寞的终结者，我向你保证。”

那天，暴暴蓝跟着涂鸦去了他又脏又乱的出租屋。暴暴蓝有些局促地坐在涂鸦的小床边，看他的画。他画了很多画，放在床边的一个大木桶里，每一张都让暴暴蓝爱不释手。涂鸦坐到她的身边，他们靠得很近。暴暴蓝第一次清晰地感受到一个男生的气息，有如风暴一般不可抗拒的诱惑力。

"你很有前途呢。"暴暴蓝拿起一幅画展开，不露声色地站起来，装作用心欣赏的样子。

涂鸦一把把画扯下，把暴暴蓝拖到他腿上坐下，紧紧搂住她说："我要吻你，你给我把眼睛闭上！"

暴暴蓝闭上了眼睛。

可是涂鸦的吻并没有真正地落下来，他只是爱怜地替她把眼角的泪擦掉，用从没有过的温柔语气说："你瞧，我吓坏你了。"

暴暴蓝真的吓坏了，所以抱紧了涂鸦，好久才松开手。

这时暴暴蓝已经高二，是第一次真正意义上地爱上一个男生。在这之前她有过一次暗恋，在初三的时候。对方是一位物理老师，刚从学校毕业，暴暴蓝喜欢他在黑板上写字时的手指，有力而优美。因为暗恋物理老师，她曾经将一度令她头疼的物理成绩提到了自己的历史最高水平。后来物理老师恋爱了，对象是一个高大的北方女人。暴暴蓝在街头偶遇过他们，新婚不久的他们一前一后地走着，老师的手里拎着一大包乱七八糟的菜，脸上的表情是对生活隐忍的痛苦。因为这个表情，暴暴蓝回家狠狠地痛哭了一场。她为这个老师写过很多的字，只是，他从来不知道，也永远都不会知道了。

至于涂鸦，是一场甜美的意外。

将爱情写得天花乱坠，但从没有爱情实战经验的暴暴蓝，在爱情游戏里当然没有涂鸦游刃有余，兴奋的同时也会有莫名的恐慌。暴暴蓝潜藏的文字天赋被这场恋爱无限地激活，于是，她在网上没日没夜地写字，一写就没有办法停下来。涂鸦点着她的鼻子说你有文字癖，你是有文字癖的小妖。暴暴蓝低着头咯咯地笑。

在她看来，涂鸦说的话总是有道理的，何况她常去的网站，就叫"小妖的金色城堡"。那是一个访客不多，但是能让暴暴蓝觉得安全的网站。版主优诺会写很美的文字，还出过一本很漂亮的散文集，暴暴蓝就是从她的书中找到她的网站的。优诺很欣赏暴暴蓝，

给她做了专门的电子文集，在首页做了大力的推荐。暴暴蓝的文集很唯美很漂亮。

里面的图，大多都是涂鸦的作品。

大家都说，文字和图是天衣无缝地相配。

但暴暴蓝和涂鸦却不是。恋爱三个月后，他们开始吵架了。都是因为一些无所谓的小事，常常是暴暴蓝挑起战争，也常常是暴暴蓝委曲求全地结束战争。恋爱甜蜜和无情的折磨让暴暴蓝的文字一日比一日颓废。好在这种颓废正在风行，暴暴蓝的字开始可以卖钱了，而且往往是在杂志显眼的版面，于是挣到了比想象中还要多的钱。

她越来越多地被编辑们注意，信箱里总是堆满了各种各样的约稿信，每月的稿费足够她花费，甚至有不少的结余。终于有一天，一个出版社的编辑对她说："我们社最近计划力推一个文学新人，你愿意的话，我们见面谈谈？"

当然是愿意的。

暴暴蓝和那位编辑在出版大楼里见面。那是个年轻的编辑，戴副眼镜，看上去很精明的样子。他一见暴暴蓝就惊呼说："你高三？"

暴暴蓝点点头。

"你太瘦弱了，应该多吃点，"他的语气里充满了怜爱，然后，他夸暴暴蓝说，"你的文字太天然了，你那不可多得的天赋，可以让你在故事里出入自如，只要有机会，你可以红透半边天……"

"要我写点什么？"暴暴蓝打断了他长篇大论的吹捧。

"只要写你自己，"编辑拿着一支笔在桌上点来点去，"一个真实的自己，一个女高中生真实的生活。可以残酷，可以绝望，总之，一定要让人充满好奇。"

"有版税拿吗？"暴暴蓝问。

"有。"编辑说，"我们看稿说话，不在乎是不是名家。"

"百分之多少？"

"百分之八，行不行？"

"行，我写，"暴暴蓝说，"很快就可以交稿。"

"不会影响你的学习吧？"编辑有些担心地问，"你可是马上要高考了。"

"那是我自己的事。"暴暴蓝背起小包跟编辑说再见。走出那栋大楼的时候，心是飞扬的。终于可以出自己的书了，写了这么久，等了这么久，终于美梦成真了！这是一个很好的机会，不是吗？

虽然她并不喜欢那个看上去贼眉鼠眼，名片上印着"主任"两个烫金字的编辑。

好消息自然是第一个告诉涂鸦。"我写，你画，"暴暴蓝激动得脸蛋绯红，"这样一来，可以让全世界都见证我们的爱情！我想过了，这一定会是一本畅销书。有了钱，我们就一起去巴黎！"

可是涂鸦并没有显出激动，他淡淡地说："你真打算写吗？"

"当然。"

涂鸦手里拿着那个编辑给暴暴蓝的策划，笑着再问："你真的打算出卖自己？"

"你什么意思？"暴暴蓝睁大了眼睛。

"呵呵，你都打算写些什么？你的青春，你的恋爱，你的堕落？"涂鸦的声音越来越大，他把手里的纸愤怒地揉成一团扔向窗外，高声喊道："你可以出卖你自己，可是我警告你，你不可以再写我！我们之间一丁点儿芝麻大的小事你都拿出去贩卖，我真的已经受够你了！"

"你在嫉妒我！"暴暴蓝流着泪本能地反击，"我要出书了，我要成名了，所以你嫉妒我，你嫉妒我，你不要脸！"

"就算是吧，"涂鸦轻描淡写地说，"看你那泼妇的样儿！"

这是争吵最激烈的一次，相互都有人身攻击。暴暴蓝流着泪从

涂鸦的住处跑出来，当时的她以为这会是他们最后一次争吵，从此以后，涂鸦再也伤害不了她。

因为，她决定和涂鸦分手。

分手，永远都不要再见到他！

可是在第六十八个小时的时候，暴暴蓝动摇了。

在公交车站台徘徊了十分钟，她最终踏上了开往美院的小巴。

涂鸦并不住在美院里，而是在美院附近租的房子。那是一幢旧式的两层小楼，房东早已搬到闹市区。这里全租给像涂鸦这样的学生，一人住一小间，共用卫生间和厨房。这个时间，涂鸦应该在家里。淡绿色的窗帘拉得死死的，他总是喜欢熬夜，然后选这种不合时宜的时间酣睡。暴暴蓝站在楼下的梧桐树下给他发了一条短信息："现在是第六十八个小时。"

等了许久，他没回。

暴暴蓝又发："我打算来敲你的门。"

他依然没回。暴暴蓝就上楼去敲门了，他的房间在二楼的最里面。暴暴蓝敲了很久，才听到里面有声音。门终于被打开了，门后是涂鸦。初春时分，他只穿了一件衬衫，头发是凌乱的。在他的身后，凌乱的画桌旁，坐着的是西西，她正在朝暴暴蓝露出一个尴尬的笑容。

暴暴蓝认得她，在涂鸦朋友组织的一次聚会上她们见过面。涂鸦介绍的时候是这么说的："我学妹，西西。"

学妹，呵呵。

暴暴蓝转身就走。涂鸦追出来拉住她："有什么事进来再说。"

暴暴蓝冷冷地说："你放手。"

"我要是不放呢？"涂鸦一脸不知羞耻地笑道。

"那我就甩你。"

"怎么甩？"

"就这样甩！"暴暴蓝话刚出口，一个清脆的耳光已经甩在了

涂鸦脸上，涂鸦的手一松，暴暴蓝如箭一般冲下了楼。

急速地狂奔后，才发现自己没有地方可以去。

夜风已起，暴暴蓝站在人群穿梭的街头大口大口地喘气。冷风吹进她的口又被她呼出，身上的热气开始一点点地消散，暴暴蓝感觉自己连站的力气都失去了。就在这时候手机响了，低头一看，竟是优诺。

她们没有见过面，可是，她总是在她最无助的时候出现。

"优。"暴暴蓝接起电话有气无力地喊。

那边是优诺轻快的声音："亲爱的，我现在与你呼吸着同一个城市的空气，怎么样？你打算见我一面吗？"

"真的？"暴暴蓝惊喜地说，"你怎么会来？"

"路过喽，"优诺说，"不知道算不算是一个惊喜。"

"我请你吃晚饭！"暴暴蓝赶紧说。

半小时后暴暴蓝和优诺相聚在全市最有名的咖啡店。那里的环境不错，饮料不错，还有相当不错的简餐可以吃。店里有悠扬的音乐，此刻放的是张国荣的歌：

> 抬头望星空一片静
> 我独行夜雨渐停
> 无言是此刻的冷静
> 笑问谁肝胆照应
> 风急风也清
> 告知变幻是无定
> 未明是我苦笑却未停
> ……

歌声动人，只是人已远去。暴暴蓝坐在那里感慨，其实死也是

21

需要勇气的。像张国荣那样的人也会为情所困，何况是自己。正想着，就看见优诺穿着淡蓝色的棉布裙走进来，她有一双明亮的大眼睛，笑容极为感染人。她一眼就认出坐在角落里的暴暴蓝，在她对面坐下，环顾四周，调皮地一眨眼睛说："估计这是我见网友吃得最好的一顿呢。"

"以前都在哪里？"

"在街边，吃过五毛一串的臭豆腐，"优诺爽朗地笑，"暴暴蓝你比我想象中瘦小。"

"你直接说我矮不就得了？"

"我可没那意思。女孩子娇小点儿才可爱嘛，"优诺说，"怎么单身赴约？我还以为可以看到帅哥涂鸦呢。"

"别提他，我们已经分手了。"暴暴蓝说。

"得，一天十次分手，我见怪不怪了。"

"是真的。"暴暴蓝说着，眼泪就不受控制地掉了下来。

优诺带着怀疑的表情看着暴暴蓝掉眼泪，看着看着终于相信了，说："呀，看来我来得正是时候。"

暴暴蓝抹抹眼泪，努力地笑着说："不说那些不高兴的事情了，你来了我应该高兴，我们干一杯！"

优诺一板脸说："不许喝酒，你还未成年！"

"我早独立了，"暴暴蓝说，"我爸和我妈离婚的时候我只有六岁，因为他们都再婚了，所以我就一直跟着奶奶。要知道我奶奶今年都七十岁了，她根本不管我。"

"我感觉得到，"优诺认真地说，"也许你不相信，但从你第一次到我的网站，我就感受到了你的与众不同。"

"那就说点高兴的吧！"暴暴蓝说，"我要出书了！"

"真的？"优诺说，"多让人羡慕。"

"嗯。有出版社愿意替我出书，我和他就是因为这个分手的。

他非常不高兴，认为我是在贩卖自己的隐私。"

"做你自己想做的，"优诺鼓励她说，"别让任何人改变你，这一点很重要。"

"我也许考不上大学了。"暴暴蓝说。

"那也没什么，你一定会成功的。你的书会好卖，你会有名，会忘记那些伤痛！"优诺安慰她。

"借你吉言，"暴暴蓝由衷地说，"谢谢你来看我，你来得真是时候，真的。"

"我明早就要离开这里，对了，"优诺说，"七七知道我要来见你，让我问候你。"

"七七？"暴暴蓝说，"我好喜欢她，不知道为什么，我总觉得我跟她有很多相似的地方。"

"我还没见过她呢，你下次去我那里，我们约她出来一起吃饭。"优诺说。

"等我有钱的时候一定去，请你们到最高档的饭店！"暴暴蓝豪情万丈地说，"无论如何，我都要出自己的书。"

"你一定行！"优诺鼓励她，"不过，没钱也可以来，大不了我请你吃臭豆腐。"

告别的时候她们很自然地拥抱。优诺不肯让她送，拍拍暴暴蓝的脸说："要快乐点儿哟，我会等着你的书写出来。"她是那样独立和开朗，简直让暴暴蓝嫉妒。

暴暴蓝回到家，家里前所未有地灯火通明。

原来他们都在。父亲，母亲。怕是有五年了，他们没有一起跟暴暴蓝见过面。就算是暴暴蓝过生日，也从来没有过。

妈妈一见她就说："手机号换了？怎么是空号？"

"半年前就换了。"暴暴蓝没好气地说。

"怎么这么晚才回家，要高考了，到底怎么样？想报什么学校？

有多少把握？"爸爸像新华社的记者。

暴暴蓝看看爸爸，再看看妈妈，讥笑着说："到现在才开始关心是不是太迟了？"

"倪幸，你怎么说话呢！"妈妈说，"快要考试了，你还是住到我那里去吧，我也好照顾你的饮食起居！"

"不去！"暴暴蓝说。就算她忍受得了妈妈，也忍受不了她那个只有七岁的儿子。

"那就去我那里。"爸爸拼命地抽烟，像是和烟有仇似的。

"不去不去！"暴暴蓝摇着头下逐客令，"我哪里都不去，你们快走吧，很晚了，我要睡了！"

奶奶从里屋走出来，漫不经心地说："别赶他们走，在没商量好你的大学费用到底由谁出之前，他们都不会走的。"

"你瞎说什么！"妈妈说奶奶。

"闭嘴！"爸爸呵斥妈妈。

暴暴蓝沉默地走进里屋，关上了门。书桌上，是她心爱的电脑。很多个夜晚，她都飞舞着手指在键盘上打字，不知疲倦。

在这个世界上，有那么多的亲人和朋友，可是到最后，竟都抵不上一台电脑可靠。暴暴蓝打开电脑，进入城堡。那是一座小而金色的城堡，它写着：有点儿寂寞，有点儿痛，有点儿张扬，有点儿不知所措，有点儿需要安慰。那么，点开它，有点儿美。

今天，她终于见过城堡的主人了，那是一个干净明朗的女孩子，笑起来的时候，惊天动地。她仿佛从天而降，见证一场爱情的别离。暴暴蓝这么对妖精七七说。

妖精七七也惊天动地地笑了，她说："暴暴蓝你是真的伤心吗？你要知道，这个世界上根本就没有爱情。"

"那有什么？"

"我也想知道。"七七说。

"也许我会忘了他，也许永远也不会，天知道，"暴暴蓝打着哈欠说，"我困了，现在对我而言最重要的是睡一觉。"

"不许哭。"七七说。

"是。"

"乖。"

"再见。"

"拜拜。"

奶奶敲门进来，对暴暴蓝说："他们走了。"

"下次他们来，不要开门。"暴暴蓝从口袋里掏出两百块钱递给奶奶说，"我有稿费，不用跟他们要钱！"

"他们什么时候给过钱？"奶奶接过钱，有些无奈地说，"要高考了，你要考虑好自己的将来，有很多事，奶奶怕是来不及替你考虑了。"

暴暴蓝站起来，替奶奶理了理头发说："有出版社要替我出书了。我们很快就会有钱，到时候，我带你去海南玩啊。"

奶奶一生最大的梦想就是去海南玩儿一趟，去看看天涯海角。有一次差点成行了，"夕阳红"旅行团的名都报上了，却因为暴暴蓝突然发高烧而取消了。

这件事，一直是暴暴蓝心里最大的遗憾。

"老喽，坐飞机会晕死的喽。"奶奶说，"你早点睡吧，明天还要上学呢。"

看着奶奶出去了，暴暴蓝下线，关掉电脑。涂鸦一直没上线，挂在胸前的手机也一直没响过。她知道涂鸦不会打过来，那个自大而固执的男生，他一定以为还会有另外一个七十二小时。只有暴暴蓝知道，不会有了。七十二个小时，七百二十个小时，甚至七千二百个小时以后，他们都不会再相见。

爱情是真的不存在的，就像爸爸和妈妈，爱情对他们而言已经

成为一道永不愈合的伤口和一个可耻的笑话。

所以，再见，涂鸦。

祝你和西西相处愉快。

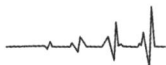

第三章

优 诺

我一直在等待 一个风起的日子
你可以陪我一起走过 春天的长堤

记忆是如此的拥挤
冲垮我们来时的每一条路
比较庆幸的是 我到底在你心上
住过一阵子

清晨七点，优诺已经走进了汽车站。

车站里的人并不多，好几个男人围上来，问她准备去哪里。优诺摇摇手，走到窗口买了一张去往目的地的车票。刚刚坐上车，手机就收到了暴暴蓝发来的短信息："亲爱的，行走快乐！很高兴见到你：）"

优诺笑笑，回："我也一样：）"

她真的很高兴见到暴暴蓝，这个娇小的，有着层出不穷的文字灵感和写不尽美妙故事的女生。优诺很少见网友，暴暴蓝是个特例。不知道为什么，优诺总是可以在她的身上看到以前的自己，如同她的文字，偶尔羞涩偶尔张扬，将女孩子的心思描绘得淋漓尽致。所以，感觉特别亲近。

她这次要去的是一个小镇，听说那里此时有怒放的樱花，所以忍不住想去看看。其实在这一年不用读书和考试的日子里，优诺仿

27

佛一直在旅行。用家教和写稿挣来的钱，背着简单的行囊，带着心爱的相机，行走，行走。

而网站上的"行走的风景"也因此成为被热捧的专栏，优诺沿途拍下很多照片，配上她独特优美的文字，再加上出手不凡的制作水准，使得本来是无心插柳的东西，意想不到地得到了无数人的认同和喜爱。

直到他发出邀请："什么时候来苏州走走？"

那是一封很简单的电子邮件，连问候都没有，只有这样的一句话："什么时候来苏州走走？"宿舍里空无一人，阳光把电脑屏幕照得一片白，优诺起身，慌乱地关掉了电脑。

她没想到，他居然会看自己的网站。他在苏州，一个那么遥远的地方，关注着自己的点点滴滴。

苏州对于优诺，一直是一个不能触碰的城市。有很多次坐车经过它，优诺从未有过停留，原因很简单，因为那里住着他。他，他的生活，这两年来，于优诺来说都是一种不愿触及的回忆。

他叫苏诚，是优诺的校友，比她高出两届，已经毕业工作了。很多时候，"过去"是一种相当蛮横的东西，尽管优诺数千次刻意地想切断它，可是往事还是会无声无息地如影随形。

遇见苏诚的那一刻，应该是优诺一生中最美丽的时刻。

那时她在念大二，出版了她的第一本散文集《春天的模样》，又当上了校报主编和校学生会副主席，真可谓春风得意。当时，她最大的爱好是在黄昏的时候去阶梯教室，听那些男生弹吉他唱歌，这支吉他队隶属于校学生会，他们一律叫她"头儿"，看到她进门就会拿着吉他一阵猛敲，然后问道："头儿，今天想听什么歌？"

优诺被这帮男生宠得有些不像话。

听歌的时候她喜欢坐到桌子上，头一点一点地，看他们纤细而有力的手指在琴弦上弹拨。男生们的声音干净极了，也纯粹极了，

只是好像用吉他伴奏的歌总有那么一点儿忧伤。她常常那样淡淡地沉浸在那种氛围里，直到晚自习的铃声不近人情地响起。

优秀的女生当然不会寂寞，因为追优诺的人很多。夜晚的时候有男生拿着玫瑰在她宿舍楼下为她唱情歌，优诺不为所动，别过脸看窗外成群的鸟斜斜地飞过天空。那是一些可以飞扬跋扈的日子，没有尝过失败的滋味，天很蓝，树很绿，花很红，毫不怀疑明天会相当美好。

直到苏诚出现。

苏诚是计算机系的学生。那时，优诺她们宿舍获准可以上网，优诺第一个申请了，但不知道为什么一上网电脑总是死机。同宿舍的清妹看到优诺气急败坏的样子，便好心地说："我有个计算机系的老乡，很厉害的哟，让他来替你调试调试吧。"

苏诚一走进来，优诺就吓了一大跳，她从来都不知道学校里居然有个长得如此有棱有角的男生，好像眉毛、鼻子都会说话一般。她一看到他，心就止不住地狂跳。

"这电脑里都是些什么东西？"苏诚一边熟练地挪动鼠标一边皱着眉头问，"怎么有那么多乱七八糟的文档。"

"那是我写的字。"优诺咬着一颗话梅说。

"你的电脑像个堆杂物的贮藏室！"苏诚回头笑着对她说，"得好好整理啦，难怪会死机呢。"

"好事做到底啦！"优诺把手里的话梅递过去说，"喏，我请你吃话梅。"

"行行好，牙会酸掉的，"苏诚一边干活一边建议说，"你写了这么多东西，干吗不在网上弄个个人主页？"

"我哪会！"优诺说。

"可以学嘛，"苏诚说，"这样的培训班很多，而且有不少网站提供自助文集，很简单的，一试就会了。"

"优诺是作家，"清妹插话说，"我们校园里的风云人物，你不会不知道吧。"

"对不起啊，"苏诚不好意思地说，"我真是孤陋寡闻。"

"什么呀，只是喜欢写点字而已。"不知道为什么，优诺急于想让苏诚知道她的厉害，简直有点儿迫不及待。于是拿出自己的散文集，装出一副漫不经心的样子对他说："喏，我的书，送你一本！算是付你的劳务费喽。"

苏诚很认真地用双手接了过去，翻开第一页后又递回来："签个名？"

优诺很认真地签下她的名字：优诺。

苏诚接过去看了一眼，笑着说："有姓优的吗？"

"笨，笔名。"

"哦，下次记得要签得龙飞凤舞一点儿！"

"为什么？"

"名人都是这样做的啊！"

"去你的！"天性活泼的优诺条件反射地出拳打他。他也不躲，任她重重地一拳打下去。她没想到他不躲，下手重了些，正打到他胸口，打得他龇牙咧嘴起来。优诺赶紧说："对不起啊，我没想到你不躲的！"

"呵！"苏诚说，"我没想到你真打！"

"打打就成冤家了。"清妹又在一旁插话，笑嘻嘻的，一副了然于胸的样子。优诺的脸腾一下就红了。

那天，苏诚是中午来的，一直忙到黄昏才算结束。优诺不好意思了，一拍手说："走啊，我请客吃饭。"

"不去了，"苏诚说，"今天我还有事，就欠着吧。"

优诺感激地发现，他很细心地把书收在了衣服里。

苏诚走后，优诺从清妹那里了解到，苏诚很快就要毕业了，女

朋友是同系的，典型的江南美女，会跟着苏诚一起回苏州。

"听说苏诚家在苏州很有实力，"清妹说，"好像挺有钱，我们同乡聚会，多半是苏诚掏钱请客呢。"

"哦。"优诺淡淡地应着。

好男生，不是来得太早，就是来得太迟。她根本没想过和苏诚之间会再有交集，如果不是那次春季运动会。那次优诺被班主任逼得没办法，报名参加了女子三千米的长跑比赛。本来参加的人就不多，好多人跑到一半就停了下来，只有优诺坚持到了最后。到了终点的那一刻，优诺只觉得头晕目眩，差一点儿栽到地上，一只手及时扶住了她，竟是担任记分员的苏诚。他的手臂是那么有力，撑起了优诺的整个身体。然后优诺就听见他说："真是够傻的，跑不动就不要跑完嘛。"

"开始了，就要坚持到结束。"优诺笑了笑，不露痕迹地从他手里挣脱。他递过来一瓶矿泉水，优诺一口气喝掉了它，然后发现他正盯着自己笑。天啊，那笑容简直是无与伦比的杀伤性武器。优诺把空瓶子扔向半空，瓶子划出了一条优美的弧线，优诺转身就走，苏诚看着优诺的背影，跳起来接住了它。

第二天，天空飘着蒙蒙细雨。优诺坐在图书馆的一侧，隔着透明的玻璃窗看着苏诚从远处慢慢地走近。他没有打伞，一身休闲装把他衬得更加挺拔。优诺看得有些发呆，良久才猛然醒悟似的重新把头埋进书里。

只是心一直无法归位。

"你好啊，优诺，"不知道过了多久，忽然有人喊她的名字，她抬头一看竟是苏诚，他站在她对面，弯腰问："我可以坐吗？"

"可以，"优诺咧嘴一笑说，"图书馆又不是我家的。"

苏诚也笑了，坐下来说："我看过你的散文了，写得真是不错！"

"那还用说？"优诺很得意。

"电脑好用了吗？"

"好用了，谢谢你。"

"昨天你真是勇敢啊，"苏诚说，"我还没见过比你更有耐力的女生呢。"

"呵呵，"优诺不好意思地说，"别夸我，我会脸红的。"

"呵呵，脸红才好看嘛，"苏诚油嘴滑舌完，马上又正经起来说，"对了，我想征求一下你的意见。我们系正在举办一个网页制作大赛，我想用你的文章，不知道可不可以？"

"可以，"优诺说，"你随便用就好了。"

"如果有事，怎么找你？"

优诺拿出便签本，写下自己的手机号码递给他。苏诚很认真地收起来，然后两人面对面地看书，不再说话了。

那天一直在下雨，仿佛约定好一般，他们在图书馆里坐到很晚。这期间苏诚的手机响过一次，不过他把它挂掉了。

快到七点的时候，苏诚问优诺："食堂没饭了，晚上你吃什么？"

"方便面喽。"优诺迅速收拾好东西跟他说再见，她当然记得自己欠苏诚一顿饭，只是希望苏诚主动提起。等了这么久，事到临头了，却突然害怕起那个邀约来。优诺在缠绵的细雨中落荒而逃，脚步和心一样凌乱。

"一见钟情"，这个世上，是否真的有这个词？

那夜，优诺失眠了。她跑到清妹的床上跟她挤在一块儿，不自觉地说起苏诚来。清妹叹了口气说："苏诚这人什么都好，就是耳根子软，挺没劲的。"

"怎么会？"优诺说，"他看上去还是挺有男子汉气概的呀。"

"反正他就是怕他女朋友。女朋友说东他不敢往西，女朋友说南他不敢往北。"

"那个女孩一定挺优秀吧。"

"我看就那样，"清妹说，"也是苏州人，听说他们是青梅竹马。因为怕苏诚被别的女生抢走，考大学的时候死活和苏诚考到了一个学校，还念一个系，搞笑！"

"她是不是有点儿傻啊，"优诺说，"爱情可不是能用绳子捆得住的呢，越紧张越容易丢失！"

"那你这个爱情专家去给她上上课啊，"清妹打趣道，"没准她还要好好谢谢你呢。"

聊天以优诺的叹息结束。清妹困了，一扭头就睡着了，优诺却翻来覆去没有睡意，差不多睁着眼过了一夜。第二天经过计算机系那栋楼的时候，不自觉地绕了弯路，自己也不知道自己到底在躲避着什么。

接下来就是五一，优诺没有回家。清妹便邀请她去参加他们的同乡聚会，并说："这次是在阳光KTV，还是苏诚请客。等他毕业了我们就没机会去那么高档的地方了，所以这次要狠狠地敲他最后一笔！"

"你们同乡聚会，我去凑什么热闹？"优诺说。

"唉，我们这些人唱歌都不专业。苏诚让我找几个会唱的，还特地跟我提起你呢，"清妹说，"你是专业水准，错不了的！去啦，算是给我个面子！"

反正假期漫长，优诺没有再拒绝。

那是优诺第一次见到苏诚的女朋友，她叫田田，是个身材很纤细很柔弱的一个女生，跟谁都笑吟吟的。苏诚很体贴地给优诺端来一杯茶，笑着说："大明星今天来撑场面，真是谢谢啦。"

"别唬我。"优诺尽量自然地说，说完就和清妹她们说说笑笑起来，不再去看苏诚和他女朋友。

优诺唱歌不错，所以那晚的优诺真的成了明星，只要一唱就会换来满堂的喝彩。最后一首，她近乎恶作剧般地点了赵咏华的《相

见太晚》：

> 如果相见不会太晚，我们就不会悲伤
> 和你堂堂地手牵手，过得好简单
> 若我有天不见了，或许你会比较快乐
> 虽然有万般舍不得，也不愿看你难割舍
> 若我有天不在了，请你原谅我的困扰
> 虽然你给我的不算少，只是我没福气要
> ……

间奏的时候，优诺的视线和某个人有一秒钟的交错。

心里的泪，却在瞬间滴成了海。

还好，这是一个秘密，谁也不会知道的秘密。那次聚会后，优诺迅速地换了手机号码。苏诚再次找到她的时候，已经是他毕业的前一个星期了。他很直接地把她堵在女生楼的门口。

"你要走了吗？"优诺挤出一个笑容。

"对。"苏诚从口袋里掏出一张纸条，上面写着一个网址。递完，他就走了，连再见也没有跟她说。

优诺回到宿舍就迅速地开机上网，输入网址后出现在眼前的是一个网站。全黑的底色，左下角有一个闪着诱人金光的小小城堡，网站的名称取自优诺的一篇散文的名字：小妖的金色城堡。

再点开来，是她的文集，每一个细节，都处理得美轮美奂。

优诺看着它发了十分钟的呆，然后离开电脑走到阳台上拨苏诚的手机号码，手机响了一声他就接了起来，优诺却一句话也说不出，只能对着电话喘气。

"是你吗？优诺？"苏诚问。

"是。"优诺说完就哭了。

"别哭啊，我就要毕业了，这是一个小礼物，"苏诚说，"希望你会喜欢。"

"礼太重了，"优诺好不容易让自己镇定下来，"花了你不少时间吧？"

"你可以回报我，"苏诚说，"你一直欠我一顿饭。周六再不请，怕是一辈子都得欠着了。"

"我请你。"优诺说。

"那就周六晚上六点半，"苏诚说，"在'圣地亚'，好吗？我等你。"不知道是不是怕优诺拒绝，苏诚说完就把电话挂了。

周六的时候，优诺犹豫了很久，终是抵不住内心的诱惑赴了约。苏诚果然等在那里，他的个子很高。优诺走近了他，才发现自己只到他胸口，她低着头随他走进"圣地亚"。那是市里相当有名的一家西餐馆，环境不错，服务也很周到，有低缓的音乐。一个声音沙哑的男人在唱："I'm sailing, I'm sailing……"

优诺知道这首歌，名叫《航行》，歌里写道：靠近你，靠近自由。

优诺清清楚楚地知道，这样的一次靠近后，将会是终生永远的别离。

苏诚替她点了一杯卡布奇诺咖啡，那白色的泡沫，就如同优诺绝望的心。

很久以后，优诺在自己的网站上看到妖精七七所写的一张与西餐厅有关的帖的时候，立刻就想到了那里，她回了一张帖，只有三个字："'圣地亚'？"

七七在聊天室里给了她一个大大的拥抱，于是她知道，她们原来住在同一个城市。

七七问她："你也常去那里吗？"

"不，"优诺说，"我去不起。"

"那是有人请客喽？男朋友？"

35

"不是，"优诺说，"他是别人的男朋友。"

"哦呵，原来优诺是三角恋啊？"七七笑她。

优诺不答了。三角恋也是恋呢，可是她和苏诚，根本来不及恋就分手了。从此红尘两隔，再也不会相见。冰雪聪明的优诺那晚去"圣地亚"前心里就相当地清楚，不赴约是绝望，赴约同样是绝望。这一切就同如自己一篇散文的开始："有一种相遇，是不如不遇……"吃完一餐饭，一切都会结束。

优诺一直记得苏诚那天的开场白："我和她算得上是青梅竹马，她为了我，特意考到这个学校来读她不喜欢的专业……"

优诺用手势制止他说下去。

"是我命不好。"苏诚摇摇头，直白地说，"是我错过了心爱的女孩。"

"谁？"优诺抬起头大胆地问。

"你。"苏诚看着优诺，给了她最想要的答案。

够了，这就够了不是吗？

没有牵手，没有拥抱，当然更不会有亲吻。苏诚执意地付了那晚的账，然后送优诺回去。快到学校的时候，优诺说："再见。"然后飞奔。她不可以流泪，当然更不可以让苏诚看见自己的泪。

所以，苏诚离校的那天，优诺没有去送他。她一个人去了电影院，看了一场平淡无奇的电影。电影的最后，男主角和女主角拥抱的时候，优诺流下泪来，在别人的故事里流着自己的泪。此时优诺才明白自己走进电影院，不过是为了寻找一个可以流泪的借口而已。

苏诚走后，优诺的手机号码再一次更换，日子继续。

优诺在漫长的暑假里报名参加了一个电脑培训班，学会了制作网页。她整日整夜地挂在网上，将苏诚留给她的网站尽可能地完善。如今，网站已经拥有了国际域名，访客与日俱增，优诺也已经是一名研究生了。

没有想到的是，苏诚，这个早就被深藏在岁月里的名字，忽然被翻了出来。

　　"什么时候来苏州走走？"没有留名，没有别的话，但优诺一看那信箱就知道是苏诚，信箱的用户名是"suyou"。

　　苏，优。

　　原来，他和自己一样，从来就没有忘记。

　　优诺在小镇下了车，这是隶属于暴暴蓝她们市的一个小镇，没有名气，也没有发展成为旅游胜地，优诺知道它是因为一个网友贴的一张照片，一树的樱花粉粉白白地绽放着。知道是这里后，优诺就执意要来走一趟，按照网友所提供的路线，坐上一辆三轮车，给了五块钱，优诺很顺利地到达了目的地。

　　从没见过那么美的樱花，优诺暂时放下心事尽情欣赏，兴奋得有些不能自已。远远望去，繁华满树，似雪非雪却胜雪，仿佛层层叠叠密密麻麻地要把枝头压弯了。金黄的阳光投射在薄的、轻盈的、透明的花瓣上，似乎是白色的？粉色的？间或一阵风吹起，繁如群星的细碎花瓣呼啦啦地飞落。

　　优诺看直了眼，手里的相机都忘了举起。

　　就在这时，手机响了。

　　优诺没有看号码就接了，电话那边传来的声音是陌生的，却又带着一种要了命的熟悉的亲切感："优诺，是不是你？"

　　条件反射一般，优诺吓得一下子把电话挂了。

　　一分钟后，手机再响，优诺再接。那边笑了："怎么了？害怕？"

　　"是的。"优诺说。

　　"你现在在哪里？"

　　优诺说："我正在看樱花呢，很美，太美了。"

　　"一个人？"

　　"一个人。"

"我来陪你看，好不好？"

"别开玩笑了，你在千里之外。"

"坐飞机，很快的，"那边说，"只要你点头，我就来。"

"苏诚，"优诺平静地喊出他的名字说，"要知道，我们都已经过了冲动的年纪。"

"你在责备我，"苏诚说，"你在责备我在本该冲动的年纪却没有冲动，是不是？如果真是这样，这三年的后悔和惩罚难道还不够吗？"

"别胡扯，"优诺低声说，眼底有雾气突然升了起来。

"天知道，我从来没这么认真过。"苏诚说。

"我要挂了，"优诺说，"你不要再打来。"

说完，优诺真的挂了电话。然后，她席地而坐。午后的风徐徐地吹起，落樱如雨，在优诺的面前跳起一场碎金般无声的舞。

有些事过去了就永远回不来了。优诺用了很长的时间才填补好内心的空白和伤口，她没有力气再回望，只能拼命地一往无前，如同当年那个上了三千米的跑道就不愿意临阵脱逃的女生。

聪明的苏诚，难道你连这个道理也不懂吗？

第 四 章

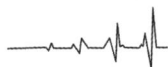

有 些 事 我 没 说

天空是灰色的
好在我穿了彩色的衣裳
所以看起来
还不至于太坏

　　如果不是实在没辙，千万不要离家出走。

　　这是我每次离家出走后最大的醒悟。

　　吃不好就算了，最糟糕的是那些天我没有睡过一个好觉。宾馆里的床太硬，而且我有点儿怕。稍有响动，我就瞪大了眼睛不敢再睡了。

　　所以回家后，我差不多一直都在睡觉。这种深度睡眠被一个又一个的电话野蛮地割断，又重新坚强地连接起来。我是不会接电话的，如果伍妈也不接，它就会一直一直地响下去。我在叮铃铃的铃声里强撑着睁了一下眼后又继续睡了。我一边睡一边做了很多稀奇古怪的梦，梦到我被麦子带到一座很高很高的山上，她用巫婆一样充满诱惑的声音对我说："七七，跳，往下跳……"

　　我没跳，吓醒了。

　　时钟指到中午十二点。

我起来洗了脸，懒洋洋地下楼，发现林涣之竟然没去上班，而麦子正端着一大碗汤从厨房里走出来。我讨厌她这种以女主人自居的架势，所以没给她好脸色。

"呵，七七，"她把汤放到桌上，讽刺我说，"流浪归来了？"

"你挺失望吧，"我笑着说，"电灯泡又回来了。"

"你怎么说话呢？"林涣之用筷子敲桌子说，"吃饭，吃饭！"

饭桌上，麦子坐在我的正对面。我知道，她一直在偷偷地看着我。看了许久，她终于忍无可忍地说："七七你怎么吃得下这么多？"

"我饿。"我说。

"你一定要吃早饭，这是基本常识。"她说。

"她每天中午十二点起床，早饭就是午饭。"林涣之替我回答。

我继续喝汤，伍妈做不出这么好喝的汤来，想必一定是麦子的杰作。一大碗汤，霎时被我送进肚子里，然后我一声不响地离开桌子，其实我也奇怪自己怎么可以吃那么多，对着麦子那样的女人，我怎么可能有胃口？

可是，我刚上楼她就尾随而来，礼貌地敲门，并喊我的名字。我把门打开，她一面走进来一面问我："又要开始上网了？"

"也许吧，"我不看她，懒洋洋地说，"还没想好呢。"

"不如我们出去玩玩？"麦子说，"难得我今天休息，我们去逛逛商场，天已经热了，你这季的衣服也该换了。"

"这又是林涣之派给你的任务？"我说，"不用说，一定又是我穿的哪件衣服让他看不顺眼了吧。"

"那还用说！"麦子上上下下地打量我，皱着眉头说，"你这条绿色的长裤从哪里来的？简直绿得刺眼。"

"配上鲜红的上衣会更好看，可惜我没有。"

"好在你没有，"麦子说，"也好在他没有心脏病。"

"为了你我会努力气他，气不出心脏病也气出个别的什么疑难

杂症，比如抑郁症什么的，这样你才有用武之地嘛。"我当然是话里有话。

麦子的脸白了一下，不过很快就恢复正常，她把手放到我肩上，语重心长地说："七七，你可不可以不要让他那么担心呢？你要知道他真的很爱很爱你。"

"别这么肉麻，拜托！"

"哈哈。"她笑了。

"你别烦我，"我说，"要逛街找林涣之，他替你开车再替你付账，你多威风。"

"他？"麦子瞪眼说，"早就去公司了，哪里有空陪我！"

"那你找有空陪你的，别指望他。再说他真的老了，一点情趣也没有，我看你早就该醒悟了。"

"你这丫头哪来这么多论调？"她拉我，"到底去不去？"

"我不去，"我说，"你也别生气，我这都是为你好。"

她不解地看着我。

于是我说："你想想，我要是当着别人的面叫你妈，你脸上挂得住吗？"

"你不是以为我一直都盼着这天吗？"这些年麦子的脸皮也被我磨得够厚了，"我倒是没什么，只怕你喊不出口！"

"我认输！"我举起双手说，"那个……什么皮也没你的脸皮厚。"

麦子只当没听见，在我床边坐下说："七七，我真想知道，到底是什么原因，让你变成了这样一只小刺猬呢？"

"你猜呢？"我似笑非笑地说。

"回学校去上学，"麦子摆出一副诚恳的样子说，"你要可怜可怜你爸爸，从你离家出走那天起，他就开始胃痛，我今天也是来给他送药的。"

我沉默，就算我心疼林涣之，也不能让她看出来。

"那我先走了，如果你改变主意想逛街了，可以随时打我电话。"谢天谢地，她终于停止聒噪，离开了我的房间。

我松了口气打开电脑，打开论坛就看见布衣在上面发了一个帖子，叫：《鸽子鸽子满天飞》。

该帖详尽地诉说了我如何约了他又放他鸽子的事，言语凄婉搞笑，整个一个可怜巴巴的活宝怨男。我看到的时候已经有一大堆人跟帖，有人笑话他没有一点自我防备意识，被耍也是活该；有人替他打抱不平，一身正气，誓要扫平网上所有"妖精"。

我赶紧声明："本人那晚确实在'圣地亚'，放鸽子的人不是我，请各位睁大雪亮的眼睛！"

布衣很快回复："女人啊，你的名字是骗子。"

我溜进聊天室，点了他的名字，就是一阵狂揍。他被我打得晕头转向，发过来甜蜜悄悄话："美女，你停手，打我弄疼你的手！"

"干吗在论坛上胡说八道？"我问他。

"我从七点等到十点，脖子都差点望成长颈鹿了，心里那个酸啊，恨啊。不写写帖怎么能得到释放？"

"我真去了，"我说，"还大吃了一顿，一直没见你。"

"你不是说没钱了吗？"他记性倒是不错。

"有人请嘛。"

"天啊天，小妖女，难不成你约了我还约了别人？"他做出一副纯情得要死的假样子。

"不行吗？"我说。

"难怪我站在门口几个小时，愣是没见到一个单身的小姑娘。"

"你真去了？"我问他。

"骗你是狗。"他说。

"下次我请你吧。"我有些歉意地说。

"那你要单独赴约，我才可以好好收拾你。"他说。

"当心你被我收拾了。"打情骂俏我可不怕他。

"我好怕，"他说，"但是，我要明知山有虎，偏向虎山行。七七你对我诱惑太大了，就明天，我想见你，如何？"

"我明天不出门。"我断然拒绝。

"后天？"

"也不出门。"

"大后天？"

"也不出门。"

"被老爸关禁闭？"他恍然大悟地说，"你告诉我地址，我来英雄救美！"

"没那回事，"我说，"我有孤独症。"

"你是妖精！"他咬牙切齿地说。

"我是妖精七七。"我纠正他，然后不再与他交谈。

我对急巴巴的男生一向没好感，对布衣，我仅有的一点儿好奇心因为他的步步紧逼而消失殆尽。所以我承认暴暴蓝所说的：我是一个在深度寂寞中随时等待新鲜刺激的奇异女生，绝不肯也不会为谁停留。

暴暴蓝还说，她要采访我，要我当她长篇小说里的主人公。我连忙说不要不要，那你的书一定卖不掉，我太灰了，没一点儿色彩。

"这话说得妙！"暴暴蓝惊叹地说，"七七你也可以当作家，还有啊，我的小说就叫《小妖的金色城堡》，我把优诺的名字抢过来，你说好不好？"

"行哦。你的小说还不是你想咋办就咋办！"

"告诉我你的故事，"暴暴蓝说，"我保证写好。"

"真是对不起你，我没故事啊。"我说。

"那就说说你为什么要离家出走？"她并不放过我。

"你离家出走过吗？"我耍花招。

"没有，"她说，"或者也可以说，我一直在漂泊。"

"为什么？"

"因为那个家不是我真正意义上的家。"她说。

"那么我也是一直在漂泊。"我说。

暴暴蓝沉默几秒后说："听首歌吧。"她替我放了林忆莲的《灰色》。很老很老的一首歌，那时的林忆莲声音里有一种寂寞的尖锐，不停地喊着：灰色，喔喔喔喔……喔喔喔喔喔……直喔得人喘不过气。暴暴蓝在那样的歌声里对我说："七七我不逼你，不过你要是有想说的话，可以发到我信箱。"

我答应了她。

其实我偶尔也记日记，不过，那些东西写完了就算了。我从不敢往论坛上发，自己也不愿意再去看第二眼。我没有优诺和暴暴蓝那样的好文笔，每次作文都只是及格而已。我只能把这些细细碎碎，不成样子的东西存到电脑的一个角落里，作为一种纯粹的纪念。或是，一种释放的方式。

在网上晃了两个小时，我觉得闷了，于是离开电脑到露台上透透气。我的房间里有个很大的露台，抬起头来，天空可以一览无余。我所居住的城市有不错的气候，夜空常常晴朗，星星一动不动。

林涣之的房间里没有动静，看样子他还没回来。很好，他不会来打扰我。虽然他对我的放纵，已经到了我自己都觉得不好意思的地步。

我忽然不知好歹地感到莫名的腻烦。这样的日子，不知何时是尽头。如果真的出去读书，是不是就可以解决一切问题？不不不，也许我想要的，并不是这些。我最大的痛苦就在于，我永远都不知道自己最想要的是什么，这不仅是痛苦，简直是悲哀。

我回到房间拨通了林涣之的手机，他过了很久才接，问我：

"七七？有事吗？我在开会。"

"没事不可以打电话吗？"我说。

"要是没事你不会打电话。"他说。

"这么晚了还开会，有那么多事要做吗？"

他在那边沉默，似乎很容忍的样子。

"有人说你胃疼。"我又说。

"回头再讲。"他挂了电话。

我再打，他关了机。

我挂了电话，觉得困了，于是回到床上继续睡。其间伍妈上来过两次，推了我几把叫我吃饭，我支吾了一声，没起来。等我再次醒来的时候，已经是晚上七点，伍妈下班了，桌上留着饭菜。林涣之倒是回来了，他正在沙发上看新闻，见我下楼瞄了我一眼说："你醒了？"

"嗯。"我说。

他看着我说："我已经替你申请复学了，不过在这之前，你要先把功课补习一下，我会给你请家教的。"

"你不是答应送我出国吗？"我说。

"我只是答应考虑一下，等你高中毕业再去也不迟。"林涣之说，"下周一开始会有家教来，你这两天好好调整一下状态，以后不可以再这样没日没夜地睡了。"

"都是麦子的主意吧。"我不高兴地说。

"你胡扯什么？"林涣之说，"还不吃饭去？"

我朝他喊过去说："我不想读书了，要不我出去做事吧。"

"你能做什么？"他饶有兴趣地问我。

"我想开家精品店，"我无理取闹地说，"专门卖女孩子喜欢的小东西。你投资，我会很快连本带利还给你。"

"不。"他说，"我从不做有风险的生意。要做也不是不可以，

45

至少要等你学过相关的专业知识，拿到相应的文凭后。"

"你不是也没什么学历吗？"我说，"不是照样做得很好？"

"我是如假包换的硕士研究生，"他说，"要不要给你看看我的学历证书？"

什么？我惊讶。

林涣之是硕士？我怎么从来都不知道？

但是我知道他没有撒谎，在这些事情上他从来都是说真话的，他不是那种虚荣的人，于是我心虚地问："什么专业？"

"经济学、国际贸易学，双料硕士。"他从椅子上站起来说，"你看你，如果连大学的门槛都跨不进去，叫我这老脸往哪里搁？"

我笑。

这么多年过去了，我真的是一点儿都不了解他。

他看着我说："笑什么？"

"我在想你到底有多少钱，另外，你还有多少事是我不知道的。"

"想要了解一个人，其实半天就够了，"他拿起外套说，"我有点儿事要出去一下，你一个人在家要不要紧？"

"有什么要紧的？"我说，"我又不是三岁小孩儿。"

"最好不要出门，有人按门铃也别乱开，"林涣之说，"那个男生这两天一直在家门口转悠来着。"

"呵呵，"我得意地说，"这只能说明我有魅力。"

"真不知道你在得意什么！"他白了我一眼，拿了外套夺门而去。

我是得意，想让林涣之生气也不是那么容易的。据说他们公司的员工都挺怕他，因为他脾气难测，谁也不知道他到底什么时候生气，什么时候心情好。要不是待遇好，估计没几个人愿意替他卖命，当然涂金色眼影的朱秘书除外。

林涣之刚一出门，电话就响了。

我接起来。

是那个姓曾的男生。他语气激动地说："叶小寂，你终于肯接我电话了！"

"有话就说，有屁就放。"

"我想你了。"他温柔地说，"我一直在想你。"

他的话让我浑身起了一层鸡皮疙瘩，他却还在不折不挠地说："我看到你爸爸出门了，你出来吧，我们见一面，我就在你家门口。"

反正也无聊一天了，找找乐子也行。

我告诉他先等着，然后挂了电话，从二楼的阳台上看下去，他果然远远地站在那里。夜色里我看不清他的脸，他个子很高，看起来很帅。他是我们学校出了名的白马王子，曾经还有女生为他大打出手过。可是，他现在都成什么样子了？我知道有不少人骂：叶小寂是妖精，他上了妖精的当了。

可怜的孩子。

我挥手示意他，他走近了，我朝他喊："对不起，我出不了门！"

"你爸把门反锁了？"他自作聪明地说。

我示意他往上爬。我只是想试试他的胆量。好家伙，只见他把书包往后一背，后退两步，作势真的要往上扑。

"算了，你等我！"我心软了，跑下去开了大门，朝他喊过去："喂，你名字里的那个'伟'字到底是人字旁还是火字旁。"

"火字旁，"他走近我，温柔地说，"我胸中有一团熊熊烈火只为你燃烧。"然后，他伸出手，一把抱住了我。

我挣脱他，低声对他说："你快走吧，小心他揍你。"

"谁？你爸爸？"曾炜摇着头说，"我看他比你和气多了。"

"那是表面现象。"我说。

"废话那么多？"我急着要关上门，他却一把拉住我说："这个周末，我爸妈都不在家，到我家去玩好不好？我有好看的碟片。"

我曾经和他一起看过碟片，在他家。是那种很恶心的东西，不过为了不在他面前丢脸，我努力地装出不在乎的样子。

那一天的曾炜就像一只警犬，一边看一边听着门外的动静，怕他妈妈突然回家。结果他妈妈果然回来了，把曾炜吓得屁滚尿流，直把东西往我包里藏。他妈妈用一种很不客气的眼神看着我说："你是谁，你来我家做什么？"

"你儿子有好看的碟片请我看呢。"我说。

可怜的曾炜小脸儿都白了。

"什么碟片？"她妈妈问。

"蜡笔小新啊。"我笑着说。说完，我就背着包走出了他的家门。那以后，我再也没跟这个懦弱的笨蛋说过一句话，谁知道，他却一直不死心。

"你不要再纠缠我了，"我说，"我从来就没喜欢过你。"

"不，你喜欢的，"曾炜不死心，激动地说，"我可以感觉到你是喜欢我的，你不要骗我，也不要骗你自己。"

"放手！"我低喊。

"你答应，我就放手。"他又抱住了我，他的拥抱激烈而执着，弄得我疼得要命，我没有再挣扎。然后我听到他说："Kiss me？"

我把头抬起来，就在这时，一束光照到我的脸上，是林涣之的车灯。见鬼！我竟然没听到他车子的响声。曾炜吓了一跳，慌忙地放开我。我也有些尴尬，低下头摸了摸头发。

林涣之走下车，他看上去平静极了，却不怒自威。

我愤怒地踢了曾炜一脚，把他踢得哇地一声叫起来，却又咧嘴一笑低声说："值得。"

就在这时，林涣之拿着车钥匙走了过来，站在曾炜身后，对他说："时间不早了，你该回家了。"说完，越过他走进屋子，并顺手带

上了门。

进来后，他并不看我，径自朝楼上走去，我近乎挑衅似的朝着他的背影喊："你不高兴是不是？可是你为什么不骂我呀？你装什么好人，你偷偷摸摸地回来不就是想找我的把柄吗？你骂我呀骂我呀，我告诉你我不怕你！"

"你觉得自己该挨骂吗？"他回过头来问我。

我被他气得只有喘气的份。

他继续说："如果是这样，自省吧，效果会更好些。"

我打定主意不激怒他决不罢休，于是跟着他一直到了他的房间，看他从床头柜上扬起他的钱夹说："你看，我忘了带它了。"

"你去哪里？我也要去！"我说。

"好啊，"他扬眉说，"那我们走吧。"

我怀着满腔的斗志上了他的车，我在车上想，不管他今晚要跟谁约会，要去干什么，我一定要把这个局搅个乱七八糟。我恨透了他，恨透了他那副吃定我的样子！

可是我没想到，他却把车开到了"大学城"。

这是我们这里很有名的大学生聚会的地方，说是"城"，其实也就是一个小小的 club 而已。

我本来有所怀疑，但很快明白这里确实是他本来的目的地。因为，麦子等在门口，见到了我们高兴地迎上来说："让我等这么久，怎么？七七也跟着来啦？"

"是啊，你不欢迎也没办法了。"我冷冷地说。

"怎么会！"麦子说，"你自己的家教自己来挑选也是应该的嘛。"

啊？原来他们是来给我找家教的。

"走吧！"麦子推了我一把，"是两个大三的女生，等了半天了。"

"怎么不是帅哥？"我故意花痴地说。

"也行啊，不满意你可以自己重找嘛，"麦子转头对林涣之说，"这里的历史很悠久了，是一个很健康的地方，我上大学的时候就常来玩儿。"

我刚一进门就看见了优诺，她正在那个小小的舞台上，坐在一支话筒前微笑。一个男生坐在她身边弹起了吉他，有人在喊："优诺，优诺，来一首啊！"

他们不喊，我也知道是优诺。我在网上见过她很多照片，短发，每一张都巧笑嫣然。可是真正看到了，才发现她最迷人的是那双眼睛。世界上怎么可以有如此活泼动人又明亮的眼睛，简直令我自惭形秽。

台上的她点了点头，开口唱起来：

> 有些事我没说，但我有感觉
>
> 有些事我没做，但我知道结果
>
> 有一天我会，插上翅膀飞
>
> 有一天我会，张开双眼看
>
> 有一天我会，见到我的梦中有谁
>
> 有一天我会，飞过世界的背
>
> 当太阳升起那一天你再看我一遍
>
> 你将会发现我所有的改变
>
> ……

那歌声清澈温暖，如同优诺本人。这是我第一次真正地见到网友，虽然在网上和她很熟，可现实还是让我变得不安甚至羞涩。

随着优诺一曲歌罢，掌声响起，她的视线越过某人的头顶与我有一秒钟的相交。我犹豫着，不知道该不该走上前，告诉她，我就是七七，妖精七七。

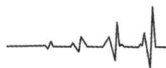

第 五 章

刀 尖 上 的 舞 蹈

我在刀尖上舞蹈
沉重也好 轻盈也罢
从脚底到心里
总归是蔓延的疼痛

这是和涂鸦分手的第十天。

暴暴蓝趴在桌子上刻下第十个印记的时候，老师把她从教室里请了出去，语重心长地对她说："早读课你就能睡着，像你这样怎么参加高考？用什么考？"

"我没睡着，"暴暴蓝说，"老师你看错了。"

"嘿！"老师说，"没早读是真的吧，你看大家现在连走路都恨不得跑，你怎么一点儿也不着急？"

"急得来吗？该是怎么样就怎么样，就这么点儿时间了，也不可能出现奇迹。"暴暴蓝自暴自弃地说。

"倪幸，你是有前途的，你基础不差，语文成绩又那么好，关键是学习的态度，你太不把高考放在心上了。"老师打一巴掌揉一下，劝慰的方式老旧得要死。

暴暴蓝心里烦躁，于是说："还有事吗？没有事我要回去看书

了。"

老师叹了一口气，挥挥手示意她离开。

在暴暴蓝所在的这所重点高中里，能让老师感到灰心丧气的学生不多，大家都拼了命地想在某个方面出人头地。因为写作，暴暴蓝也算是出人头地了，全国知名的杂志上都刊登过她的稿件，过两天还能收到一笔像样的稿费。最近有记者为她写了专访，标题是"让文字开花结果的小女生"。而且，第一本长篇小说就要出版了，对于一个高三的学生来讲，这些应该算是相当不错了吧。不过暴暴蓝并没有骄傲自满，因为她知道，就算是这样，在很多人眼里，她依然是一个异类，曾经同桌的那个女生不就骂过她"变态"吗？

那次只不过是一个小小的争执，大家说到关于村上春树的小说，暴暴蓝一时兴起多发表了些观点，和那个女生的观点有明显的不同，女生嘴皮子不如她，被她驳得没面子了，当着暴暴蓝的面扁着嘴说出了那两个恶毒的字："变态！"

当时，暴暴蓝是笑着的，她回过头去问那个女生："你知道变态这个词怎么解释吗？"

女生迟疑了一下，然后说："你自己去查字典。"

"不用查了，"暴暴蓝说，"你就是最好的注释。"

后来，女生要求换同桌，暴暴蓝自告奋勇坐到了教室最后面的位置。那是教室的死角，也是她最喜欢的地方。要是前一天上网睡得太晚，还可以趴在那里安稳地睡上一觉，一般没有老师在乎。学习是自己的事，大家都削尖了脑袋想要挤进前十名，挤进重点大学，只有暴暴蓝没有理想。当作家吗？不不不，暴暴蓝知道，这也不是自己的理想。

写作，只是为每日焦躁的心寻找一个出口，仅此而已。

说起来也怪，越是不想读书，就越是想写东西，手里的长篇小说进展得很快，她给它起名为《小妖的金色城堡》，这个名字是从

优诺那里"偷"过来的，因为除了她的网站叫这个名字以外，优诺还曾经写过一篇同名的散文。至于故事的灵感，则是从网友七七那里"偷"过来的，每次和七七聊完天儿，故事就一个一个地往外冒。暴暴蓝虽然从来没有见过七七，但她可以越过浩瀚的网络感到那个女生心底有着和自己一模一样的寂寞，灰色的寂寞。

和往常一样，暴暴蓝开始在优诺的网站上连载自己的新作，才贴了前三章就得到了大家的热烈追捧。优诺给她写信说："亲爱的，你是最棒的。"七七在聊天室里也说："哎，怎么看怎么像我哩，暴暴蓝你是天才哟。不过暴暴蓝，你到底想写什么呢？"

是啊，到底想写什么呢？

一个寂寞的故事，寂寞到让你战栗，呵呵呵。电话里暴暴蓝就是这么对黄乐说的。黄乐就是出版社的那个编辑，对于暴暴蓝的书，他显得踌躇满志："约个时间再好好聊聊，我介绍个做发行的朋友给你认识，让他也给你提点建议。"

"千万别，"暴暴蓝说，"束手束脚的我可不会写。"

"哈哈哈，"黄乐说，"你这话说到我心里去了，我要的就是你的酣畅淋漓，你可不要让我失望哟。"

"尽量吧，"暴暴蓝说，"我连高考都放弃了，写不好也对不起自己。"

"那我罪名可太大了，你还是要好好复习的。"黄乐一副怕担责任的样子，暴暴蓝笑呵呵地挂了电话。

放下电话，暴暴蓝想，放弃的岂止是高考，连爱情也一起放弃了。真不知道是划算还是不划算。

可还是想涂鸦的，希望有他的消息，就是放不下自尊主动联系他。

黄乐说不催，但是一天不是一个电话就是一封电子邮件。暴暴蓝被他逼急了，周末的时候写到很晚。她在写作时，有个坏习惯，

就是挂在聊天室里,七七溜进来对她说:"我见到优诺了,她真漂亮。"

"呀,谁请谁吃饭?"

"偶遇,我没跟她打招呼。"七七说。

"干吗不?"

"我自卑呢。"

"干吗自卑?"暴暴蓝不理解。

"不是一条道上的人嘛,"七七说完立即警觉地说,"不说啦不说啦,再说就要被你写进小说里去啦,好恐怖。"

"我的小说……你真的喜欢吗?"暴暴蓝问。

七七说:"你那个七七,比我幸运。至少,有人愿意爱她呢。"

"可他们会分手,这简直是注定的事情。"

"为什么不让她幸福?"

"因为幸福卖不到钱。"

"扯淡,"七七说,"钱有屁用!"

"有了钱我才可以活下去,"暴暴蓝说,"要是我的书一本都卖不出去,我这辈子可就完了。"

"买买买,"七七说,"不管怎么说,我至少要买一百本。"

暴暴蓝开心地给七七送起花来。就在这时她看到涂鸦进来了,虽然他用的是一个陌生的 ID,但听他一开口油腔滑调的语气,她就知道肯定是涂鸦。暴暴蓝对着电脑屏幕怔了很久,她想:要是他不跟我说话,那么我也不说,看谁挨得过谁。

最后,就真的谁也没说话。涂鸦和七七瞎扯了几句,就跑到论坛里暴暴蓝的新作下贴了一幅图,一个女生,嘟着粉红的唇,有点儿恶作剧的意味。女生穿得暴露了些,所以没过多会儿,那幅图就被优诺给删掉了。

七七小心翼翼地问:"你们真的分手啦?"

"嗯呐嗯呐。"暴暴蓝夸张地说。

"你是不是真的很喜欢他啊？"

"我不知道。"

"我明白了，你是因为自己不幸福，所以不让你的主角幸福。"

"呵呵，随你怎么想喽。"

"你和他……接过吻？"

"呀，七七坏坏的。"

"你小说里的吻写得很到位啊，说的就是你和涂鸦吧。"七七穷追不舍。

暴暴蓝只好采用迂回战术："是不是写到你心里去了啊？哈哈。"

"啊呸！"七七说，"我那时常常没感觉。"

"那我下次就写你的没感觉！"

"恐怖，"七七说，"暴暴蓝是小女巫。可是，怎么搞不定一个男生呢？"

"你教教我？"

"把你的男朋友让给我三天，我再教你啦，"七七说，"不然不了解他的个性啊。"

"我只当他是垃圾，你要捡就捡去吧。"

就这么和七七胡说八道着，夜就深了，暴暴蓝很晚才睡。第二天起床已经十点了，不知道怎么地总觉得有些头疼，就缩在床上发呆。奶奶走进来问道："今天不补课吧，你爸爸妈妈打电话，说待会儿过来和你商量一下填志愿的事情，要你在家等着。"

"怎么不补？"暴暴蓝也顾不得身体的不舒服了，赶紧起床梳洗了一番，然后胡乱扯了两本书就出了家门，差不多是落荒而逃。

夏天快到了，走在大街上，阳光偶尔会让人感到窒息。暴暴蓝漫无目的地逛到商场，隔着商场大大的玻璃窗看到那条裙子，小小的，蓝色的裙子，裙底有一小圈白色。它被穿在一个面无表情的模特身上，散发着十足的诱惑力。暴暴蓝把眼睛凑到玻璃窗上看，标

签上的数字是令人灰心丧气的"1880"。暴暴蓝在心里粗鲁地骂道："不如抢钱啊。"她一边骂一边在商场边上的台阶上坐了下来，却没想到台阶旁的喷泉不声不响地一冲而起，溅了她一身水花。暴暴蓝气急败坏地跳起来，就在这时候，她看到了涂鸦。

准确地说，是涂鸦和西西。在商场左侧的那个小广场，涂鸦正在墙面上画一幅广告画，西西帮他拎着颜料桶，抬起头来正对着他微笑。涂鸦画着，忽然弯下身来，用手指弹了一下西西的脑门儿。西西笑起来，笑得天花乱坠。

暴暴蓝的眼泪猝不及防地流了下来。

隔着眼泪看涂鸦的画，是一个可爱的小婴儿，胖手胖脚的，正咧嘴笑着，旁边好像全是星星，蓝色的、紫色的、黄色的、红色的星星，在雪白的墙上满满地铺展开来。这就是涂鸦，他的画总是这么夸张却又恰到好处；这就是涂鸦，他居然可以用十天甚至更短的时间就忘掉一段恋情，顺利地开始另一个故事。

暴暴蓝用袖子粗鲁地擦掉了眼泪，然后，她带着微笑走了过去。

"嘿。"她近乎挑衅地打招呼。

"嘿。"先回应她的是西西。

涂鸦从板凳上跳下来，带着奇怪的表情问她："你怎么在这里？"

"这里是被你涂鸦买下来的吗？"暴暴蓝环顾四周说，"我为什么不能来这里？"

"想我了就直说嘛。"涂鸦似笑非笑地说。

"想啦，"暴暴蓝说，"我这不是正告诉你吗？"

旁边西西的脸色变得十分不自然。暴暴蓝看看她说："你干吗穿红色的衣服，你不知道他最不喜欢别人穿红色的衣服吗？"

西西并不屑于和暴暴蓝争执，而是拉拉涂鸦，示意他离开。

涂鸦轻快地吹了一声口哨说："没见我正画着吗？都给我乖乖地一边待着，画好了哥哥请你们吃饭去！"说完，人又跳上了凳子。

西西是个脸皮薄的小姑娘，脸上很快就挂不住了，看看涂鸦，再看看满不在乎的暴暴蓝，嘴一撇，把手里的颜料桶往地上一放，转身跑开了。

"喂，跑了呢。"暴暴蓝提醒涂鸦。

"这不正合你意吗，"涂鸦弯下腰来看她说，"她走了正好，你比她乖，我今天请你去一个好地方，那里的比萨真的不错。"

"涂鸦你真无耻啊。"暴暴蓝骂。

"是啊，不然我们怎么可以同流合污呢，"涂鸦斜斜地看暴暴蓝一眼说，"行行好，替我拎起来？"

"不干！"暴暴蓝说。

"真的？"涂鸦说，"你别后悔，这可不是人人都能干得好的差事。"

"哈哈哈……"暴暴蓝纵声大笑，直到笑出了眼泪。笑得涂鸦恼羞成怒，跳下来恶狠狠地说："你再笑我就打你！"

很近，很近的距离。这些天心里梦里渴望已久的距离。涂鸦的脸近在咫尺，他愤怒起来也是那么的英俊和让人心动。暴暴蓝全线崩溃，低低地说："打吧。"

涂鸦却伸出手来，温柔地替她拭去了眼角那颗滚烫的泪珠。然后，他坏笑着说："看来，小暴妹妹，你真的是想我了。"

暴暴蓝轻轻地推开他，俯身拎起了地上的颜料桶。

涂鸦笑呵呵地说："这就对了，干完活咱们吃喝玩乐去！"

暴暴蓝看着涂鸦对自己了如指掌的样子，心里的爱和恨奇怪地交织成一腔怒火。她深吸一口气，把手里的颜料桶猛地往地上一扣，在丁零当啷的响声和涂鸦骂娘的声音里扬长而去。

刚走出去没多远，手机响了，是黄乐。

"来中山路的'印象'茶餐厅吧，你发来的小说片段我看过了，想找你聊聊。"

"还是不放心我？"暴暴蓝说。

"哪里的话！"黄乐说，"你来是不来？"

"好吧，半小时后见。"

暴暴蓝一走进茶餐厅就看到了黄乐，旁边还坐着另一个人。黄乐向她介绍说："陶课是我们发行科有力的大将，有了他，你就有望成为今年年度最畅销作家。"

暴暴蓝朝他们点点头坐下来，点了很贵的茶，心里恶狠狠地想："谁要是敢啰唆两句我就不给稿子！"茶的味道很清新，暴暴蓝只喝了一口，心里的怒火就慢慢地平息了下来，干吗要生气呢？有什么了不起呢？自己折磨自己真是最愚蠢不过的事情了。

还是七七说得对，这个世界上根本就没有真正的爱情。

爱情在你转身之时就足以令你绝望。

她抬起头来，发现黄乐和陶课都在看她。

"敬你们一杯？"暴暴蓝掩饰般地笑了笑，举了举手里的茶杯说。没想到陶课凑过来，就着她手中的杯子闻了一下说："会享受啊，台湾冻顶乌龙？"

"好鼻子。"暴暴蓝笑呵呵地收回手。

"骂我咧？"陶课说，"和你小说里的人一样伶牙俐齿嘛。"

"不会吧，你看过我的小说？"暴暴蓝倒是没想到。

"陶课对你的评价很高啊，"黄乐说，"我给他看了一些你的作品，他当时就拍板，愿意跟我合作，哈哈哈。"

"那敢情好，"暴暴蓝说，"一起发财喽。"

陶课听暴暴蓝这么说，看着她笑了起来。暴暴蓝奇怪地问："你笑什么？"

"很直接啊，"陶课说，"我还以为你会说一切都是为了文学。"

暴暴蓝一口茶差点喷出来，说："对不起，让你失望了，我就是这么一个俗人，我写作不为别的，就为了钱。"

"是吗？"陶课说，"我看不只。"

"别自作聪明。"暴暴蓝低下头。

"陶课会看相的，"黄乐说，"你可要小心他。"

"呵呵，"暴暴蓝转头问陶课，"你看出我饿了吗？"

陶课笑笑，不说话，把桌上的点餐牌往她面前一推，说："想吃什么自己点。"

暴暴蓝于是不客气地点了一碗馄饨。黄乐迫不及待地问她说："这两天的进展怎么样啊？"

"拜托！"暴暴蓝说，"让我吃饱再谈公事如何？"

黄乐尴尬地摊摊手说："好好好。"

暴暴蓝在两个男人的注视下狼吞虎咽地吃完了一大碗馄饨。

"怎么样？"陶课问她说，"吃得这么香，要不要再来一碗？"

"不要了，"暴暴蓝摇摇头，说道，"你怎么叫陶课？我最近就总是逃课，这名字对我很刺激。"

"那就放到你小说里做主人公吧，不收钱。"陶课说着，掏出一包烟来，自己含住了一根，给了黄乐一根，然后用探询的目光看着暴暴蓝。暴暴蓝读懂了他的意思，伸出手接下了一根。

抽烟是很早就学会的。有时跟涂鸦在一起抽，不过抽到一半的时候常常会被涂鸦一把抢过去灭掉，然后对她说："小暴，你扮酷的样子够恶心的！"

暴暴蓝哈哈地笑，把半熄的烟头捡起来往涂鸦的身上戳，涂鸦吓得上蹿下跳，最终只好用暴力将暴暴蓝镇压。

然后，就是七七提及的被暴暴蓝在作品里形容过的吻，真的只是吻而已。认识很多天后，涂鸦终于敢将一切付诸行动——在他狭小逼仄的出租屋里，用年轻的、充满激情的、却从不曾越轨的身体。涂鸦不是那种循规蹈矩的孩子，对于暴暴蓝，他有一种很奇异的宽容和忍耐。

"回神呢。"暴暴蓝悄悄地提醒着自己。往事如针，无论你如何防范，总是会在不知不觉中尖锐地刺透你的记忆，如刀尖上的舞蹈，再轻盈美丽，终也逃不脱疼痛的命运。

"想什么呢？"陶课替她点上烟。

"想我男朋友了，"暴暴蓝说，"他把我抛弃了，我是不是很差劲？"

"呵，你写小说毁了他。"陶课说。

"好主意。"暴暴蓝挑挑眉。

"我们正要和你说你的小说。"黄乐早就忍不住了，见缝插针，趁机进入主题，"你的小说头开得相当不错，那个叫七七的主人公形象也很丰满，很有现代感，我希望结尾可以残酷一些，我不要喜剧，越残酷越好卖。"

"怎么个残酷法？"暴暴蓝熟练地吐出一个大烟圈说，"自杀？呵呵，不要太老土哟。"

"那你就给个不老土的结局，"黄乐狡猾地说，"我相信你可以搞定。"说完他又开始提要求，一个又一个，暴暴蓝差点都记不住。在黄乐的滔滔不绝中，暴暴蓝看了陶课一眼，发现他也在看自己。两人对黄乐的啰里啰唆心照不宣地笑了起来。相对于一板一眼的黄乐，陶课更让人觉得放松。他是个很纯粹的，一目了然的大男孩，不让人讨厌。

胡思乱想着，黄乐好不容易讲完了，问："我的意思能理解吗？"

"都没记住。"暴暴蓝说。

"她根本没在听。"陶课补充。

"你！"黄乐气得要命。

"反正我该怎么写还怎么写，"暴暴蓝起身说，"你们要是不喜欢，可以不出，我不强求，谢谢你们的好茶，馄饨味道也不错，再会哟！"

这回轮到陶课大笑,不过,暴暴蓝没有回头。

走出茶餐厅,阳光似乎更加猛烈了。没走多远,暴暴蓝忽然觉得头晕目眩,胃里一阵翻江倒海。她蹲到路边,开始剧烈呕吐,刚吃到肚子里的馄饨全部吐了出来。

完了,不能动,全身一点儿力气都没有。

有人走到她身边,递给她一瓶矿泉水,提醒她漱漱口。

是陶课。

他温和地对暴暴蓝说:"你病了,我一看到你就知道你病了。走,我带你去医院输液吧,应该可以好得快些。"

"不用,"暴暴蓝努力地展开一个笑容说,"回家休息一下就好了。"

"那我送你回家。"陶课说。

陶课开一辆小小的、蓝色的车。他扶暴暴蓝上了车,问清地址,然后一言不发地往前开。受人恩惠不太好摆酷,暴暴蓝只好没话找话地打破沉默:"黄乐呢?"

"约会去了。"

"你怎么不去约会?"

"我失恋了,"陶课幽默地说,"和你同病相怜。"

"我说的是真的,不骗你。"暴暴蓝说完便不想再说话了,身体像是被抽空了一样,连坐都坐不住。

"年轻也不能硬撑啊,"陶课说,"我还是送你去输液吧,也算是我为我国的文学事业做了一点儿贡献。"说完,调转车头。

护士把针头扎进暴暴蓝手臂的同时,暴暴蓝差不多也睡着了。醒来的时候,药水刚好输完,陶课正坐在她身边翻看当天的晚报。他看到暴暴蓝睁开眼睛,对她说:"你的手机响过好多次,我怕影响你,替你关掉了。"

暴暴蓝低头看看挂在胸前的手机,有些不好意思地说:"你今

61

天真是够倒霉的。"

"戏剧化的一天，"陶课说，"可以写到小说里，呵呵。"

"可以考虑，"暴暴蓝真诚地说，"谢谢。"

"起来活动活动看行不？"陶课说，"行的话我送你回家。"

"行，"暴暴蓝不是那种矫情的女孩子，赶紧从床上跳下来说，"回家，回家，你不用送我了，我搭公交车就可以。"

"好事做到底嘛。这可是我的风格。"

"对了，"暴暴蓝伸手掏腰包，"花掉多少钱我要还给你的。"

"从版税里扣啦，"陶课说，"你这小姑娘真是挺有意思的。真想不到那些作品都出自你手。"

"你直接说我没作家样儿不就得了？"暴暴蓝说。

"要高考了。"陶课说，"要好好爱惜自己的身体啊。"

暴暴蓝迅速地看了陶课一眼，心也随之动了一下。很久没有人这么跟自己说话了，涂鸦不会用这种关怀的语气跟自己说话的。暴暴蓝不要命地写作的时候，他顶多会说："想把自己折腾死啊！瞧你那疯样儿！"

莫名其妙！怎么会把陶课跟涂鸦对比起来了呢？暴暴蓝被自己内心的想法弄得不好意思起来。陶课不过是一个陌生的倒霉蛋而已，刚刚认识，就为自己赔了时间还赔了金钱。不是吗？

"药拿好，"陶课说，"不行明天再来输次液。"

"嗯。"暴暴蓝点头。

陶课领着她走出医院，已是黄昏，天闷得要死，眼看着就要下雨。几只鸽子在余晖里呼啦啦地飞起，让天空显得不再那么呆板。再次坐上陶课的车子，暴暴蓝打开了手机。首先是一条短信息，竟是涂鸦的："你要是不想死就给我乖乖地回来！"紧接着，电话接踵而来，这回是老妈，在那边大吼："倪幸，你在搞什么鬼！马上给我回来！"

妈妈的声音太大了，暴暴蓝把手机从耳边拿开，皱了皱眉，挂

断了。

"妈妈在叫你回家？"看来陶课都听得清清楚楚了。

暴暴蓝无力地点点头。回来，回来，都在叫自己回来。她手里拿着一小塑料袋的药，身子软软地靠在座位上，心里酸酸地想，自己到底来自何方，又该去向何处呢？

或者自己笔下的"七七"根本就是自己，一个在繁茂的花园里迷了路，注定两手空空一无所有的孩子。

第六章

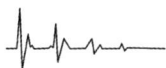

相 遇

你说过
要陪我一起飞
却忘了告诉我
该往哪个方向

我一直都好想知道啊
我们走散的时光
你会不会像我一样的心慌

"大学城"。

午后，人最少的时候。

优诺刚进门就发现有人盯着自己看。那是个从没见过的女孩，个子挺高，身材单薄，有好看的、饱满的唇和懒洋洋的微笑。她穿的是 Esprit 的短衣短裤，坐在吧台前高高的圆形转椅上，手里握着玻璃杯，晃着修长而健美的大腿，正在喝一杯冰水。一缕阳光正好照在她的手指上，手指显得纤细而透明。

优诺忍不住多看了她一眼，那女生反倒转过头去。

"嘿！"吧台里的清妹朝优诺眨眨眼说，"不像话啊，快一个月没来了吧。"

"呵，老板娘好啊，"优诺坐下，"给我来杯冰水。"

清妹在大学里是那种很普通的学生，毕业后没像优诺一样念研究生，而是随便找了家公司做了秘书。要求不高的人常常会得到意

64

外的收获，工作没多长时间，她和创办这个大学生俱乐部的年轻老板谈上了恋爱，就索性辞了职当起了老板娘。俱乐部名叫"大学城"，开在高校云集的好地段，生意相当不错。

"生意越来越好啊，"优诺对清妹说，"晚报上都专门介绍了你这里，看样子怕是要做大啦。咱们班那么多同学，还是你最有出息！"

"就这样混口饭吃，有个地方跟老友们聚聚玩玩就挺好的了，不能要求太高，"清妹摇着头谦虚地说，"这样真挺满足的啦。"

这时，旁边的女生开口了："老板娘，有烟吗？"

"小女生抽什么烟！"清妹说，"来杯冰啤倒是可以。"

女生把一百块往桌上一拍，微笑着说："怎么，怕我不给钱？"

"我知道你有钱，"清妹说，"收起来吧，小心被抢劫。"

女生快快地收起钱来，起身出了门。

"谁？"优诺看着她的背影低声问清妹。

"高中生，"清妹说，"她家有人跟我老公熟，托我想办法替她找两个家教。谁知道换了好几拨都不满意，她却喜欢上这里了，隔三岔五总来。来了也不搭理人，就这么一个人坐着，挺有意思的。"

"干吗不满意？"优诺问。

"那我哪知道得那么清楚。有钱人喜欢折腾呗，听说她家很有钱，补一小时给一百块，纵使她再挑剔，也有好多人在我这里排着队想去呢。"

"是吗？有这好事你怎么不介绍我？"

"你不是忙吗，再说你这大作家又不缺钱花。"

"别唬我了，"优诺说，"谁还会嫌钱多，我这个暑假要好好挣点钱。"

"怎么了？"清妹说，"有什么难处你直说啊。"

"没事，我只是想把网站好好整整，"优诺说，"现在访客越

来越多，看来不扩容是不行了。"

"好事啊，想当初这网站还是苏诚替你做的呢，也不知道他现在上不上网，要是知道了应该会很高兴吧。"

优诺低头微笑不语。

"他毕业后你们就没再联系过吗？"清妹问。

"没。"优诺简短地答。

"你们俩真挺般配的，只可惜没缘分。"清妹叹息。

"别扯那些了。"优诺制止她再说下去。

这时，那离开的女生又推门折回来了，门被她推得咣当直响。在老地方坐下来后，她真的要了一杯冰啤，然后又要了一杯，往优诺面前一推说："我请客。"

"谢谢，"优诺接过来大方地喝下一口说，"怎么你今天不用上课吗？"

女生咧嘴一笑："辍学快一年了，上课是什么滋味我早忘了。像你这样读完中学读大学，读完大学读研究生，要是我早闷死了！"

说完了，她忽然抬手把嘴一掩。

"你认识我？"优诺觉得非常奇怪。

"你是名人嘛，"那女生慌忙说，"认识你也不奇怪。"

"既然这样，"清妹插话，"让优诺姐姐做你家教怎么样？省得你挑三拣四的累死我。"

"别逗我，我会当真的。"女生从屁股口袋里掏出一包烟来，拿了一根熟练地点着，看样子刚才一定是出去买烟去了。

"小女孩多好，"优诺对撇着嘴的清妹说，"可以任性呢，想干什么就干什么。"

"我真想让你做我家教，你肯吗？"那女生说，"你的网站一到周末就完蛋，是不是想要急死我啊？"

"你是谁？"优诺把眉毛立起来，心里已经猜到了三分。

"老朋友。"女孩手指夹着烟，脸上坏坏地笑着。

"七七？"

"嗯，叶小寂。网名妖精七七。"

"呀！"优诺跳起来，一巴掌重重地拍到她肩上说，"小丫头你是来捉弄我的啊，这么半天才报上家门。"

"你让我等了二十三天，"七七说，"那些女生一个比一个不顺眼，怎么样，你何时可以走马上任？"

"呵呵，"优诺上上下下地打量七七，"你真是名如其人啊。"

"别偏离主题啊，"七七说，"等你回话呢。"

既然是熟人也没必要扭怩了，优诺端起杯来："Cheers（干杯）!"

"Cheers!"七七也举杯，"这才是我认识的优诺，爽！现在就到我家去看看，你觉得如何？"

"电视速配也没你们来得快！"清妹说。

"我们认识的时间可长啦，"优诺替七七灭掉手中的烟说，"要听老师的话，不可以抽烟哟。"

七七哈哈大笑，一把拉着优诺就出了"大学城"。

已经完全是夏天了，从俱乐部里走出来，明亮金黄的阳光让人猝不及防，七七用手掌遮住额头问优诺："你见过暴暴蓝吧？"

"是啊。"

"她漂亮还是我漂亮？"

优诺站定了，看了七七半天，才说："都漂亮！"

"狡猾哟。"七七不满意地说。

"那你现在看到我啦，"优诺说，"我漂亮还是你漂亮？"

"哈哈哈，"七七爽朗地笑，说，"狡猾哟。"

她们上了公交车，优诺很快发现七七并不是想象中那种话很多的女生。在公交车的摇摇晃晃中，她很随意地和自己聊了聊，更多的时间，她把目光投向窗外，不知道在看什么。

一个思想很会漫游的女生，如果暴暴蓝在，应该会这么形容。

虽然有足够的心理准备，但踏进七七家"豪宅"的时候，优诺还是吃了一惊。首先看到的是一幅字画，齐白石画的两棵大白菜，栩栩如生，优诺靠近看了看，惊讶地问七七说："真迹？"

"那些东西我不懂，林涣之喜欢。"

"谁是林涣之？"优诺问。

"我养父，"七七笑着说，"我有没有告诉过你，我是孤儿？"

"哦？"优诺看了七七一眼，她说这些的时候眼睛明亮，语气自如，一点儿也没有悲伤的样子。房子真的很大，客厅的顶棚高得不可思议。七七陷在沙发里，显得更加单薄了。不知道是不是开了中央空调的缘故，优诺忽然觉得有些冷，她下意识地抱抱臂膀，七七不好意思地说："这房子就是这样，整天像个冰窟。"

优诺问她说："你为什么会辍学，一个人待在家里有意思吗？"

"我不想念了，"七七说，"我看到那些装模作样的人就烦。"

"可是，你难道不需要正常的生活吗？一个人多孤单啊。"

"喂，拜托，你可别像麦子一样。"七七笑。

"麦子又是谁？"

"一个老想拯救我于水深火热中的人啊，"七七说，"啰唆的老女人。呵呵。"

"你想补哪些科目？"优诺切入正题。

"还真补啊，"七七说，"我那天看见你和别人聊天，知道你弄网站需要钱。我们装装样子，骗了林涣之的钱就行。你要是过意不去，可以和我平分啊。"

话说到这里，门铃响了起来，七七起身去开门，进来的是一个女大学生，手里抱着一大摞书说："叶小寂，我给你带了些复习资料，希望你可以用得着。"

"我记得我好像开除你了，"七七冷冷地说，"你又来做什么？"

"我记得我收过你爸爸的钱了，"那女生看了优诺一眼，固执地说，"不管怎么说，我都要负责到底。"

"那你把钱还我，"七七说，"我不用你来负责了。"

"这不是你说了算的，"女生说，"我只听你爸爸的。"

"一点儿小钱你就这么听话，不知道他给你多少你可以卖身？"七七讥笑着说。

偏偏那女生一点儿也不生气，反驳道："那就是你管不着的事情了。"

"滚！"七七一把抱起那些资料，把它们扔到大门外，然后指着那女生说："你给我出去，要不然我就报警，告你私闯民宅。"

"我还是先打电话到疯人院吧，"女生不急不缓地说，"你看起来急需治疗。"

七七一言不发地走向电话那头，一直保持礼貌在一边旁观的优诺不得不伸手拉住七七说："好了，有什么事坐下来慢慢说嘛。"

"跟这种狐狸精有什么好说的！"七七大喊起来，"她要是不走，我今天就打到她滚为止！"她喊完了就顺手抢起茶几上的花瓶。

"你快走啊！"优诺一手扶住花瓶，一手奋力地拽住七七，冲那女生喊道。

女生站在那里，喘了好几口气，终于不甘心地夺门而去。

优诺这才放开七七，跌坐到沙发上。

七七放下花瓶，也坐下来，把头埋进了双膝。

优诺过去，抱住她，她在颤抖，抖得优诺心疼。她轻轻地拍着七七说："好了，七七，没事了，她走了。"

七七紧紧地抱住她："优诺，我是不是真的有病？"

"你别胡说。可是，你也不该那样对她，她也是一片好心啊。"

"我有病，"七七说，"很多人都说我有病。"

"是不是刚才那人那样说过你？"

"我讨厌她。她只不过才教了我两次，就在林涣之面前说三道四，还希望他可以替她解决工作上的问题，"七七站起身，用面巾纸擦擦眼泪说，"我讨厌这种人，唯利是图到了极点。"

"那你还叫我跟你合伙骗你爸爸的钱，"优诺说，"以后这种话不许再说了，我负责教你功课，保证你下学期顺利复学。"

七七有些高兴地说："你该不会是同情我吧？"

"我是怕你，"优诺说，"怕你用花瓶砸我。"

"念书有什么用？"七七叹息着说，"像我这样的人，就算念到研究生不是一样没出息。"

优诺看看四周说："啧啧啧，你瞧瞧你过的什么日子，一千万人中能有一个人有你这么幸运就不错了，我要是你，我会珍惜。"

"你简直跟麦子一模一样！"七七笑。

"是不是让你失望了？"优诺说。

"也有不一样的地方，"七七补充道，"你比她漂亮，也比她儒雅。"

"儒雅？"优诺眨眨眼说，"我们今天补语文，我来告诉你怎么正确地使用形容词。"

优诺在七七的引领下进了她的房间，一个很大的房间，最显眼的是电脑后面占了整整一面墙的书柜，上面摆满了书。优诺打开来，拿出最外面的一本《小王子》，还是中英文对照版。上面有一层浅浅的灰，一定是很少翻过。

七七对她说："都是麦子怂恿林涣之买的，她恨铁不成钢。"

"麦子对你挺好的啊，"优诺说，"这些书挺好看的，你试着看过吗？"

"不如在网上读暴暴蓝的小说，"七七说，"你和暴暴蓝在我看来是最棒的。"

"恕我直言，"优诺说，"那是因为你见识少的缘故。"

"真不给人留面子，"七七打开电脑说，"你看你看，你的网站最近真是慢得不像话呢。"

"正想办法，"优诺说，"没想到访客这么多，可能是托暴暴蓝的福，她总是在她的作品里提到这个网站。所以一不小心就红啦。"

"网站做得没话讲啊，"七七说，"不怕你得意，我一打开它，就有种找到家的感觉。"

优诺知道她说的是真心话，在这个真实的、富丽堂皇的家里，她感觉七七就像是一条游进深海里的鱼。这个有着奇怪性格的、寂寞叛逆的，同时又脆弱彷徨的女生，从网络里走出来，真实地站在自己的面前，让她有一种莫名的心疼感。

她希望自己可以温暖她。

于是，优诺把手里的书一合，说："七七，你先关掉电脑，我们得先把你上课用的书找齐了。"

"来真的？"七七问她。

"当然来真的，"优诺说，"你想好了，现在开除我还来得及。"

七七很听话地关掉了电脑，歪歪头说，"优老师，你先教我啥呢？"

"先让我看看你的课本，"优诺把她拉到书柜前说，"找齐它们也许是我们今天下午最重要的事。"

七七的书柜让优诺很惊讶，里面有很多好书，名著就不说了，各类百科全书也不提了，甚至还有亦舒和琼瑶的全集。她的课本则被乱七八糟地塞到各处，而且全是簇新的。优诺一面费力地把它们从书柜里拽出来，一面羡慕地对七七说："你这里就像一个小型图书馆。"

"当初装修的时候为这面墙没少费心思，不过，对我这样的粗人来说都是白费劲，"七七坐在地板上说，"你和暴暴蓝才配得上它。"

"拥有却不知道珍惜，"优诺说，"对了，我要是天天借你的

书看，不知道会不会被你看作是唯利是图？"

"哈哈哈，"七七开心地大笑起来，"小心眼儿哟。"

那天光是替七七收拾课本和资料就用了差不多两个多小时，优诺又找了几张试卷放到桌子上，让七七有空的时候做一做。七七老大不愿意，优诺不管她，起身告辞，七七拉住她说："就在我家吃饭吧。我一个人吃饭多没劲啊。"

优诺说："怎么你常常一个人吃饭？"

"林涣之总有应酬。"

"那家里谁做饭？"

"有保姆，在我家做了十多年了。"

"啧啧！"优诺说，"瞧你过的日子！"

"很好吗？"七七说，"你又要骂我不懂珍惜了，但是，真的，我从来没觉得有多好。"

"好啦！"优诺把她从地板上拉起来说，"我们下去看看你家老妈妈都做了什么好吃的。"

"她叫伍妈，"七七一跃而起，"她人挺好的，不过，你别叫她老妈妈，她喜欢别人叫她小姐。你别看她年纪大了，还一周去一次美容院，臭美得很呢。"

优诺见了伍妈，发现她并不像七七说得那么"妖娆"，而是一个很和气的中年女人，带着温和的笑容，甚至有些像自己的母亲。伍妈很细心地用公筷替优诺夹菜，招呼她多吃一些。七七批评她说："伍妈，女孩子都要瘦的，你不要瞎起劲！"

"我不怕胖，"优诺说，"我还嫌自己瘦了些。"

"就是就是，以后有空啊都到这里吃饭，我保管把你养得胖胖的！"

"伍妈你热情过头了吧，"七七说，"这可是全国知名的大作家，出过书的，你以为那么容易请得到？"

"我说呢！"伍妈露出一副恍然大悟的样子，"我说我们七七从不请客，今天怎么会破例，原来是请了个名人呀！"

"快别说了，"优诺说，"羞死人了！"

"女孩子羞羞的才美啊，又羞又胖，那才美死个人咧！"七七开玩笑，筷子打到优诺的手上，可是动作和笑容却忽然僵住了，因为这时有人推门走了进来。

在七七奇怪的表情里，优诺回头看见了他，一个中年男人，相当有气质，他也许没想到家里会有客人，犹豫了两秒钟，这才走过来打招呼："哦？今天有客人吗？"

"你怎么回来了？"也许是嫌他扫兴，七七不高兴地问。

"没接到你不许我回家的命令！"那男人幽默地说。

优诺已经猜到，这应该就是七七之前提到的林涣之。

"我肚子饿了，"林涣之坐下，问伍妈说，"有我的饭菜？"

"怎么没有？"伍妈已经跑到厨房里给他盛饭了。林涣之对七七说："你的新朋友，不介绍一下？"

"她叫优诺，"七七生硬地说，"我的新家教。"

"呵，"林涣之看着优诺说，"欢迎你！"

优诺觉得他很亲切，真不明白他和七七之间怎么会是这样不和的关系。她冲林涣之笑笑，努力调节气氛说："我叫优诺，是七七的朋友。从今天起担任七七的家教，是不是还应该通过你的面试？"

"不必了，"林涣之话中有话地说，"我面试没啥用，没经过七七亲自面试的人，都有可能面临被砸破头的危险。"

"我说你今天怎么会回家，原来是来兴师问罪的。"七七把面前的碗一推，说："我有朋友在，你就不能待会儿再让我丢人？"

"丢什么人？"优诺点了她鼻子一下说，"你别忘了我可是亲眼看见的哟。"

"你到底帮谁呀？"七七喊起来。

"我有帮谁吗？"优诺看着林涣之笑笑地说，"我只是说事实嘛。"

伍妈端了饭出来，训斥七七说："你这丫头快闭嘴，让你爸爸好好吃顿饭。"

七七终于让步了，把话题引开说："优诺是作家，研究生，她的报酬要比别人高一倍才对，而且，最好是提前付哟。"

"七七！"优诺被七七闹了个大红脸，赶紧不好意思地对林涣之说："林先生，别听七七瞎扯，我跟她是朋友，我愿意的。"

"有什么不好意思的！"七七努努嘴，"他是商人，还是说明白的好。"

"对，我是俗人，"林涣之哈哈大笑起来，"就按七七的意思办。"

"你们俩存心赶我走？"优诺说，"不用我可以直说嘛。"

林涣之和七七一起哈哈大笑。七七斜过身来，趴到优诺的肩上说："你跑不掉啦，我从现在起，死活都要缠着你哟。"

"那就听我的，以前的家教什么待遇，我就什么待遇，当然，诸如花瓶之类的恐吓除外。"优诺说。

"好说，好说，还有别的条件吗？"七七问。

"当然。我不来的这两天，你得先把我刚才布置的那些作业做了，我要看看你的成绩到底怎么样。"

林涣之笑了，随后说了和优诺一模一样的话："现在换掉她还来得及。"

"我愿意做，"七七说，"为什么要换？"

"那就好，"优诺说，"我还有事，要回学校去啦。"

"我送你。"林涣之站起来说。

"不用了，搭公交车挺方便的。"优诺说。

"让他送，"七七推推优诺，在她耳边悄悄地说，"喂，晚上网上见哟，我想知道你对我的印象怎么样呢。"

"做了功课才可以上网。"优诺板着脸。

七七把耳朵堵起来。

尽管优诺再三推托，林涣之还是开车送优诺回学校了。

夜色已至，华灯初上。林涣之将车开得很平稳，他笑着问优诺说："我很好奇，七七在哪里找到你的？"

"我们很早就认识，"优诺并不想瞒他，"我们是网友。"

"呵呵，看来上网也有好处。"林涣之说。

"谢谢你的表扬，"优诺低头微笑，"不过我总觉得，七七现在不上学，待在家里挺寂寞的，你应该多抽点儿时间陪陪她。"

林涣之转过头来，意味深长地看了优诺一眼又转过去，不再说话了。

优诺也觉得自己有些冒昧，不好意思说话了。沉默中车子很快就到了学校门口，优诺下车，跟林涣之说了声谢谢。林涣之也下车来，递给她一张名片说："七七经常出状况，有事情的时候可以联络我。"

"希望没事。"优诺说，但还是把名片小心翼翼地塞进背包里。

"那七七就拜托给你了。"他彬彬有礼地说。

"我会尽力。"优诺笑着回答。

林涣之在优诺的笑容里怔了一秒，点点头上了车。他的车刚刚开走，优诺就听到身后有人叫她的名字："优诺！"

优诺回头，整个人僵在原地。因为那人不是别人，竟是苏诚。

第七章

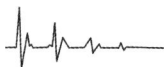

抑 郁 的 B 小 调 雨 后

我见过一场雨 是你没见过的
我在那场雨里迷了路 好多年了
那把你给的小红伞已经变得很旧
我说我迷路了
你总是微笑
不相信
而你一笑
我就什么都信了

"七七，我没见过比你更寂寞的孩子。"给我补完英语的一个
黄昏，优诺拍着我的肩轻轻地说。

我不喜欢英语，但是我喜欢看优诺读英语的样子，喜欢听她给
我讲那本英文版的《小王子》，喜欢她甜美飞扬的笑脸，喜欢到嫉妒，
却还是一样地喜欢。

"你的同情是我最大的安慰。"我坐在地板上抱着膝盖，傻傻
地笑着对她说。

"你是个需要很多爱的孩子，可惜你父亲不太懂这点。"

我很感激优诺这么说，要知道，无数不知道真相的人都认为是
我不知好歹，得了便宜还卖乖。

"不过你也要理解他，他可能是生意太忙，所以才会很少顾及
你的感受。"

我冷冷地说："他的事都与我无关，我们之间有代沟。"

"岂止如此，"优诺说，"你们之间隔着一个宇宙黑洞。"

"他听你这么说一定会跳起来。"我笑。

"呵呵，昨天布置的数学作业你做了吗？"优诺问。

"没，"我摇着头说，"完全不会。"

她责备地看着我。

"我是真不会，"我从书桌底下把那些书和试卷一股脑儿抽出来说，"我跟这些东西是绝缘的，我一看到它们就头晕，真的，不骗你。"

"可是你小学的时候考过全年级第一！"

"谁告诉你的？"我警觉地问。

"林涣之。"优诺说。

"你们谈起过我？"

"是，"优诺说，"我们在电话里交流过你的情况。"

"切！"我咬牙切齿地说。

"不高兴了？"优诺敏感地问，"你不喜欢我们在背后谈及你？"

"你不懂的。"我说。

"我懂的，"优诺固执地看着我的眼睛说，"我知道你也很爱他，只是你们彼此都没有选择正确的表达方式而已。"

"好了，优诺，"我转过头去，"我们并不算太熟。"

"小刺猬的刺又竖起来了？"优诺并不生气，而是好脾气地对我说："这些题你要是不会，我就一道道给你讲解吧。"

我一把把书推到了地上。是的，她说得没错，我恨她和林涣之联系，恨他们瞒着我做这做那，恨他们跟我说话时总是语重心长的样子！

"七七，"优诺把书捡起来说，"如果你想改变自己的现状，就不可以这么任性。"

我嘴硬道："我觉得这样挺好。"

"得了！"优诺毫不留情地说，"你压根儿就不明白一个十七岁女生可以拥有的世界有多美丽，多丰富！"

"我不稀罕！"我大声喊道。

"你不知道有多稀罕！"优诺的声音比我还要大。

"你滚！"我指着门外喊道。

"我可以走，"优诺看着我说，"不过你要考虑清楚，我要是走了，就不会再回来。"

"谁稀罕！"我喘着粗气。

可是，优诺还没走到门口我就投降了，我冲过去拦住她说："你要是现在走了，就别想拿到一分钱报酬。"

"谁稀罕。"她讽刺我。

我挠她的痒，她拼命地躲，嘴里恨恨地说："七七，你真是个小妖精。"

事后我问她是不是真的会走，是不是真的走了就再也不回来。她狡黠地笑着说："我还不知道你舍不得我吗？只是做戏给你看而已。哈哈。"

"我斗不过优诺，心服口服。"跟暴暴蓝说这句话的时候我是很认真的，她想了一下也很认真地回答我："是的是的，七七，优诺真是美好到让人嫉妒。"

暴暴蓝心情不太好，高考失利了，小说最近也走进了死胡同，她不依不饶地问我到底想要一个悲剧还是喜剧，我干脆地选择了前者。暴暴蓝说："呀！你怎么跟那些无知的编辑一样啊，要是优诺，我保证她希望是喜剧，你信不信？"

我当然信。

这就是我和优诺的不同。

"但不管怎么说，我们总会殊途同归。"暴暴蓝用文字的语言安慰我。

我对她说我要下线了，打算去理发。夏天来了，我的头发越来越长，已经不方便梳理了。

"去吧，"暴暴蓝说，"我要睡了。"

我吻了一下这个跟我一样总是将日子过得黑白颠倒的女孩，下线。

美发厅里的小妹妹很会游说，我不过是想把头发剪短一些，她却一会儿建议我染发，一会儿又建议我做离子烫。等我花掉四百块"大洋"和四小时后，她如愿以偿地对着镜子中的我大加赞赏道："瞧，你现在多漂亮。"

漂亮，呵呵。漂亮给谁看呢？

不过，被人夸总是舒服的，所以钱虽然花掉了，心情还算不错。

我从美发厅里走出来，阳光已经消失，黑夜正在降临。我摸摸口袋里最后的五十元钱，忽然很想去"大学城"喝点冰啤，于是我就去了。

"大学城"里的老板娘叫清妹，她好像是优诺的老同学。见到我，她很高兴地说："怎么样？这下没得挑了吧？"

"你说优诺啊，"我说，"不错是不错，可是这家伙这两天找不到人，说是明天才能来给我补课呢。"

"谈恋爱去了呀，"清妹朝我挤挤眼睛说，"恋爱大过天嘛。"

"不会吧，她跟我说过她没男朋友。"

"恋爱来的时候排山倒海，谁能预料？"清妹递给了我一大杯冰啤说，"悠着点，别喝多了，优诺会找我算账的，呵呵。"

"她现在搞得好像我的经纪人似的。"我嘴里不满，心里倒是快乐的。说完这话，我发现那天被我撵出家门的那个女大学生，就坐在离我不远的地方。她差不多同时看到我，起身朝我走过来。

"头发做过了？"她在我身边坐下说："这下看上去就不是那么老土了。"

我给她一个背影。

她在我身后说："听说你不过是他的养女，我不知道你得意什么！"

"得意我被他收养，眼看着就要继承他的万贯家财，不行吗？"我转回头说，"你是不是很羡慕？"

"蔡佳佳，"清妹出来打圆场，"别跟小妹妹过不去啦。"

蔡佳佳说："哪里的话，我只是想和小妹妹聊聊天。"

"滚！"我粗鲁地说。

蔡佳佳忽然笑了，问我说："有件事我一直想不通，他那么文质彬彬的一个人，怎么会收养你这么一个没教养的人呢？"

"你问他去啊，"我说，"找个理由再见他一次，没准见面后还能骗一笔钱。"

"你这是在侮辱我还是侮辱他呢？"蔡佳佳说，"不怕你伤心，我告诉你，我今晚真的和他有约会，呵呵呵。"

"那是你们俩的事。"我付账离去，好不容易有的一点儿兴致，被这个叫蔡佳佳的不要脸的女生破坏得一干二净。

我回到家里的时候，伍妈已经下班了，饭桌上照例是我的饭菜，旁边是张写着歪歪扭扭的字的字条："冷了就用微波炉自己热一下。"

没有食欲。

整个房子就像是座寂寞的空城。

我给优诺打电话，告诉她我剪了头发，她在那边笑得天花乱坠："想我啦？我明天就回来哟。"

"你和男朋友在一起吧？"我问她。

"也许……算是吧，"她哈哈笑，"正在进行时。"

"你在哪里？"我问她。

她说出一个小镇的名字，那小镇离市区有五十多公里，我立刻放弃了请她过来陪我的想法。

这个世界上，其实是没有人可以真正依靠的，不是吗？

我跟她说了再见，然后趴在沙发上发呆。我真的很想找个人来陪我，哪怕是曾炜、布衣。总之，跟我说说话就好。

我打了曾炜的电话，竟是个女生接的。过了很久他才接过去，用难以置信的语气问我："你真的是叶小寂？"

"不是我是谁？"

"找我有事吗？"不知道是不是因为身边有别的女生，他客气得像我们从来不曾相识。

"没事。"我狠狠地摔了电话。

我也不知道自己是怎么在沙发上睡着的，我在深夜十二点被林涣之喊醒："七七，到床上去睡！"

"你去哪里了？"我也不知道自己怎么了，开口竟是这句话。也许是我一直想要这么问，所以就毫无顾虑地问出来了吧。

"有应酬。"他可能也觉得我问得奇怪，因为我从来都不过问他的私事，但他还是用这简短的三个字回答了我。答完后他直直地看着我说："你的头发怎么了，谁让你染这种乱七八糟的颜色的？"

"什么应酬？"我不搭理他的问题，继续问。

"生意上的事。"看得出来他很隐忍。

"是陪美女吧，"我冷冷地说，"你夜夜笙歌，就不怕自己吃不消？"

"七七！"他愤怒地说，"你听听自己都在说什么！给我上去睡觉去！还有，明天去把头发染回黑色！"

"就不！"说完，我就在家里跳上跳下，把所有的灯都打开来，把电视开到最大声，然后我对他说："要睡你去睡，我也要享受我自己的夜生活！"

他沉默着关了电视，关了客厅里的大灯，然后他走到我面前说："我警告你，你最好适可而止。"

我讥讽地说："你的品位呢？怎么连蔡佳佳那样的人你都瞧得

81

上眼？"

"什么蔡佳佳？"他跟我装糊涂。

我真服了他。

"你现在只有一个选择，就是上楼去睡觉！"他严厉地说，"我不想再跟你多说！"

"如果我不呢？"我倔强地扬起头。

他挥起了手臂，但最终还是没有落下来。

我的心里掠过一丝莫名的快感，我们俩这么多年来的战争，就算我从来没有赢过他，但总是能让他筋疲力尽。这样我也不至于输得太难看，不是吗？

我没说错，他真的已经筋疲力尽，不再理我，无力地朝楼上走去。他上楼的步子十分缓慢，背影看上去苍老了很多。看到这些，我的心里泛起一阵酸酸的涟漪，然后，我开始号啕大哭。

他没有回头，也没有下楼安慰我。

二十分钟后来的是麦子。她用钥匙开的门，看来我对她的地位有所低估。她走进来，对着仍在呜咽的我说："天天闹你就不觉得累吗？"

我不理她。

她又说："我得去看看他，他又喊胃疼了。"

我依然不理她。心里恨恨地想：得了吧你，你不就是喜欢被他使唤吗？

"你还没吃饭吧？"麦子拍拍我说，"乖，自己去热点东西吃。"

说完，她上楼去了，没过十分钟，她又下来了，看着站在原地纹丝不动的我，俯下身对我说："七七，你哪里不痛快，说出来好吗？"

我低声说："我有病。"

"别胡说，"麦子说，"明天我带你去见个朋友，也许会对你有所帮助。"

"好的，麦子，"我前所未有地听话，"你带我去看病，好吗？"

麦子抱了抱我："没事的，七七。你只要听话，一定没事的。"

我身心疲倦得一点劲儿也没有，如同沉溺于深海，无法自救。

那晚，我胡乱吃了点儿东西。在客厅的沙发上睡了一夜。麦子没走，一直陪着我，睡在另一张沙发上。

夜里我醒过一次，发现身上多了一床小被子。麦子就躺在那边的沙发上，夜灯微弱的光散在她脸上，我第一次发现她是一个如此美丽的女人——长长的头发，长长的睫毛，入睡后均匀的呼吸。她不是我什么人，她没有义务守着我。可是她愿意这样整夜委屈地躺在沙发上，陪一个从不正眼看她，她从来就没有喜欢过的人。

为了爱情，让一个女人做什么都可以吗？

第二天，我被大惊小怪的伍妈吵醒："七七，你这丫头怎么睡在这里？麦医生，你怎么也在？"

我睡眼惺忪地推开她往楼上跑去，正巧林涣之从楼上走下来，他一把抓住我的手腕说："你听好了，今天哪里都不许去，给我老老实实在家待着。"

"你别逼我，"我甩开他，"我告诉你，我不会离家出走的，那种老土的把戏我再也不想玩了！"

"那是最好，"他说，"很遗憾地告诉你，我要从今天起开始管教你。我会打电话给优诺，要求增加你的补课量。另外，你每天上网的时间不可以超过两小时。你要是不听，我就把网停掉，电脑搬走，你自己考虑清楚！"

"你不觉得迟了点儿？"我问他。

"什么？"他不懂。

"你的管教！"我说，"很遗憾，我一点儿也不怕！"说完，我噔噔噔地上楼了。进房间的第一件事，就是赌气打开了我的电脑。

敢把我的电脑搬走，让他来试试看！

没一会儿伍妈进来了，她对我说："麦医生说她上午要开会，下午会来接你。"

"去去去，别烦我。"我对伍妈没好气地说。

"七七，"伍妈一副主持公道的样子，"你这两年越闹越过分了。"

我一言不发，站起来把她往门外推。门关上的前一刻，伍妈用手指着我不甘心地说："再闹，我真要对你不客气了！"

我坐回椅子上，眼睛回到电脑屏幕上，看到显示在线的暴暴蓝。她见到我对我说："早啊七七，我又一夜没睡呢。"

"你又写小说了？"

"不然我还能干什么？嘿嘿。"

我进入论坛，果然看到她又贴了新的章节上去，她笔下的"七七"又和男朋友吵架了。她恶狠狠地对他说："你要是再不跟我道歉，我就拿刀劈了你！"然后她就真的拿着刀追上去了，把那个男生从六楼一直追到十二楼……真过瘾，我笑得肠子都打结了，于是留帖夸她是天才。她高兴地说："好好好，这样我才有信心继续写下去嘛。"

我从没见过为了写作这么拼命的人，整日整夜地在网上写，不要命一样。

只有我，是没有理想没有追求的人。

如果非要说有，那就是想方设法地去激怒林涣之。

这仿佛就是我这几年来苦心经营并且为之奋不顾身的事业。

一大早，天气就闷得让人发疯，令人喘不过气。十点左右，下起雨来。仿佛只是在一秒钟之间，天黑了，云聚拢起来，大雨如注。我慌里慌张地对暴暴蓝说："我不陪你了，我得下线了，下雨了。"

"你这孩子，下雨跟下线有什么关系？"暴暴蓝嘲笑我，"你该不会是怕打雷，要躲到被窝里去吧？哈哈哈。"

我匆匆忙忙地下了线。暴暴蓝真是个聪明的女生，至少她说对了一半，我是被这场雨吓了很大一跳，它让我无法抗拒地回忆起我

一直不愿回忆的六岁时那个改变我一生的雨天。我没有想到，有一天，我还会和这样一场一模一样的雨突然相逢。

在这之前，我一直对那场雨有所怀疑，我曾经以为是我的记忆无限地夸大了它。直到今天我才知道，原来真的有这样的雨，它来得迅猛，铺天盖地，仿佛要不顾一切地摧毁这个世界。

我坐在椅子上，呆呆地看着暴雨打进露台，看着狂风把窗帘高高地吹起，一时竟不能动弹。我听到伍妈在家里骂骂咧咧，脚步急促地飞奔，一定是忙着收回晒在露台上的被子、衣服和毛巾。没一会儿她进了我的房间，冲着我大喝一声："傻了？怎么不关窗？"

说完，她放下手里的东西，跑到露台上把窗户哗地拉起来，拿回我已经被雨淋得湿透的鞋，又调亮了房间里的灯。雨声骤然变小了，灯光让人有种黑夜提前来临的错觉。伍妈朝我走过来，我闭着眼睛说："别啰唆，求你了。"

"天天在家待着，动一下都不肯，不懒出毛病来才怪！"

她把洗得很干净的床单在我的床上铺展开来，那床单是我喜欢的纯白色，中间有一朵大大的金黄色向日葵。很多时候我喜欢四仰八叉地躺在上面沉睡或是胡思乱想，那样让我觉得安宁。伍妈一面用力地拍着床单一面回头大声地对我说："你不舒服还是怎么了，脸色那么难看？"

"对，我头痛。"

伍妈赶紧放下手中的活儿，过来摸我的额头，我不耐烦地推开她的手。

她走到一边去打电话，找麦医生，我冲过去一把扯下她手里的电话说："你神经不神经啊，你打电话给她干什么！"

"麦医生走的时候说了，你要是不舒服一定要通知她，"伍妈是个很固执的老太太，她把我往边上一推，说，"每天不是头痛就是失眠，要不就是往死里睡，怎么叫人放得下心哟！"

我用力地按住电话不让她打，她继续推我，与我僵持着。

　　很快我就坚持不住了，我三步并两步跑到露台上，一把将窗户推开，让风雨肆无忌惮地再次冲进来，我就在那巨大的雨声里冲着伍妈喊道："你打啊打啊，你要是敢打，我马上就从这里跳下去，你让他们来收尸好啦！"

　　伍妈被我吓坏了，扔下电话朝我跑来，一把死死地抱住我说："这丫头作死啊，作死也不是这样的做法！你给我进来，进来！"

　　雨打在我们身上，这该死的无休无止的雨。我坚持着我的姿势。没有人知道，我那一刻真的是不想活了，或者说我很长时间都不想活了，我真的早就活够了。

　　这些无望的，没有尽头的日子，让它结束也罢。

　　我奋力地推开伍妈，长腿一跨迈上了露台。

　　伍妈尖叫着过来拉我。我已经无法控制自己，拼命地往她身上踢，就在这千钧一发之际，门铃叮叮当当地响了起来。伍妈把头伸出去，朝着楼下大喊："快，快，快打电话给七七爸爸！"

　　我把头扭过去，竟看到了优诺。下这么大的雨，她没有带雨伞，全身湿透地站在那里，疑惑地冲上面喊："七七，你在干什么？"

　　那一瞬间，我所有的力气都消失了，颓然跌坐在露台那已被雨水打湿的地砖上。伍妈用力地拉上了窗户。她被我吓坏了，手上一点劲儿也没有，拉了半天也没把我从地上拉起来。最终还是我自己站了起来，坐到房间里的椅子上，朝她挥挥手说："去给优诺开门吧。"

　　崩溃。我终于让自己崩溃了。

　　而且，我也被崩溃的自己吓得不轻。

　　不知道过了多久，我听到有人进来。她走到我身边，用一条干毛巾仔细地替我擦头发，然后她咯咯地笑着说："瞧我们两个落汤鸡，我们一起去洗个澡吧，不然会感冒的。"

　　优诺拿着莲蓬头细心地为我冲淋，她摸着我的长发说："七七

你头发真好，我十七岁的时候也有一头这么好的长发，可惜现在老了，头发越来越软，只好剪成短发啦。"

我有些害怕地说："优诺，我今天差点就死了。"

"好啊，大难不死必有后福。"

"优诺，我好怕，我怎么会控制不了自己？"

"别怕啊，我这不是来了吗？"

"雨停了吗？"我问她。

"停啦！"优诺说，"我最喜欢雨后的天气了，等我们洗得干干净净，香喷喷的，就一起出去散步！好不好？"

我点点头。

"唱歌给你听吧，"优诺说，"我最喜欢在洗澡的时候唱歌了。"说完，她就在稀里哗啦的水声里悠扬地唱起那首《B小调雨后》：

> 一斜斜乍暖轻寒的夕阳
> 一双双红掌轻波的鸳鸯
> 一离离原上寂寞的村庄
> 一段段断了心肠的流光
>
> 两只手捧着黯淡的时光
> 两个人沿着背影的去向
> 两句话可以掩饰的慌张
> 两年后可以忘记的地方
>
> 我的心就像
> 西风老树下人家
> 池塘边落落野花
> 雨后的我怎么舞啊舞啊舞啦

等优诺唱完后，我下定决心对她说："陪我去找麦子好吗？我想知道自己到底怎么了。"

　　"好的，"优诺沉思了一下，然后轻快地说，"穿上你最漂亮的衣服，我们出发！"

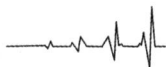

第八章

你走得有多远

我写了很多很多的字
那些字变成一只只的猫
我抱着它们偷偷跑出去晒太阳
听到你一声一声地唤我归家
可是当我回来
你却走了
在岁月的轮回里
我们总是这样遗憾地擦肩而过

高考结束的第二天，奶奶走了。

脑出血。

生命的结束是如此地快而残酷。就在清晨的时候，奶奶还在阳台的摇椅上晒着太阳，眯着眼睛问暴暴蓝："考不上怎么办啊？"

"我能养活自己，还有你。"暴暴蓝伏在阳台上，看着天说，"你放心。"

奶奶的嘴角浮起一丝微笑。阳光照着她花白的鬓角，她软声软语，不急不缓地说："孩子，不怪你，要怪就怪你不懂事的爹妈。"

六月的天已经热得可以，奶奶穿了一件暗蓝色的布褂子，神情安然。那时候暴暴蓝很想走上前去摸摸她的头发，或者，抱抱她。但是，她最终没有那么做，她只是在心里对自己说："说什么也要让这个和自己相依为命十几年的人过上好日子。"

但是，她忽然走了。

说走就走了。

人们发现她的内衣口袋里装着一个存折，上面有五万块钱，存款人姓名那一栏写的是暴暴蓝的名字：倪幸。

姑姑百般不情愿地把这张存折递给暴暴蓝的时候，那两个字深深刺痛了她的眼睛。她没有伸手去接，她知道，那是奶奶所有的养老金。这么多年来，她孜孜不倦地存钱，好吃的东西舍不得吃，一件新衣服也舍不得买，就是为了给自己留下这笔财富。

还记得，暴暴蓝每次拿了数目可观的稿费，会分一半给奶奶，奶奶拿着钱，晃到电脑前面，不敢置信地问："就你整天打这些字，可以换成钱？"

"可不！"暴暴蓝得意地说。

"怪了。"奶奶摇着头捏着钱离开。晚餐的桌子上会多出两样暴暴蓝喜欢的菜，祖孙俩默默地吃完，再默默地去做各自的事。

她们彼此之间并没有太多的话题，但爱却是坚实并且真实地存在的，只不过从来都不曾说出口而已。

五万块的存折，足以说明这一切。

奶奶有很多后代，可是，她只有这唯一的五万块。

她把它留给了暴暴蓝。

"考不上怎么办啊？"空气里仿佛一直回荡着奶奶担心的，极富穿透力的声音。暴暴蓝把耳朵捂起来也躲不掉，于是只好跳到床上用毛巾被把自己裹起来。她很想知道奶奶走的时候心里有没有遗憾，如果那天她走上前去抱了她，她会不会因此走得快乐一点儿。其实有很多日子，暴暴蓝一直在埋怨奶奶，埋怨她做的菜不够咸，埋怨她晚上因为不想让自己上网就悄悄地拉掉电闸，埋怨她不让自己穿稍显新潮的衣服，埋怨她一旦数落起爸爸妈妈来不到一个小时决不罢休……

如今，这些埋怨全都不在了。

它们和她一起消失了，消失得那么毅然决然，消失得不留一丝痕迹。

暴暴蓝却宁愿她还活着，哪怕是天天听她的唠叨和责备，也绝不还口。

"你怎么办呢？"妈妈把毛巾被的一角掀开后问她，"这房子要卖掉了，你是住我那里，还是住你爸爸那里？"

"我哪里也不去，这里谁也不许卖！"暴暴蓝坚决地说。

妈妈压低声音："这房子是奶奶的遗产，卖了是要大家分的，你说不卖就不卖？你姑姑和姑父早就盼着这一天了。"

"谁也不许卖！"暴暴蓝冲着外面喊道，"大不了你们把我的五万块拿走，把房子给我留下来！"

"你傻了还是怎么的！"妈妈一把捂住她的嘴，"这破房子不一定能卖到五万块呢，别瞎嚷嚷！"

正说着，姑姑进来了，她把手里的存折再次往暴暴蓝面前一递，说："你是孙女，我们阿磊是孙子，可是你瞧瞧，你奶奶对你多偏心！"

妈妈连忙把存折接过来说："她老人家心疼我们家小幸，这可是她自愿的事儿，又没哪个逼她！"

"这房子……"姑姑抱着手臂看看四周说，"我看还是赶快处理了吧，破成这样，晚些怕是更卖不到好价钱了。"

"你滚！"暴暴蓝从床上跳起来，指着姑姑骂。

"你说什么？"姑姑尖叫起来，"你这丫头有什么权力跟我这样说话？"

"就凭我是奶奶的孙女，就凭我在这里住了十几年！"暴暴蓝跑到外屋，操起门后的一根长木棍子，对着一屋子的人声嘶力竭地喊："滚，都给我滚，谁不滚我打他出去！"

"倪幸，你发什么疯！"爸爸正在和姑父商量着什么，见状连忙起身要来夺她手里的东西。妈妈七岁的儿子吓得一溜烟躲进了里

屋，而姑父十四岁的儿子小磊则嘴里嚼着口香糖，用一种不屑的，看笑话的眼神盯着暴暴蓝。

正找不到人出气，暴暴蓝当机立断，一棍子就敲到了他的头上。

他躲闪不及，抱着头蹲到地上嗷嗷地叫起来。暴暴蓝不罢休还要打，被爸爸和姑父一人拉住一只手硬生生地拖住了。

棍子"咣当"一声掉到了地上。

"放开我！"暴暴蓝上身动弹不得，只好一面叫一面拼命地蹬着双腿。爸爸恼羞成怒，对着她啪地挥了一耳光："叫你别发疯！"

小磊哈哈大笑。

那一刻，世界对暴暴蓝来说是静止的，只有小磊的笑声，穿透静止的空气，在带着耻辱和绝望的狭小空间里来回飞行。

暴暴蓝捂住脸委屈地想：这就是自己的亲生父亲，十几年来对她没有尽到父亲的义务，打起人来的时候却是毫不含糊。

"你打她干什么？"母亲尖叫着扑上来和父亲厮打到一块儿，"你这个臭没本事的，除了打女儿你还能做什么？"

"你喊什么喊！我不仅打她，我还要打你！"父亲瞪着血红的眼睛。

姑姑和姑父走上前，装模作样地劝架。

一片混乱中，暴暴蓝反而镇定下来，她走到里屋，拿起自己的背包，拿上五万块钱的存折，溜出了家门。

这是高考结束后的第五天，奶奶尸骨未寒，她们曾经相依为命的小小疆土，眼看着就要被无情地吞噬。

十八岁的暴暴蓝，无力回天。

手机里忽然传来短信息的提示音，是优诺。她说："亲爱的，好多天不见你，很挂念。不管考得如何，都过去了。记得要快乐。"

暴暴蓝好多天没上网了。优诺是个多么关心朋友惦记朋友的好女孩，她一定以为暴暴蓝是因为考得不好心情坏透了才不上网。其

实，考试对于暴暴蓝来说真的无所谓，她在考试前一天就跟黄乐说了："高考，滚蛋吧！"

不过，她还是参加了高考，这对她来说，只是一种形式而已。读了十几年的书，这一关总是要过的。最重要的是，她不想让奶奶伤心。

可是现在，世界上最疼她的那个人已经去了，暴暴蓝再也无所谓了，真的无所谓了。

"我没事，"暴暴蓝给优诺回，"我只是有点儿累。"

也许是觉得发短信息说不清楚，优诺干脆把电话打了过来："喂，好多天不见你上网，你是不是故意让我们想念你啊。"

"优诺，"暴暴蓝有些感动地说，"我怀疑你是天使，你怎么总是在我最需要安慰的时候出现呢？"

"你又怎么了？别吓我哟，"优诺轻快地说，"猜猜我跟谁在一起？"话音刚落就有人把电话抢了过去，声音慵懒地说："暴暴蓝，你的小说写得怎么样了？网上也不贴结局，有没有敬业精神啊！"

是七七。

这是暴暴蓝第一次听到七七的声音，不知道为什么，却觉得有一种别样的亲切感。隔着电话，这个女孩忽然和她笔下的"七七"奇妙地融合，变得生动而有质感。

暴暴蓝想：其实我们真的是互相需要的。

这一切多像优诺网站里的一句话：我们都是单翅膀的天使，只有拥抱着，才可以飞翔。

"我写完了，"暴暴蓝对七七说，"等我可以上网了，就发给你看。"

"顺便问一下，你有没有让我死啊。"七七在那边咯咯地笑。

"死了。"暴暴蓝说。

"啊！"七七说，"怎么死的啊，一定要记得让我吃安眠药，

93

这样才比较不痛啊。"

"你看了稿子就知道了，"暴暴蓝说，"七七我现在不能跟你讲了，我还有事情要做，先跟你们说再见哟。"

"再见哟，再见哟。"七七很干脆地挂断了电话。

暴暴蓝把手机收起来，她想要去做的事，是一件其实已经想了很久但一直没有勇气去做的事，那就是去找涂鸦。

无数个七十二小时过去了，暴暴蓝终于下定决心要去找涂鸦。虽然早就知道是注定要分离的结局，但此时此刻，如果不算上鞭长莫及的优诺和七七，应该说除了涂鸦，没有第二个人可以让自己安宁。

又或者，是总算找到了一个可以回去找他的理由？

不管了，不管了！

下定决心后，暴暴蓝拨了涂鸦的电话，可是他关机了。

到了他的宿舍，没人。

于是，她只能去美院了。这是一个曾经熟门熟路的地方，那时候暴暴蓝曾经多次穿过校园到画室去找涂鸦，或者在校门口啃着一串蘸满辣酱的臭豆腐等他出来，让他把自己轻轻一搂，口无遮拦地说："小暴呃，暴饮暴食会短命呃。"

小暴呃。

好像好久没有人这么叫过她了。

这时早该放学了，涂鸦还没出来。暴暴蓝保持着一个姿势，有些固执地等着。

黄昏，六月的风吹过时没有什么声音，她只看到经过的女生的裙摆悠悠地扬起。那女生背着画夹，有让暴暴蓝嫉妒的高挑身材和一头顺直的长发。暴暴蓝总是穿着脏脏的牛仔裤，吃完了东西双手就在裤子上用力地擦。她也总是弄不好自己的头发，它们干燥，凌乱。无论用什么牌子的洗发水来洗，用多么高级的梳子来梳，都无济于

事。这么多年来它们就这么顽固地，不可收拾地乱着，让暴暴蓝一想到就心灰意冷。

终于看到涂鸦了。

他一个人，也穿着很脏的牛仔裤，也是很乱的头发，从校门口低着头晃出来。暴暴蓝没有喊他，而是走到他面前去，低着头挡住了他的去路。

"怎么，你还没死？"过了一会儿，她听到涂鸦不以为意的声音。

"我没死，"暴暴蓝说，"我奶奶死了。"

"什么？"涂鸦没有听清楚。

"我奶奶她死了！"暴暴蓝抬起头来冲着涂鸦喊。这时候的她，已经满脸都是不可控制的泪水。

"啊。"涂鸦这回听清了，他伸出手来拥抱她。然后他说："小暴同志，你别哭啊，你哭的话我就没辙了。"

涂鸦抱她抱得很紧，那是暴暴蓝想念已久的味道，属于涂鸦的特别的味道。有时候在没人的地方偷偷地抽一根烟，在寂寞的深夜对着冰冷的电脑拼命敲字的时候，这种味道就会不讲道理地侵袭自己。它总是以决不罢休的姿态穿过回忆的缝隙，如针一般地冲击自己的嗅觉，怎么躲也躲不掉。

"走吧，走吧，"涂鸦说，"让我好好安慰安慰你。"

好久没来，涂鸦的出租屋出乎暴暴蓝意料的干净，墙上居然还贴了一张萧亚轩的照片，巨幅的。这是暴暴蓝比较喜欢的一个歌手，她有涂得红红的极富个性的嘴唇，用独特的女中音唱出让人心痛的快歌和慢歌。

见暴暴蓝盯着它看，涂鸦跳上床一把撕掉了它，墙后面露出来的是一幅画，不用想就知道那是涂鸦的手笔，画上是一对正在接吻的男女，有夸张的表情和动作。

"哈哈哈。一时兴起乱画的，有点儿色，所以遮起来了。"

"涂鸦你要死啊！"暴暴蓝追着他就打。

涂鸦一把抓住她的手，嬉笑地说："这么长时间了，怎么你还没有学会温柔呢？"

涂鸦的力气很大，他的脸慢慢地俯了过来，在这张脸被无限放大后，他吻住了暴暴蓝的唇。起初是轻轻地，然后他变得很粗暴，像是要把暴暴蓝整个吞没一般。暴暴蓝用力地抓住涂鸦的背，她快要窒息了，眼前全是星星。她很想推开他，可是没有力气。就这样，涂鸦把她一把推倒在床上。

"一颗，两颗，三颗……"涂鸦压在她的身上，轻喘着气说，"你的衣服怎么会有这么多的扣子？"

"我奶奶死了。"暴暴蓝睁大眼睛，气若游丝地说。

"人都是要死的，"涂鸦把暴暴蓝的头摆正了，看着她的眼睛哑着嗓子说，"有一天我们也要死，所以我们要及时行乐。"

涂鸦的眼睛真是好看，他的眼神是那么的深邃迷人。暴暴蓝昏头涨脑地问："这些日子，你到底有没有想过我呢？"

涂鸦不答，而此时，暴暴蓝的衬衫已经被他解开，他的手掌探进去，放在暴暴蓝的小腹上，这天天握画笔的手掌有着磨砂感的温暖，然后，游走。

与此同时，他叹息着说："小暴，你真瘦得不可救药。"

房门就在这时候被打开了。开门的人是西西，她拎着一大袋子食物站在门口，看着正躺在床上的暴暴蓝和涂鸦，像化石一样呆立不动。

暴暴蓝慌乱地坐直了身体，整理衣服。

涂鸦气急败坏地呵斥西西说："同志，进屋要敲门，你妈妈从小没有教过你吗？"

西西一言不发，顺手拉亮了房间里的灯。那灯泡是一百瓦的，把整个房间照得亮堂堂，也照亮了她自己。暴暴蓝很快就发现她已

经不再是以前那个脸皮薄的小姑娘，看样子她并不怕涂鸦，而且她看着涂鸦的眼神里充满了"捉奸在床"的愤怒和指责。

最重要的是，她有这里的钥匙。暴暴蓝和涂鸦最亲密那会儿，也没有拥有过这种特权。

"看完没有？"涂鸦问西西说，"你要是看完了出门的时候请顺手带上门，我们还要继续呢！"

西西不动，胸脯上下起伏。

动的是暴暴蓝，她下了床，背好包，出门。

身后传来西西的尖叫和一声巨响，如果没有猜错，是涂鸦踢翻了床头装着很多画的那只大木桶。

她以为，涂鸦不会来追她，可是她猜错了。下楼后没走出多远，身后传来了涂鸦喊她的声音，他喊："喂！喂！"

暴暴蓝停下了脚步，却没有回头。

涂鸦追上来说："不如，我送你回去吧。"

"不用了。"暴暴蓝看着路边一只很脏的垃圾箱说。

"其实，我跟她也没什么关系，"涂鸦说，"还有，我天天都去那个网站……"

"涂鸦，"暴暴蓝转过头去看着涂鸦俊美的脸，一字一句地说，"我们缘分已尽。"

涂鸦不耐烦地说："你能不能不要净整这些玄的？"

"就算是吧，"暴暴蓝说，"不过你不懂也没关系，因为没有必要懂了。"

"切，那你还来找我干什么？"

"是我傻，行了吧？"暴暴蓝说。

"休战，"涂鸦的手臂圈过来，"继续做我的女朋友，OK？"

"No."暴暴蓝把头摇起来，坚决地说，"No，No，No."

"你要记住，我不会再给你第二次机会。"涂鸦威胁她。

暴暴蓝笑了起来，她一面笑一面转身离开。她觉得世界上再也没有比这更好笑的事情了。涂鸦没有再跟上来，暴暴蓝就这样笑着离开。她笑着走到了公交车站台，笑着挤上了公共汽车，谢天谢地，满车都是人，拥挤不堪的车厢终于让拥挤不堪的心事变得微不足道起来。

一直到车子开到终点站，暴暴蓝才发现这里不是自己想来的地方。或者，自己根本不知道自己想去哪个地方。在陌生的城区茫然四顾的时候，手机响起，是黄乐，他在那边激动地说："稿子看完了，不错咧，就是结尾你会不会觉得太残酷了一点啊？就那么干脆利落地死了？要不我们碰个头商量一下！"

"什么叫残酷？"暴暴蓝气呼呼地问黄乐，"你到底知不知道，明不明白，懂不懂什么叫残酷？"

黄乐被她问蒙了，好半天才说出话来："干吗呢？心情不好？"

"是！"暴暴蓝咬着牙说。

"那来'印象'歇会儿。"黄乐说，"我和陶课正好都在。"

陶课？

自从他上次陪她到医院挂水并送她回家后，暴暴蓝就再也没见过他，但奇怪的是，他的样子在脑海里却一直很清晰，不像黄乐那张大众化的脸，很容易就让人忘了他的模样。

"哦，"暴暴蓝说，"可是我不知道我现在在哪里？"

"你到底怎么了？"黄乐开始不耐烦。

"不要你管！"暴暴蓝冲着电话大喊。

"在哪里呢？"这回应该是陶课，他的声音里有一种带了磁性的温柔，不像黄乐，总是那么毛毛躁躁。

"17路终点。"暴暴蓝说。

"你跑到荒郊野外去干什么？"

"因为我没有地方去。"暴暴蓝对着陌生人倾诉。

"好吧好吧,"陶课说,"你就在站台那里等我,我开车来接你。"

暴暴蓝挂了电话,到路边的小摊上买了一包香烟和一包火柴。烟瘾是在写长篇小说的时候变大的,写不下去的时候,就要抽上一两根。暴暴蓝抽烟从来不看牌子,杂乱无章地抽着,把烟灰弹到窗外,把烟盒撕得细细碎碎的,扔到抽水马桶里冲掉。不过现在,她不用再担心任何人因为看到她抽烟而伤心了。肆无忌惮的代价,是永远的失去。

当暴暴蓝靠在站台的铁椅子旁抽完第二根烟的时候,陶课到了。他打开车门向暴暴蓝招手,暴暴蓝把烟拿在手里坐进去。他看着暴暴蓝笑了笑说:"怎么,美女作家的颓废样儿这么快就出来了?"

"去银行。"暴暴蓝说。

"黄乐在等着你。"

"让黄乐见鬼去!"

陶课吸吸鼻子说:"也是个好主意啊。"

银行里,暴暴蓝当着陶课的面取出了那五万块钱,密码就写在存折的后面,是暴暴蓝的生日。暴暴蓝一张一张地数着那些钱,她从来没有数过这么多钱,站得腿发麻的时候才终于数完了,五万,一分不少。

黄乐的电话一个接一个地打过来,打完陶课的,打暴暴蓝的,他们都心照不宣地挂断了。

陶课终于问:"哪来这么多钱?写稿子挣的?"

"这不是我的钱,"暴暴蓝把钱装到背包里,然后对陶课说,"你能替我找家宾馆吗?我今晚没地方可去。"

陶课露出吓一大跳的样子,随即饶有兴趣地说:"你真是个谜一样的女孩。"

"不要太贵的,"暴暴蓝说,"安全一点儿的地方。"

陶课把一只手放在下巴上，一只手指着她的背包说："说实话，你带这么多钱，到哪里都算不上安全。"

"那怎么办？"

"要知道现在不流行离家出走了。"陶课说。

"你不明白的。"暴暴蓝把背包紧紧地抱在胸前。

"真不打算回去？"陶课问。

"嗯。"暴暴蓝答。

"那好吧，"陶课下定决心一般地说，"那就到我家将就一晚吧。至少，我不会打你这五万块钱的主意。"

"这我怎么知道？"暴暴蓝说，"我们还是陌生人，知人知面不知心。"

"我服了。"陶课说。

"那好吧，"这回是暴暴蓝下了决心，"我去你家。不过，你要是有什么鬼主意，当心我要了你的命。"

"怕怕，"陶课说，"你可千万别像你小说里的主人公那样么暴力，拿把菜刀跟在她男朋友身后追。"

"你看过我的小说吗？"

"废话，"陶课说，"我要做发行，怎么能不看。"

"那黄乐的意见呢？"

"你自己看着办喽。"

"呵呵，你比黄乐狡猾多了。"暴暴蓝说完，再次坐上陶课的车。她把背包紧紧地搂着，头靠到椅背上，用无比疲惫的声音对陶课说："我很累，我想睡了。"

"那就睡吧，"陶课说，"我家挺远，要开一阵子的。"

好多天没有睡个好觉了，暴暴蓝头一歪就真的睡着了。她在梦里遇到了奶奶，奶奶还是穿着那件暗蓝色的褂子，笑起来一脸金黄色的皱纹。她对暴暴蓝说："你把牛仔裤脱掉吧，女孩子还是穿花

裙子更漂亮些。"

暴暴蓝惊喜地迎上去说："奶奶，哦，奶奶。原来你没有走。"

"我走了，"奶奶说，"我真的得走了。"

"等等，"暴暴蓝说，"我想知道你恨不恨他们？"

奶奶摇头笑。

"可是奶奶，"暴暴蓝说，"我有时候真想杀了他们。"

奶奶又笑了："我真的要走了，你记得要坚强，要照顾好自己。"

说完，奶奶的笑容就隐没在空气里。

"奶奶！"暴暴蓝惊呼，然后她醒了。她睁开眼睛看到正在开车的陶课，他腾出手来递给她一张纸巾，用和奶奶一样温和的声音说："你做梦了吧，我听到你在喊奶奶。"

暴暴蓝把纸巾贴到面颊上，纸巾很快就湿成了一小团。陶课见状又递了一张给她，暴暴蓝悲从中来，终于在陶课的车里掩面大哭起来。

"会过去的，我向你保证。"陶课把车停到路边，伸出手来，在空中迟疑了一下，终于还是慢慢地放下来，轻轻地拍着暴暴蓝的背。一下，一下，又一下。

"我终于一无所有了。"暴暴蓝把一张弄湿的餐巾纸扔到窗外，喃喃地说。

第九章

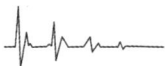

盛夏的果实

百无聊赖的午后
爱上一张纸
我用白色的蜡笔费力地涂抹、描绘
到了最后才发现
这不过是一场
发生在自己与自己之间的
徒劳无功的角逐

蓝顶大厦 3903 房间。

苏诚从后面环住优诺，下巴抵着她的长发，轻声说："暑假跟我回苏州好吗？我十七楼的小公寓已经装修完毕，就差女主人了。"

这已经是苏诚第二次来，从饭店三十九层的窗口看下去，是整个城市仿若永恒不灭的灯火。优诺回过身来，笑眯眯地看着苏诚说："可是这个暑假我真的有事，七七就要复学了，我答应替她把功课都补上来。"

"他给了你多少钱？"苏诚问。

"谁？"

"七七的父亲。"

"呵呵，"优诺坐到沙发上说，"这并不是钱的问题。"

"那是什么问题？"苏诚不明白。

"你见了七七就知道了，"优诺说，"她是个寂寞的孩子，她

需要我。"

"这是什么道理？"苏诚抚额叹息着说，"我也是个寂寞的孩子，我也需要你呢。"

"苏诚你七老八十了，别赖皮！"优诺笑他。

"你也知道我七老八十啦，"苏诚在优诺的身边蹲下说，"那你还不快点嫁给我，忍心让我一直唱单身情歌啊？"

"讨厌！"优诺伸手打他说，"有你这样的好朋友吗？求婚也不正经点！"

苏诚立刻单膝跪下，变戏法一般地从口袋里掏出一个红色的丝绒盒子，打开来，里面是一枚闪闪发光的钻戒。

"嫁给我，优诺。"苏诚深情款款地说。

优诺睁大眼睛，用手捂住嘴，别过头去悄悄地笑，笑着笑着却有眼泪滚了出来。

"嫁给我，"苏诚继续说，"跟你说实话吧，我今天是有备而来，你要是不答应，我就从这三十九层跳下去！"

"哇！"优诺擦着眼泪说，"我要考虑一下能不能找个这么赖皮的人做老公啊。"

苏诚把戒指取出来，扔掉盒子，牵过优诺的手，细心地把戒指戴在她纤细的手指上，他阴谋得逞般地笑说："没时间给你考虑了，我宣布，你从现在起已经被我套住了。"

"谈婚论嫁，人生大事，"优诺认真地问苏诚，"你确定自己不会后悔吗？"

"如果要说后悔，"苏诚肯定地说，"就是毕业那年我没有追求你。"

优诺沉默不语。

苏诚长篇大论地说下去："其实回到苏州我就后悔了。想你的时候，我就去你的网站，读你的文字和图片，读你藏在文字和图片

里的那些埋怨和思念。真对不起，我是学理科的，没文科的头脑，所以用了好长的时间才读懂你。不过我发誓，你所受过的委屈，我都会在以后的日子里一一补偿你。"

"她呢？"优诺咬着下唇，终于问。

"谁？"

"田田。"

"我们分手了，"苏诚很坚决地说，"我跟她了断一切关系后，才来找你的。"

"她很爱你呢。"

"可是爱情不能勉强，要跟自己喜欢的人才能过一辈子，"苏诚说，"我在苏州有不错的工作，可以给你很安定的环境，让你去做你喜欢做的事情。优诺，请相信我，我会尽我一生之力给你最大的幸福。"

求婚真的是太突然的事，优诺不知道该说什么，只好低头转动着手上的戒指。钻石不大，但相当精美。相信苏诚挑它的时候一定用足了工夫。

就在这时候，有人按门铃，优诺松了口气，抢着去开门，惊现在眼前的是一大束红玫瑰，每一朵都娇艳欲滴。

服务生捧着它说："苏先生托我们订的。"

"对，"苏诚从后面走上前，接过玫瑰，当着服务生的面递给优诺说，"老婆，喜欢不喜欢？"

老婆。

一个亲热到不像话的称呼。

优诺一脚把门踢上，尖声叫起来："苏诚苏诚我抗议啊，真的不能再玩儿啦，再玩儿下去我会疯掉的。"

苏诚把花放到桌子上，一把抓住优诺的双手说："抗议无效！"

说完，他把优诺的下巴抬起来，深深地吻住了她。

这是他们第一次亲吻。

上一次苏诚来看优诺，正巧遇到优诺要拍一组照片来配新作，于是，他陪她去了离市区有五十多公里的一个小镇。那里有很美的湖，一年四季汪着一池寂寞微蓝的湖水。入夜了，他们在湖边的小旅店入住，一个房间，一盏孤灯，一人一张小床，面对面说心事说到半夜，什么事情也没有发生。只是第二天送他到火车站的时候，他才在汹涌的人群里不露痕迹地握住了她的手，就这样一直牵到了检票口，再不露痕迹地松手。

他对优诺说："我会再来。"

他没有食言，很快就再来了，而且用他自己的话说，是有备而来，带着他璀璨的钻戒，一吻定情，势在必得。

优诺找不到任何理由拒绝。

她把头埋到苏诚的胸前说："你要知道，我是个很难伺候的小女子呢。"

"容我用幸福将你慢慢调教。"苏诚胸有成竹地回答。

"我怕。"优诺说。

"你怕什么？"

"怕爱情没有想象中那么美好。"

苏诚抱紧她说："呵呵，是难伺候了些，不过我会拼尽全力。"

晚上，他们约了七七在"圣地亚"吃饭。苏诚和优诺先到，不一会儿，七七也到了，她的头发又剪短了些，不知道是不是灯光的缘故，看上去竟是微紫色的。看着她远远地走过来，苏诚有些不敢相信地问优诺："她高二？"

"对。"优诺说。

"天，"苏诚说，"像已经在社会上混足十年的样子！"

"外表只是强撑，很快你就会发现她不过是个孩子。"优诺说完，站起来朝着七七挥手致意。七七终于走近了，脸上带着挑剔的笑容，

看着苏诚说："你好啊。"

"好啊。"苏诚回答。

"喂啊喂！"七七夸张地冲着优诺喊，"你男朋友帅得可以啊！"

"嘘！"优诺制止她，"公共场所给我留点面子嘛。"

"他是真的帅，不是拍你马屁。"七七一屁股坐下来，冲着服务生喊："来杯白兰地啊！"

"小女生应该喝卡布奇诺。"苏诚说。

"是不是请不起啊？"七七不高兴地说，"要是请不起早说啊，我一会儿点起东西来可是不留情面的哟。"

"你这个小朋友有两下子啊。"苏诚哈哈笑着对优诺说，"才见面就将我的军！"

优诺举起桌子上的刀叉恶狠狠地对苏诚说："知足吧，她没用这个对付你完全是给我面子。"

一顿饭吃得多少有些闷。只是聊聊暴暴蓝，聊起她好久不在网上，猜测她小说的结局以及她将来有没有可能成一个大作家。苏诚插不上话，就微笑着喝酒。七七也喝，她的酒量一点儿也不比苏诚差，只有优诺，慢慢地享用一杯现榨的鲜橙汁。

快结束的时候，优诺对七七说："小老板，我要请一星期的假，准不准？"

七七把嘴嘟起来："干吗去？"

"去苏州，"优诺看着苏诚说，"去他家。"

"丑媳妇要见公婆啊，"七七说，"带上我行不行？"

"行啊，"苏诚大方地说，"你要是愿意，一起去玩玩，我家房子挺大，住得下！"

"不高兴去！"七七用毛巾大力地擦嘴说，"这鬼天气一天比一天热，还是待在家里舒服呢。"

"你爸爸不是要带你去欧洲玩儿吗？"优诺建议说，"不如趁

机去放松一下？"

"听他的？"七七说，"他哪句话能当真？工作，应酬，他最爱的是没完没了的工作和没完没了的应酬，其他都是扯淡！"

说完了，七七探头问苏诚说："你有没有工作癖？要是有，我建议你别娶老婆。"

"工作重要，老婆也重要，一样都不能少。"苏诚笑起来，把手放到优诺肩头说："老婆，你说是不是？"

优诺的脸微微红起来。

七七哈哈大笑说："原来一日不见，你已经成为别人的老婆了。不过他真是太帅了，你要小心，帅男人比较容易花心哟。"

"别挑拨离间！"苏诚做生气状。

优诺只是微笑。

"OK！算我乱讲，"七七说，"我这个电灯泡照不动啦，我要回家睡觉啦。"

说完，她摆摆手，站起来，干净利落地离开。

她走后苏诚对优诺说："这女孩有些奇怪。"

"哪里怪？"

"她眼神里有种天然的敌意，我不知道是对我，还是对所有的人。"

"你多虑了，"优诺说，"七七是个特别的孩子，她拥有的都不是她想要的，所以，她才会显得与众不同一些。"

那晚，优诺没有陪苏诚回蓝顶大厦的房间，而是执意让苏诚送她回宿舍。其实也不是不相信苏诚，但总是怕有什么事情要发生。一切都来得太快了，就连心里，也没有做好十足的准备。

苏诚并没有勉强优诺，他们吹着夏风，牵着手慢慢地走回学校，在大门口说再见。分别之前，苏诚第二次吻优诺，那吻缠绵，轻柔，无休无止，直抵优诺的灵魂深处。只是，优诺还不太明白，苦守多

年等来的幸福，是否就是真正想要的幸福呢？

还是因为这幸福来得太快，所以会觉得不真实？

"你跟我回去。"苏诚低声恳求。

"别孩子气啦，"优诺踮起脚尖，在他面颊上吻了一下说，"来日方长。"

"我怕一切消失得太快，"苏诚说，"优诺你太美好，我才会心里忐忑。"

"别变着法拍我马屁！"优诺放开苏诚说，"明天早上九点半的特快，你不用来接我了，我们车站见？"

"拜。"苏诚摸摸她的头发，终于恋恋不舍地离去。

优诺回到宿舍开了电脑，竟在聊天室里意外地遇到好多天不见的暴暴蓝，她高兴地对暴暴蓝说："今晚我和七七吃饭，还谈到你，你的小说写得如何了？"

"一直在改结局。"暴暴蓝说。

"其实坚持你自己就好，"优诺说，"有时候编辑的意见你可以充耳不闻的。"

"关键是我自己也一直在犹豫。"

"高考成绩呢？"

"分数早下来了，我没去查，查了也是白查。"

"嘿嘿，胆小鬼。"

"我在陌生人家里住了一阵子了，"暴暴蓝说，"亲爱的，我常常觉得自己无处可去。每天醒来，都很恐慌。"

"此身安处是吾乡，"优诺说，"把心定下来，也许什么都好办了。"

"嗯。"

"说点高兴的吧，"优诺说，"今天有人跟我求婚呢。"

暴暴蓝打出一个笑脸："那你同意没？"

"嗯。"

"真好，"暴暴蓝说，"那人很幸福。"

"蓝，"优诺诚心邀请说，"要是不开心，不如出来走走，我和七七都希望你过来玩儿，她一直想见你。"

"谢谢，"暴暴蓝说，"我会考虑哟。"

她不愿意多讲，可见心情实在是算不上好。但每个人都要经历一些曲折，暴暴蓝会挺过去的，优诺执意地相信，文才了不得的她会有很好的将来。

跟暴暴蓝道别后，优诺又把网站清理了一番，到睡觉的时候已经是凌晨一点了。简单地收拾了一下行装，把手机的闹钟调到早上八点，这才放心地睡下。

清晨，手机尖锐地响起来，优诺想当然地以为是闹钟，闭着眼伸出手关掉了，谁知道它很快又响，这才发现是电话。她迷迷糊糊地接起来，那边传来的是伍妈着急的声音："优诺小姐是你吗？七七出事了，你快来！"

优诺被吓得一激灵，清醒了过来，连忙问："出什么事了？"

"你快打车来，来了再说吧。"伍妈说完，电话就挂断了。

优诺三下两下穿好衣服，胡乱收拾了一下就往七七家赶去。到七七家的时候发现门开着，客厅里都是人，麦子在，林涣之在，伍妈也在。七七和他们对峙着，左手握着一个小刀片，眼睛里像要喷出火来。

"七七！"麦子向前一步说，"有什么事好好说，不要这样子伤害自己。"

七七扬起左手的刀片一边往楼梯上退，一边尖声叫："你们谁也不许过来，谁过来我就让他好看！"说完，手起刀落，刀片在裸露的右手腕上毅然决然地划出一道大血口子来。

"七七！"林涣之欲冲上前。

"不许过来！"七七闭着眼睛又是一刀，林涣之吓得不敢再往前了，只好用请求的口气说："好，我不过来，你先放下刀。"

"就不就不就不！"七七已近疯狂，她摇着头大叫，右手腕上的鲜血已经滴到了地板上。

优诺见状，连忙一把拉开小麦和林涣之，冲着七七大喊道："七七，你想死对不对？"

一定是受伤的手腕疼得厉害，七七的脸开始变得扭曲和不安。她喘着气说："优诺你不要过来，这是我自己的事情，你不要管！"

"要死还不容易？"优诺说，"你那小刀片只能吓唬人！"说完，她快步走到餐厅的中央，拿起水果盘里那把尖尖的水果刀往七七面前走去，一面走一面说："来来来，用这把，这把刀才可以一刀致命！"

七七吓得直往楼梯上退。

优诺却一直跟上："来吧，有勇气就用这把刀，往身体里一捅，一了百了！"

七七腿一软，坐到了楼梯上。优诺抢过她手里的刀片，连同自己手里的水果刀一齐往楼下一扔，大声招呼底下三个吓呆了的人说："还不快来？"

麦子第一个反应过来，她拿着急救箱冲上来，给七七包扎伤口。

优诺把七七的头抱在怀里，听着她像小兽一样的呜咽声，安慰她说："乖，没事了，过去了，没事了。"

他们和伍妈一起，合力把七七扶回了房间，麦子给七七打了一针镇静剂，她没抗拒，抿紧唇，慢慢睡着，头歪到一边。淡紫色的头发掩盖了她苍白的脸。

"到底是怎么回事？"优诺问麦子。

"昨晚七七爸爸有应酬，回到家里已经快到早上六点了。七七也一夜没睡，还在玩网络游戏，父女俩就这样发生了争执，我赶来的时候，已经这样了。"

"都是犯傻的，"伍妈随便扯起七七床边的一件衣服抹起眼泪来，"好好的日子不过，都是犯傻的。"

"好了，我们出去吧。让她睡会儿，醒来就应该没事了。"麦子招呼她们出去。优诺下楼，看到林涣之，他坐在沙发里，极度疲惫的样子。

"没事了。"麦子走到他身后，把手放在他肩上。

"谢谢你，"林涣之抬头对优诺说，"这么早就麻烦你跑一趟，真是对不住。"

"没事，"优诺说，"我是七七的朋友，这是我应该做的。不过我还是觉得，以后这样的事情少发生为好。"

"我已经很能容忍她了，"林涣之说，"是她一日比一日过分。"

"什么叫过分？"优诺激动起来，"你到底都给过她些什么？你的金钱，你的同情心，还是你的冷漠，你的不理解？！"

"优诺，"麦子制止她说，"你这样讲不公平。你也知道，医生诊断七七是轻度抑郁。"

"我才不管什么抑郁不抑郁！"优诺说，"我只是一个家庭教师，也许不该管这么多。但是我重申一下，七七，她是我的朋友。你们把所有的错都加在她的身上，从来不反省自己，那才叫不公平！"

说到这里，优诺的手机响了，是苏诚，他在那边着急地喊："你怎么还没到车站，还有二十分钟就要开车啦。"

"哎呀，对不起，"优诺拍拍脑门说，"早上有点儿事情，你等我，我这就赶过来，应该来得及。"

"你有事吗？"林涣之一听，连忙站起来说，"我开车送你。"

"我今天要去苏州，"优诺说，"不过不用你送了，你也一夜没休息，我还是自己打车放心一些。"

"我送吧，"麦子说，"我也开车来的。"

"我送，"林涣之的语气不容拒绝，他站起来走到门边，打开门，

111

回头对优诺说，"走吧。"

林焕之将车开得快速而平稳。车上，两人好长时间无话，终于还是优诺说："对不起，林先生，我想我刚才太冒昧了，但是，我是真的心疼七七。"

"我明白，"林焕之说，"你的话很有道理。"

"你们一定要好好沟通，"优诺说，"你要抽时间多陪她。"

"你学什么专业？"林焕之换话题。

"中文。"优诺说。

"哦，"林焕之说，"今天多亏了你。很多时候，我对她都毫无办法，一想起来就头疼。"

他说完，轻轻叹息。

优诺第一次听见一个中年男人的叹息，它绵长尖锐，携带着极具穿透力的寂寞和无奈，令优诺的心百转千回。

"就在这里停下吧，"林焕之说，"那边不好停车，祝你旅途愉快。"

优诺下了车，却临时改变了主意。她把头探进车窗对林焕之说："你到前面好停的地方等我一下，我跟朋友打个招呼就回来。"

"怎么？"林焕之不明白。

"旅行什么时候去都可以，"优诺说，"可是，我想七七现在需要我。"

"好。"林焕之点头，迅速把车开走。

优诺赶到检票口的时候，苏诚已经急得冒火，他朝优诺的头上打了一下说："想放你老公鸽子啊，这么半天不来！"

"嘿嘿，"优诺笑着说，"不是说有急事嘛。"

"快走吧，"苏诚说，"再晚车就要开走了。"

"苏诚你听我说，"优诺环住苏诚，抬起头来看着他说，"原谅我今天不能跟你去苏州，七七她临时出了点儿状况，我必须留下

来陪她。”

“这算什么？”苏诚说，“我昨晚已经打电话给我爸爸妈妈，他们已经做好了迎接你的一切准备。”

“对不起，”优诺说，“等到七七没事，我一定去苏州找你，好不好？”

“不好，”苏诚拉住优诺，“你现在就跟我走。”

“苏诚！”

“难道我还没有那个七七重要？”

“不一样的嘛，”优诺说，“苏诚坏，不讲道理。”

广播里一遍一遍地在催促：“乘坐 T711 次列车的旅客请赶快上车，乘坐 T711 次列车的旅客请赶快上车⋯⋯”

苏诚终于拎着包，头也不回地进站去了。

优诺带着满腹的心事出站，好不容易才在广场外找到林涣之。他趴在方向盘上，好像是睡着了。就在优诺不知道该不该叫醒他的时候，他却突然把头抬起来，替优诺把门打开说：“事情办完了？”

“嗯，”优诺答，“我们回去吧，不知道七七醒了没。”

刚上车，手机里就传来苏诚的短信：“我很失望，也很心痛。”

优诺回：“对不起。”

回复完后，优诺把手机关掉了。

她把头转向窗外，有想哭的冲动，但是最终忍住了。

而林涣之最大的优点，就是话少，这反而让优诺觉得安心，索性在他的车上闭目养神起来。

回到七七家里，七七还在沉睡。优诺一直守在七七的床边，读一本《德伯家的苔丝》。这是林涣之买给七七的书，他给了七七很多东西，是很多别的女生梦寐以求的，可是七七一丁点儿也不稀罕，更未因此而感到快乐。由此可见，快乐是多么不容易的一件事情。

这期间，伍妈进来一次，带给优诺一份丰盛的早餐和一个厚厚

113

的信封。

"这是什么？"优诺咬着面包问。

"林先生给你的报酬。"

"你让他收起来。"优诺低声说，"别把我逼走。"

"好，我跟他说。"伍妈爽快地把钱收起来说，"我早就说，这个世界上有很多东西是钱买不到的。优诺小姐，你跟很多人不一样，以后一定会有出息。"

"谢谢伍妈。"优诺宠辱不惊地回答。

午后，七七终于醒来，她睁眼看到优诺，脸上闪过一丝惊喜，然后说了一个字。

她说："好痛。"

"会好的，"优诺摸摸她的脸说，"下次别这么傻，乖。"

七七抚摸着左手腕被包扎好的伤口，近乎耳语地说："你知不知道，心里很痛很痛，痛到受不了的时候，只有这样，疼痛才可以被转移。"

优诺的心被七七说得剧烈地疼痛起来，她握住七七受伤的手说："笨丫头，你要记住，无论如何，都不要再伤害自己。"

"对了，你今天不是要去苏州的吗？"七七忽然想起来。

"我想我不能在这时候离开你，"优诺说，"你说是不是呢？"

七七的泪流下来，她说："我想见 Sam。"

"那个心理医生？"优诺说，"行，我替你打电话给他。"

"他一直劝我去旅行。"

"那我们就去，"优诺下定决心说，"要不，我们一起去看暴暴蓝怎么样？"

"好主意呢，"七七的脸上终于露出笑意，可是她很快又担心地说，"我怕他们会不同意我出门。"

"我去跟他们说，"优诺说，"我们一块儿，他们应该会放心的。"

"不带你的帅哥。"七七得寸进尺。

"不带，可是你要听话，"优诺说，"不可以再胡闹。"

"我不胡闹。"七七躺下去，"我只是很累，我想再睡会儿可以吗？"

"好，"优诺说，"我这就帮你请假去，顺便让伍妈送点吃的给你。"

"优诺，"七七一把拉住她说，"优诺，谢谢你没走。"

优诺拍拍她的脸颊下楼了，告诉伍妈七七醒了，要她送点吃的上去。伍妈好像哭过了，眼睛红红的。她拉着优诺诉苦说："你说这可怎么是好？好好的一个孩子，谁能救得了她呢？我一想着，这里就疼！"

伍妈一面说，一面拍着自己的胸口。

"伍妈你放心，"优诺安慰她说，"我们会帮她。对了，林先生睡了吗？"

"没睡，在书房。"

优诺说："好，我去看看他。"

书房的门开着，优诺还是礼貌性地敲了敲，但没人应答。等走进去，才发现林涣之靠在椅子上睡着了，阳光照着他的鬓角，已经有些花白。这个在事业上呼风唤雨的男人，却怎么也搞不定他十几岁的小女儿。他们之间宛若有一场旷日持久的战争，无论最后谁输谁赢，彼此都只能拥有一个千疮百孔的过去和将来。

他的外套掉在地上，优诺把它捡起来，盖到他的身上。这时，她又听到了他的叹息声，那叹息和早上的那一声如出一辙，令优诺不知所措的心动。她刚要走开，林涣之却一把拉住她的手说："陪我坐一坐吧。"

第十章

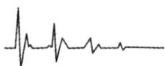

飞翔的速度

坠落的时候
我该用什么样的姿势
才可以显得优美 从容
终于终于
我飞了
而你还留在原地
想你想我的目光
会不会因此而格外地温柔呢

凌晨两点，我醒了。

手腕微酸的疼痛感提醒我昨天发生的一切。我坐起来，调亮台灯，拆开纱布，审视我自己的伤口。

这是我自己给自己留下的伤口，两道。如两条粉红色的丑陋的虫，盘踞着。我很奇怪它怎么会是粉红色的，它可以是黑色、紫色，甚至蓝色，但绝不应该是粉红色。我还记得麦子给我包扎的时候说的那句假惺惺的话："还好，伤得不算太深。"

傻瓜都知道，我要是死了，她才会快活。

也许是混乱了一天，伍妈走的时候忘记替我关窗户。夏风吹起窗帘，也许是体内怕冷的因子又发作了，这么热的天，竟会觉得有*丝丝*的寒意。我下了床，出了门，来到林涣之的房间。他的房间从来不上锁，我一推就开了。我想起很多年以前的一个夜晚，我第一次把他的门推开，他从床上坐起来说："哦，七七，你是不是害怕？"

"不是，"我说，"老师说我们班有个小朋友得了白血病，要大家捐款。"

第二天，他拉着我的手去学校捐款，他给的是支票，上面写的是一万元。那时候的我不知道一万到底是一个多么大的数字，但我可以完美无缺地读懂老师和同学眼睛里的羡慕和谄媚。

"叶小寂家在瑞士银行都有存款！"

"叶小寂是孤儿，但是她爸爸很疼她，她有一百条公主裙！"

"叶小寂本来没这么漂亮，她爸爸领养她后，带她去做过美容！"

"叶小寂从来不用做作业，听说她们家有专门替她做作业的佣人！"

"叶小寂……"

…………

在很长的时间里，我在校园里是一个"传奇"。我在众人羡慕、嫉妒的复杂眼神里长大，从不觉得自己有任何改变。我依然是孤儿，美丽世界的孤儿。

有多少个夜晚，他永远不会知道，我都是这样轻轻地推开他的门，穿着棉布的睡裙，轻轻地在他的床边坐下来。也许是白天太累了，他永远都睡得那么香，那么沉。他看不到也读不懂一个女孩在夜晚的恐惧。我就这样整夜不睡，在他的床边坐到快天亮，再起身离开。

今夜，他的窗也没关，月光照着他的脸，我看到他的鬓角已经有白发。床头柜上是他一年四季都离不开的胃药。和小时候一模一样，我抱着双膝，在他床边微凉的木地板上坐下来，我不明白自己内心的恨，无数次地试图离开后，我依然不明白。

我想起优诺曾经抱着我的头说："七七，他很爱你，你也很爱他，你们要停止这样的互相折磨。"

噢。优诺。

她是那样一个冰雪聪明的女孩，她让我温暖。她握着我的手带我去看心理医生。第一次，我终于敢走近一个陌生人，想让他告诉我，我心里究竟渴望的是什么。

那个医生很年轻，是个男的。他说："七七，呵呵，你叫七七，这真是个不错的名字。好吧，我们首先来说说你的名字，你喜欢你的名字吗？"

"无所谓。"我说。

"那么说说你有所谓的东西。"他拿着病历靠近我。

"没有。"我说。

"我们做个游戏如何？"他放下那本该死的病历，递给我一张图片，"认真看，告诉我你看到的是什么？"

图片上是两座呆头呆脑的大山。我把他拿着图片的手一把推开说："给我看这个？当我傻？"

他并不生气，而是说："再仔细看看。"

我再看，两座山变成了两张面对面的人脸。

"再仔细看一下。"他说。

这回我看到的是长流的溪水和几条通向远方的绵延的路。

"这说明，你第一次看到的，不一定是一成不变的东西。"他把图片收起来说，"很多时候，你的眼睛会欺骗你，你必须用你的大脑去认真地思考，才可以看到事实的真相。"

"如果我压根就不想了解真相呢？"我问他。

"那你就会被心里的疑惑压得喘不过气来。"他摊开双手说，"随你选择。"

"你叫什么名字？"我问他。

"Sam，"他朝我伸手说，"七七，很高兴和你做朋友。"

"你的发型很土啊。"我说。

"明天我买发型杂志，回头你帮我参考参考？"他朝我眨眼睛。

第二次见他，他真的递给我发型杂志，封面上那小子一头黄毛，长得鬼头鬼脑。"怎么样？"他指着杂志问我，"我弄成这样你说够不够酷？"

我把杂志扔到一边笑到断气。他很耐心地听我笑完，然后说："七七，其实你不用看医生，你很好，就像今天这样，面色红润，笑声朗朗，一定能长命百岁。"

"可是，"我不由自主敞开心扉，"我常常控制不了自己。心里永远有两个我在打架，谁输谁赢我做不了主。"

"我会帮你，"他在我面前坐下说，"从现在起，你再也不用恐惧。"

就这样，我和 Sam 一周见两次，聊很随意的话题。在他面前，我很放松，一个下午过得飞快。有时候我说很多很多的话，我从来不知道自己原来这么能讲。在他面前，我的话如滔滔江水连绵不绝，就像我在论坛上，在 QQ 上同时和十几个人聊天一样的酣畅淋漓。他很耐心地听，偶尔插话，脸上带着很自然的微笑。

而有时候，我一句话也不说，他也不逼我，让我听歌。

他的办公室里永远有音乐，我说我喜欢张国荣，他就给我放张国荣的歌，放他的《红》，放他的《沉默是金》，放他的《风继续吹》……

如果我听得掉眼泪，他会递给我面巾纸，然后不动声色地说："我不反对你哭，眼泪有时候可以替心找到最好的出口。"

我是在张国荣死后才真正地听懂他的歌的。在那以前，我不仅不听他的歌，而且讨厌他。改变是很容易的一件事，我对 Sam 说，我其实不止一次地想过要去死，但是我怕痛，不知道张国荣的勇气到底来自何方，那种临死前绝烈的飞翔，真是充满诱惑。

"那么，"Sam 说，"你可以选择去蹦极。"

他真是一个充满智慧的人，我觉得对他而言，没有什么事情是艰难的。转一个方向，一切便海阔天空。

我羡慕他，因为我做不到。

"我其实一直是个胆小的人，我连一场雨都怕。"我嘲笑自己。

"你怕的是直面这里，"Sam指着我的胸口说，"完美也好，平凡也罢；喜欢也好，恨也罢；漠视也好，在乎也罢，关键是敢于面对。"

"你到底想说什么？"我问他。

"你可以告诉你父亲，你需要他的爱。你可以在那些躲在他房间的夜晚喊醒他，告诉他你怕，告诉他你需要陪伴。从七岁的那一天起，你就可以这么做！要知道这并不丢脸。"

要知道这并不丢脸。Sam说这句话的时候，眼神清澈透明，让我无法怀疑。

我转过头，看着躺在床上的林涣之，听着他均匀的呼吸。我绝望地想，我已经错过了可以表达的那些时间，我早就不是七岁，我已经十七岁了。在这整整十年的时间里，堆积起来的爱恨早就是一座冰山，谁可以将其融化？谁又可以来原谅我们的错误，弥补伤痕累累的曾经？

我起身离开，回到自己的房间。

开机，上网。

这个时候，"小妖的金色城堡"是一座空城，很长时间了，我找不到暴暴蓝的文字，于是只好去读她以前的旧作。她的每一个字都能给我安慰，但是，我费尽全力也猜不到，她替我写的小说，究竟会是什么样的结局？

会不会是我想要的结局。

第二天清晨，优诺来了。她穿着很卡通的运动服，头发扎成马尾，对我说："七七，空气新鲜，我们出去跑步，如何？"

"跑不动。"我说。

"你又一夜没睡？"她生气地说，"你有黑眼圈。"

"我可以到 Sam 那里去睡觉，"我说，"放上张国荣的歌，三秒钟进入状态。"

"睡觉也要花钱的，"优诺无奈地说，"早知道这样，我改行做心理医生多好。"

"你什么时候带我去找暴暴蓝玩？"我问她。

"我跟你爸爸商量好了，也征求了 Sam 的意见，等你手上的伤好了，我们就可以出发。"

"嘿，"我说，"不骗我？"

"当然，"优诺说，"你别告诉暴暴蓝，这样一来，我们可以给她一个惊喜。"

我笑。

"下去吃点早餐？"优诺说。

"不，我不饿。"

"你爸爸在下面呢，"优诺拉我说，"走吧走吧，让他看看你今天气色有多好！"

"不去！"我甩开她。

"怎么了？"优诺说，"你总要面对他的。"

"至少现在我不想。"我别开头。

"那好吧，"优诺拍拍我说，"那我就下去陪他吃早餐了，等到你愿意下来的时候，自己下来找我。"

"优诺！"我大声喊她。

她不理我，开门走了。我听到她下楼时欢快的脚步声。我永远都不可能有那么欢快的脚步。在这个家里，我常常感觉自己像一只猫，脚步诡秘，昼伏夜出，稍有动静，就惊慌逃走。

优诺走后，我跑去玩了一会儿《仙境传说 RO》，我在里面已经是八十七级魔法师了，所向披靡。这是我比较偏爱的一款网络游

戏，其实我最喜欢的是魔幻城外的鲜花，一朵蓝、一朵红、一朵黄，艳丽到让人窒息。

优诺又上来了，靠在门边对我说："他走了。"

"我知道。"我说。

我的耳朵特别灵敏，他汽车来去的声音我从来都听得很清晰。

"你把电脑关了，我带你去做头发。"优诺说。

"是他下的命令吗？"我一边打游戏一边头也不回地说，"怪了，你怎么现在什么都听他的？"

优诺不说话，她走上前来，强行关掉了我的电脑。

"喂！"我说，"你可别过分哟！"

"我就这么过分，"她抱着双臂，微笑地看着我说，"死七七，你现在不跟我出去，我以后就再也不管你了，也不带你去找暴暴蓝玩。"

"你赖皮！"

"我跟你学的。"她说。

我无可奈何地跟着她进了理发店。我刚坐下，那个理发师就说："是啊，淡紫色不好看，现在流行金黄色，在黑发上染上一缕金黄，特酷！"

我骂她："你三天前还说淡紫最流行！你脑子是坏了还是进水了？"

她吓得不敢吱声。

"就染黑色吧，"优诺说，"还是黑色最好看。"

理发师看着我，意思是要征询我的意见。我不耐烦地说："好吧，听我老大的，她说什么就是什么。"

优诺笑道："漂漂亮亮地去见暴暴蓝不好吗？"

"切！"我说，"又不是相亲！"

"你的手怎么受伤了？"理发师多嘴多舌。

"自己割的。"我说。

"疼不疼啊？"她咂嘴。

我凶巴巴地喊："在我没割你的手之前，你最好快点把我头发弄好！"

理发师只好回头对优诺诉苦："你妹妹就像黑社会一样。"

优诺笑道："你说得没错，你没听见她刚才叫我老大吗？你快弄吧，小心我们拆了你的店！"

"你不像！"理发师看着她，认真地说。

"哈哈哈哈哈！"这回轮到我笑得前仰后合。有时候优诺幽默起来，也是要人命的。

做完头发，我和优诺简单地吃了个午饭。下午两点左右，我已经在 Sam 的办公室里了。他倒了杯冰水给我，问我："今天心情好些啦？"

"无所谓。"我和他异口同声。

"知道还问？"我不讲道理。

他哈哈笑。笑完后在我对面坐下，说："说吧，为什么又跟爸爸吵？"

我握着水杯，靠在沙发上，慢慢回忆。

他回家的时候，是清晨六点。我那时正在玩一个刚公测的网络游戏，那游戏很变态，一个晚上也升不了两级，然后我听到他开车回来的声音，再听到他上楼的声音。我飞快地跑过去，开了我房间的门，在他经过的时候问他："你累不累啊？"

他朝我屋里看了看，看到我闪烁的电脑屏幕，也问："你累不累啊？"

"我十七岁，"我说，"你今年多大了？你还记得不？"

"七七，"他并不理会我的讥讽，而是吃惊地看着我说，"你

的头发怎么又变成了这个样子了？"

是啊，三天前，我把头发染成了紫色。发廊里那个理发师说，这是现在最流行的色彩。

"三天前它就是这个样子了，"我冷冷地说，"早就是过时的新闻了，你那么激动干什么？"

"走！"他过来拉我，"现在就去把它给染成黑色，全黑，你这种乱七八糟的样子简直让人忍无可忍！"

"忍无可忍你也得忍！"我一把推开他，"你看看表，现在六点钟，你以为理发店是酒吧，整天整夜都开着？"

"你等着，"他指着我，"我今天不把你的头发变回黑色，我就不姓林！"

然后，他噔噔噔地下楼去了，我听到他打电话给麦子。我真弄不明白，他这么一个大男人，一有什么事情搞不定的时候就打电话给麦子，好像麦子是他的私人保姆。我带着一种挑衅的心情走到楼下，在他挂了电话以后说："其实，你真的可以把她娶回家的，她会是一个好老婆，也可以管教着你一点。"

"你给我闭嘴！"他呵斥道。

"我就不闭嘴，"我说，"嘴巴长在我身上，我想说就说，想不说就不说，你是不是怕我说出什么不好听的来呢？不过你放心，你养了我这么多年，我会给你留点面子的，我怎么也不会告诉麦子或者别的人，你是如何的夜不归宿，花天酒地……"

我的话还没说完，他把烟灰缸砸到了地上，砸得粉碎。

水晶的碎片如细碎的尘埃，从地板上扬起，坠落，再扬起……

就在这时候，伍妈进来了。对于这样的场景，她早就见怪不怪，连忙放下手里的菜跑过来收拾。林涣之吩咐她说："去，你去给我拿把剪刀来。"

"做什么？"伍妈惊讶地抬头。

"让你拿你就拿！"他怒吼道。

"七七，你是不是又气你爸爸了！"伍妈冲上前来把我往楼上推，"你快到楼上去，快去，等我把这里收拾好了你再下来！"

"你别管我！我愿意在这儿待着！"我推开了伍妈。就在我和伍妈对峙的时候，林涣之已经跑到书房里拿了一把大剪子，一直走上前："你给我过来！理发店没开门，我来替你把头发剪掉！"

"先生！"伍妈又过去拦他，"别这样，剪子很危险的，给我，给我！"伍妈终于成功地抢到了剪子，拿着它跑到书房里去了。我看着林涣之，他气得脸都绿了，其实我倒真的不是很生气，于是我懒懒地说："你剪了我的头发又能怎么样呢？剃成光头了它还是要长，长了后我还可以染成任何我喜欢的颜色，你管得了一时，管得了我一辈子吗？"

他站在那里，摇摇晃晃，然后，他咬牙切齿地说："一辈子还长，话不要说那么早，管不管得了咱们走着瞧！"

"您老不会是打算送我进少管所吧？"我冷笑着问。

他不再理我，而是坐到沙发上抽烟。烟灰缸没有了，他扬声喊伍妈。伍妈慌慌张张地从书房里跑出来，后来我才知道她躲在里面给优诺打电话。我真的不知道，那一天，要是优诺不来，到底会是怎么样的一个结果。

"刀片是怎么回事？"Sam说，"你怎么会把刀片握在手里？"

我说："我一直没走，一直站在那里看他抽烟。其实我当时心里在想，我看你有什么花样可以玩儿。我说什么也要陪他玩儿到底！没过多久麦子就来了，她一进来，林涣之就问她人找好了没有。"

麦子看看他，再看看我，说："你们呀，大清早哪来那么多气恼？"

"我问你人找到没有！"他吼麦子。

"要找也要在上班时间啊！"麦子说，"现在才几点钟，没一家店开门。"

我当下就明白，他是让麦子找人来替我弄头发了，我立刻哈哈大笑起来，眼泪都快要笑出来了。我觉得世界上没有比这更好笑的事情，为了我头发的颜色，他居然可以这样地兴师动众。

"开个理发店吧，"我笑完建议说，"你瞧这房子大得可以，你可以在一楼开个理发店，随时供你使用。当然开个酒吧也行，对你来讲也比较实用哟。"

我终于成功地激怒了他，这么多年，我就这一次赢了。他拿起桌上的一本杂志，把它卷起来要揍我。杂志打在我身上，其实一点儿也不疼。不过我还是习惯性地躲开，这时候，我看到了一楼楼梯堆杂物的地方放着的一个小刀片，那是伍妈清洁地板的时候用的。我爱吃口香糖，吃了就乱吐，那些东西必须用刀片才可以刮掉。

我走过去，迅速把刀片拿到了手里。

他吓了一跳。脸色变得灰白极了。

"然后你就把刀割向了自己的手腕？"Sam问。

"是的。"我说。

"可是，七七，你觉得你真的赢了吗？"

"不，"我的眼泪流下来，"不，不，不。"

Sam残忍地替我分析："七七你听我说，这些年你一直生活在自己营造的阴影里，你认为如果没有他，你会活得更好。但其实，你又离不开他的庇护，这是一个你一直不愿意承认的事实，对不对？"

我拼命地摇头，泪水飞溅。

"就是这样的！"Sam提高声音说，"他是你生命中最重要的人，你最怕的就是失去他。命运既然安排你们生活在一起，那就要心安理得地与他相知相融。"

"他并不在乎我。"我说。

"你怎么知道他不在乎你？因为他夜不归宿？"Sam 说，"可是七七，他有他的责任，你也不能全怪他，如果你从来不说出你的需要，他怎么会知道你的需要呢？"

"我好困，Sam，"我全线崩溃，"我不想再说下去。"

"那就睡一觉吧，"sam 为我拿来一条彩色的毛毯说，"我把空调温度调低一些。"

"对了，"眼睛快闭上的时候，我忽然想起来问他，"在你这里睡觉是不是也要收钱？"

他想了想，笑着对我说："你心疼他的钱？"

"钱是最没用的东西。"我说。说完我很快就入睡了。睡梦中我竟然梦到暴暴蓝，她穿着一件很卡通的睡衣，拿着一本书翻到最后一页对我说："瞧，七七，这就是你的命运。"

说完，她转身离去。

我一路追去。烟雾茫茫，她很快不知去向。

我醒来，有人握着我的手，是优诺。她说："七七你醒了？我听到你在喊暴暴蓝。"

"结局……"我喃喃地说。

"什么结局？"

"暴暴蓝要给我的结局，我没能看清楚。"

"呵呵，都像你这样，她出书了想卖不火都难！"优诺起身，把灯调亮了，对我说，"Sam 有事先走了，我五点钟前来接你的。我看你睡得很香，于是没叫醒你。"

"现在几点？"

"七点。"

天啊，我竟然睡了这么久。

我支撑着要坐起来。优诺从包里拿出一样东西递给我说："瞧我今天下午买了什么好东西给你！"

那是一只漂亮的手镯，我好喜欢。

"路过饰品店的时候看到的，我买了两只一模一样的，你一只，暴暴蓝一只。"优诺说，"这镯子很宽，戴上它，别人看不到你的伤口。"

我接过来："优诺，暴暴蓝说得一点儿没错，你就是一个天使。"

"嘿嘿，"她夸张地转过身，"你有没有看到我的翅膀？"

"有，"我说，"金色的呢。"

"走吧！"她伸手拉我，"我们该回去啦。"

我跟随优诺出来，在医院门口，一辆车缓缓地驶近，在我们面前停下。

是林涣之。他又换了辆新车，真是有钱。

"坐啊。"优诺把前面的车门拉开，招呼我坐下。

我还是自己拉开了后面的车门，坐了进去。优诺有点儿无奈地把前门关上，也进了后门坐到我身边。

"你饿不饿？"林涣之问。

"'圣地亚'。"我说。

按我以前的经验，他一定会答应我。谁知道今天他却说不，他说："不，我们回家吃，伍妈做了我爱吃的猪蹄。"

瞧，像没事一样。

这场战争算是又结束了。我看着手腕上的纱布，失落地想：我哪里赢了呢？输得不知道有多彻底。

优诺握住我放在膝上的手，她的手温暖，给人安慰。

车子开到家门口，优诺跳下车对我们说："我不进去啦，还有事情要办呢。"

"哦，"已经从车里出来了的林涣之又往车里钻，说，"那我送你。"

"不用啦，你和七七快去吃饭吧，我约了朋友，就在附近，步行过去也不远。"

说完，她翩然远去。

我和林涣之进了屋，伍妈已经下班，饭菜放在桌子上，果然有猪蹄。我很饿，于是自己盛了一碗饭先吃起来。他也坐到桌子旁边，对我说："去，给我拿个大碗来盛饭，我饿了。"

"你自己没手吗？"我扒着饭问。

他用眼睛瞪我。

得得得，吃人嘴软，我只好进了厨房，拿了个斗大的碗给他。

我们很久没有这样两个人一起吃晚饭了。他开始跟我说复学的事，说这不许那不许，像个老太婆一样地啰里啰唆。我听着，不回嘴，我知道如果回嘴，必然又是一场战争。我才恢复了一点儿精神，要再来一场的话是需要重新充电的，现在还不是时候。

"这样好。"他看着我，忽然说。

"什么好？"我不明白。

"我说你的头发，"他说，"女孩子这样才可爱。"

他极少夸我，我本能地跳起来，说："我吃饱了，我要上楼去了。"

"女孩子这样才可爱。"好像平生第一次听到他夸我，是什么让他改变？我有些弄不明白。

夜冷清。和往常一样，陪伴我的只有一台电脑。论坛上有暴暴蓝的帖子：这周搞不定俺就自杀。看来要当作家不容易，她正在忍受煎熬。

我没有跟帖，没有告诉她我要去看她。就像优诺说的，这样子，可以给她一个惊喜。我想象着见到暴暴蓝时候的样子，像我这样的人，不知道会不会傻到说不出话来。我把优诺送我的手镯拿出来，戴到受伤的右手腕上，想起她温柔地对我说："这样，别人就看不到你的伤口了。"

我心里有细细的东西在流淌，她是那么细心的一个好姑娘，不嫌弃我，给我安慰。

我忍不住给她发短信："你在哪里呢？"

她没有回，可能是没听见。我只好打电话过去，我听到那边嘈杂的声音，她用欢快的声音对我说："七七呀，我这里来了几个老同学，在清妹这里玩儿呢。"

我等着她邀请我，但是她没有，她只是说："七七累了就早点睡，不要玩电脑到那么晚哟。"她忘了我睡了差不多一个下午。

我倒在床上，睡不着。

暴暴蓝有她的事业，优诺有她的世界，只有我，一无所有。

恍恍惚惚，好像听到林涣之出去的声音，又好像不是。我在床上辗转了一个小时，终于决定出门。林涣之房间里的灯开着，我吃不准他在不在家，于是偷偷地拿上我的背包，蹑手蹑脚地下了楼，开了门，打了车，直奔"大学城"。

怕优诺看到我，我从后门进，后门是我上洗手间时无意发现的。门锁着，我便从窗户里爬了进去，穿过一条小小的过道，就到了热闹喧哗的大厅。其实我从窗户一跳进去就听到了优诺的歌声，她在唱一首我从来都没有听过的歌：

当太阳照亮心上
温暖了每个梦想
总会想起凝视我的那片云
是不是路正远，是不是会改变
我的心一如从前

当灯火渐渐熄灭
忍不住多看一眼
那条最初到最后的地平线
带我走过旷野，带我走出黑夜

给我爱，给我思念

记得我们有约，约在风雪另一边
所有的心都睡着，还有我们迎向蓝天
记得我们有约，约在日出那一天
就在誓言的终点，以爱相见
……

我敢说，我从来没有听过那么美丽的歌声，从来没有见过那么无与伦比的迷人笑容。她唱完，在热烈的掌声中从台上跳下来。我准备悄悄走过去蒙住她的眼睛，用她的话来说，给她一个惊喜。

但是，我的脚步却在瞬间停住了。我看到优诺在一个靠窗的位子坐了下来，坐在她对面的人，是林涣之。

林涣之在笑，那是我从来没有见过的温柔的，放松的笑容。

然后，他们开始碰杯。

我的眼睛忽然有点儿湿润，优诺真的是个天使，我看到她金色的翅膀，在酒吧迷离的灯光下不停地招摇。

而我，注定被锁在原点，今生今世永远无法飞翔。

第十一章

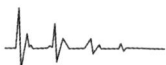

流 离

我唱一首你没唱过的歌
去一个你没去过的地方
在一个你早已忘记的日子
我璀璨的青春 在你的掌心颠沛流离
可我不会忍心责备你
我的爱人
虽然我真的知道啊
知道这是我们最后的一季

"我已经错过了暑假市场，绝不能再错过'十一'市场！"黄乐在陶课家里走来走去，冲着暴暴蓝大喊道，"你如果再这样把稿子不停地改过来改过去，我就要被你逼疯了！"

"当初是你说要改的！"暴暴蓝咬着手指说，"谁知道一改就成这样子了。"

"我的姑奶奶！"黄乐说，"机会就这么一次，错过了就不会再来，你是要还是不要！"

"你喊什么喊！"暴暴蓝不高兴地说，"喊就能把稿子喊出来了吗？我告诉你我现在没思路，写不好！你爱等就等，不等拉倒！"

黄乐颓然地坐到椅子上，说："好吧，我最多再给你一个月的时间。过了这一个月，就算你不放弃，我也会放弃。"

暴暴蓝下逐客令："那你现在走，我要一个人待着，好好想想。"

黄乐叹口气，打开门走了。

家里恢复了宁静。

这是陶课的家，他不在，去了广州的图书订货会。暴暴蓝已经记不清自己在这里到底住了多少天。每次说起租房子的事情，陶课总是微笑着说："找房子跟相亲差不多，要找到合适的不容易。我这里没关系啦，你爱住多久就住多久。你不爱出去，就当我请了个保安看门嘛。"

"你不用同情我，"暴暴蓝声音硬硬地说，"我的日子，还是要自己过的。"

"等你交稿后吧，"陶课说，"这些天，我刚好出差，你要是不愿意做饭，我让黄乐来给你送盒饭。"

"你就不怕投资失败？"暴暴蓝说，"我也许永远也写不出一篇好看的文章了。"

"我有信心，"陶课认真地说，"你也不许对自己失去信心。"

尽管陶课从来都没有把她当成客人，但暴暴蓝心里清楚，自己在他家里，只是一个过客。这样的打扰，迟早会有个结束。本来在陶课家住了三天后，暴暴蓝是想回家的，那天陶课用车送她到楼下。拍拍她的肩跟她说再见，要她好好的。暴暴蓝强颜欢笑着说："好啊好啊，我一定。"这时天已经很热了，暴暴蓝说完就抱着装了五万块钱的背包慢慢地往楼上走，到了门口，才发现门打不开了，换了新锁。

她立即掏出手机给陶课打电话："麻烦你帮我找把斧头来！"

"找斧头干什么？"陶课不明白。

"我要砸门，"暴暴蓝说，"门换了锁，我进不去。"

陶课很快就回来了，他没有带斧头，而是看着坐在门边的暴暴蓝说："你确定门打不开？"暴暴蓝肯定地点头。

"一定要进去吗？"暴暴蓝更肯定地点头。

"那你让开一点儿。"陶课说。

暴暴蓝让开了，陶课一脚踹开了门。这房子太老了，就是换了新锁也不过是狐假虎威。暴暴蓝进去，一看到屋里的场景，就气得双腿发软，差点晕过去。不过三天而已，家里大大小小的东西差不多已经被搬空，四周一片狼藉。她那台小小的电脑，大概是大家都知道那是她的宝贝，没人敢动，委屈地被放在墙角。

旧衣橱也还在，暴暴蓝为数不多的衣服凌乱地塞在里面。

这三天，妈妈曾给她打过两次手机，看她没接，也就算了。除此之外，没有人找过她。因为他们要忙着处理这里，谁都知道，找她回来，就等于找回一个大麻烦。

看来，房子是已经卖掉了。

暴暴蓝抱着心爱的电脑，在墙角慢慢地蹲下来。

"这是你的家吗？"陶课说，"怎么会是这样子？"

"这是我和奶奶的家，"暴暴蓝悲伤地说，"奶奶死了，我再也没有家了。"

"蓝蓝，"陶课在她面前蹲下来说，"你要振作一点儿，要相信，不管什么样的灾难，都会过去的。"

暴暴蓝惊讶地抬头，说："你叫我什么？"

"走吧，蓝蓝，"陶课伸手拉她，"你先跟我回家，一切慢慢来，好不好？"

暴暴蓝不耐烦地挥着手说："你快走吧，你快走吧，不用管我，我自己会有办法的。"

"我不会扔下你的，我们是朋友，"他坚定地说，"我怎么可能这样子扔下你走呢？"

暴暴蓝放开电脑，抓住陶课的手，呜呜地哭起来。陶课耐心地拍着她的背，像哄一个孩子。

就这样，陶课又把暴暴蓝带回了家，一起带回来的，还有暴暴蓝最心爱的电脑和一些简单的衣物。他把电脑放到他朝北的小房间

里，拍拍双手说："这个小书房也不错啊，而且，我们可以共享宽带。我打网络游戏，你写你的小说，互不干扰。"

做图书发行是件很辛苦的差事，陶课常常回来得很晚，有时候喝得很多，倒在沙发上就能睡着。这种时候暴暴蓝会倒上一杯水放在他旁边的茶几上，再帮他盖上毛巾被。第二天醒来，陶课又去上班了，毛巾被被叠得整整齐齐地放到沙发边上。茶几上会出现一张纸条，上面写着两个字：谢谢。

陶课的房间，暴暴蓝从来都不进去。

她的小房间里有个很舒适的，小小的沙发床。有时候陶课回来得早，暴暴蓝穿着大汗衫坐在电脑前，陶课穿着大汗衫坐在沙发床上，两人便有一句没一句地聊天。暴暴蓝讲自己小时候的故事，从很小很小的时候讲起，讲到妈妈大声地对她说："你不要跟着我，你再跟着我，我就把你扔到河里去！"

陶课瞪大了双眼，他不相信这个世界上有这么狠心的母亲，他的内心清澈透明，真的像个孩子。

"我要尽早买回那所房子，"暴暴蓝说，"等我有钱的那一天。"

陶课笑着纠正她："不，把那块地一起买下来，建别墅。"

"你可真敢想。"

"那是当然，我什么都敢想。"陶课说。

"想过找个美女谈恋爱吗？"暴暴蓝问。

"没有合适的，"陶课说，"我一直在等，你呢？"

"我注定孤独一生。"

陶课哈哈大笑，说："十八岁那会儿，我也总是这么想。"

有时候，他们也没什么话可说，只是面对面喝一罐冰啤，或者，面对面抽一根烟。暴暴蓝吐出烟圈，有些自卑地问陶课："像我这样的坏孩子，你心里是不是很看不惯？"

陶课总是温和地说："不，蓝蓝，你挺可爱的。"

或者，他会更正经地说："你会成一个大作家，我不会看错，你是一个天才。"

　　暴暴蓝听后会咧嘴笑，奶奶走后，她很少这样子笑。陶课看到她的笑就说："好，嗯，好，就是要这样子才对。"

　　可是她真的对不起陶课，小说无论如何也写不好，一个结局来来回回改了十几次都差强人意。本来打算等陶课出差回来给他看崭新的章节，看样子，又要泡汤了。

　　就这么想着，门铃响了。暴暴蓝以为是黄乐落下了什么东西，便把门打开，却发现门外站着的是一个中年妇女，看上去有些眼熟，但想不起来在哪里见过。

　　"你找谁？"暴暴蓝问。

　　"你是谁？"中年妇女问。

　　"我是暴暴蓝。"暴暴蓝说。

　　"我是陶课的妈妈，"妇女说，"你在这里做什么？"

　　"哎！"暴暴蓝连忙把她迎进来，原来不是在哪里见过，是她跟陶课长得有些像，所以看上去眼熟。

　　"阿姨你坐，"暴暴蓝赶紧说，"陶课他去广州出差了，过两天就会回来了。"

　　"我知道，"陶课妈妈说，"我每个月都来，替他收拾一下屋子。"

　　"哦。"暴暴蓝有些惭愧地看着四周，房间里真是乱得可以，而且全都是她弄乱的。她从冰箱里取出冰块来，给陶课妈妈倒了一杯冰水。除了冰啤，这是她在夏天里最喜欢的饮料。陶课妈妈说谢谢，但并没有喝，而是利索地收拾起房间来。她把好几个方便面的空盒子扔到垃圾桶里，问暴暴蓝说："你天天就吃这个？"

　　"是啊，"暴暴蓝咬着手指说，"我不会做饭。"

　　"你家里人呢？"陶课妈妈奇怪地问。

　　暴暴蓝有些难堪，语无伦次地说："陶课出差，我替他看家，

不过呢，我很快就会搬了。"

烟灰缸里有很多的烟头。陶课妈妈有些狐疑地把它倒了。

出于礼貌，暴暴蓝继续解释说："我是他们出版社的作者，因为赶一个稿子，所以想借陶课的地盘用一用。"

"哦，"陶课妈妈说，"你看上去很小。"

"现在流行少年作家，"暴暴蓝悄悄把沙发上的烟收到裤子口袋里，没话找话地说，"不是说，成名要趁早嘛。"

暴暴蓝本想动手帮着陶课妈妈收拾，可是她执意不肯，于是，暴暴蓝只好回到小房间，坐到电脑前面装模作样地打字，当然她根本就不知道自己应该写点什么。暴暴蓝是个敏感的女孩，看看外屋那个不停忙碌的女人，她能感觉到她对自己的怀疑和排斥。仿佛有一种强大的力量，让她不断地在羞愧和不安中徘徊。

等暴暴蓝再出去，客厅已经恢复了干净和明亮。陶课妈妈把空调关掉，窗户打开，说："每天记得要透一透气，人总待在空调房里是容易生病的。"

"谢谢阿姨，"暴暴蓝说，"我记住了。"

"不要整天吃方便，"陶课妈妈从她的小房间里收拾出一堆垃圾说，"我在锅里给你煨了点稀饭，要是实在不会做饭，楼下不远处就有家家常菜馆，饭菜不是很贵的。"

"嗯。"暴暴蓝慌乱地应着，把头转了过去。她不能让人看见她眼睛里的泪水。这么多年了，就算是亲生母亲，也从来没有这么关切地跟自己说过话。

这些话带来的辛酸，是让人招架不住的。

"那我走了。"陶课妈妈说完，轻轻地带上门离开了。

暴暴蓝的泪水这才肆意地流了下来。她回到电脑前，打开优诺的网站。优诺最近也不知道在忙什么，网站很久都没有更新了，暴暴蓝的专栏还是在很明显的位置。点开来，专栏的首页是涂鸦的画，

那个被一朵花遮住了半边脸的女孩。这是一张曾经被珍藏和爱惜的画,涂鸦犹豫了很久才放到网上去的。可如今,涂鸦已经彻底地消失。虽然知道分手是注定的结局,但是暴暴蓝还是很想知道,如果自己委曲求全,这份感情可以多走出多远的路,为了贪恋那段路的甜美,又会增添多少新鲜的伤口。

不过她相信自己没有做错,很多时候,放弃才是最好的选择。

犹记得分手的那天,涂鸦对她说:"其实,我每天都去那个网站……"网络还是那个网络,曾经让他们息息相关,心意相通的网络。但现在,纵使伸出再长的触角,也再感觉不到彼此一丁点儿的信息。

爱情说来就来,说走就走,哪里肯为谁留一点儿余地。

门铃又响了,怪了,没人的时候好多天都没人来,一来就接二连三的。

暴暴蓝跑出去开门,门外站着的竟然是陶课。他晒得黑黑的,背了个大包,看着暴暴蓝惊讶的样子说:"怎么,不认得我了?"

"你怎么回来了?"暴暴蓝替他把包接下来说,"不是说还要两天吗?"

"手里的事情办完就回来了。我没跟他们一块儿去玩儿,广州热得要死,也没什么好玩儿的,"陶课坐下,接过暴暴蓝递给他的冰水说,"怎么样,你还好吗?"

"什么叫我还好吗?"暴暴蓝促狭地问。

陶课不答,而是拉开大包,从里面拿出几件漂亮的新衣服,新裙子给暴暴蓝说:"大伙儿约着去逛街,我也随便替你买了几件,不知道你喜欢不喜欢。"

暴暴蓝呆住了。

"喏,接着啊。"陶课把衣服递过去。

暴暴蓝伸手接过,心里软得一塌糊涂,嘴上却说:"拜托,你见过我穿裙子吗?"

陶课捏着下巴，看着她说："我认为，你穿裙子会好看。"

"你别这样，"暴暴蓝捏着裙子的花边说，"我又不是你女朋友，你白表达情感了。"

"嘿嘿，"陶课说，"表完情，没准就是了呢。"

"这样吧，"暴暴蓝挺开心，想了想说，"今晚我请你吃西餐，算是还你的人情。"

"好主意！"陶课拍手说，"我还真饿了，快换了衣服，我们出发。"

暴暴蓝回到房间里，把门关上，仔细地看陶课给她买的衣服和裙子，还真是漂亮。她挑了其中一件碎花上衣，穿上旧牛仔裤，有些害羞地走出来。陶课说："嘿，挺漂亮的，干吗不全穿新的？"

"害羞。"暴暴蓝如实说。

那晚刚好遇上西餐厅牛排半价，还赠送了一支很漂亮的冰激凌。两个人一开心，喝了一瓶红酒，从餐厅出来的时候，已经是半醉。月光带着夏夜的急躁洒在他们的身上，陶课掏出车钥匙，暴暴蓝还算清醒，拦住他说："你都喝成这样了，不能开车回去了。"

"那我们走回去！"陶课把手搭到暴暴蓝的肩上。

"好重。"暴暴蓝推也推不开他。

"怪了，"陶课说，"不知道为什么，我在广州总想你。"

"陶课你神经。"暴暴蓝骂他。

"是啊，我神经。我们回家接着喝。"

结果，回到家里，两人又开了冰啤对喝。空调把两人身上的汗彻底吹干了，暴暴蓝用啤酒罐遮住半边脸，问陶课说："你觉得一个人好还是两个人好？"

"有时候一个人好，有时候两个人好。你呢？"陶课问。

"其实我喜欢很多很多的人，"暴暴蓝说，"大家一起说话，一起吵架，一起唱歌，一起玩游戏，不知道有多开心。可惜，从来

都没有过，我从来都是一个人。"

"哎，说这些多扫兴啊，"陶课说，"不如我们聊点儿开心的。"

"好啊好啊，"暴暴蓝说，"你说我们聊什么？"

"说说你的第一次。"

"哈哈哈，"暴暴蓝狂笑，"陶课你坏坏的，我哪有什么第一次啊。"

"你不说我说啦，"陶课坐到茶几上，把腿跷到沙发上，"我的第一次是跟我的一个学姐，她特别漂亮，我一看到她，就丢了魂。结果，她嫁了个丑得不得了的男人，去了东北，把我一个人留在相思风雨中……"

"哈哈哈，"暴暴蓝又狂笑，"陶课你好菜！"她笑着从沙发上跌下来。陶课来扶她，拽住了她半只胳膊，暴暴蓝没站稳，手里的半罐啤酒不小心泼到了陶课身上。

"啊！"暴暴蓝惊呼，"我去拿毛巾给你擦。"

"别！"陶课拉住她，两人的身体离得很近，暴暴蓝本能地要推开他，却怎么也推不动。她听见陶课在喃喃地说："蓝蓝，你今晚很漂亮。"说完，他俯下了脸。

他的吻轻而细腻，与涂鸦的吻有着天壤之别，暴暴蓝整个人都沉沦了。陶课一把抱起瘦小的她。在小房间那个小小的沙发床上，他细心地、轻柔地除去了她的衣服，他的脸上布满豆大的汗珠。也许是因为紧张的缘故，暴暴蓝的全身也很快湿透了。这是一次无声的纠缠，仿佛持续了一个世纪那么久。天上下起了雨，是雷雨。雷声落在忘记关的窗玻璃上，发出沉闷的、巨大的回响，淹没了暴暴蓝痛苦的呻吟。

第二天一早，他们几乎是同时醒来。暴暴蓝惊惶地找到一件汗衫，想要遮盖自己的身体。陶课伸出长长的手臂夺走了衣服，他翻身过来，把暴暴蓝压在身下，用一种调侃的语气轻声问："怎么样，

喜欢不喜欢？"

　　暴暴蓝羞红了脸，试图摆脱他的控制。两人在沙发床上翻滚起来，忽然，陶课的动作停住了。他的眼睛看到了沙发上的一抹鲜红，然后，他用一种不敢相信的、质疑的目光看着暴暴蓝。

　　在陶课的迟疑中，暴暴蓝迅速地穿好了汗衫。

　　"你……"陶课也穿上汗衫，他想说什么，但始终没说出来。

　　暴暴蓝默默地取下沙发罩，把它拿到阳台上，扔进洗衣机里。洗衣机开始轰轰隆隆地工作，暴暴蓝看着洗衣机沉默了半天，不知道那片鲜红能不能顺利地被洗掉。其实不只是陶课，就连她自己也没敢看第二眼。

　　回到房间的时候，发现陶课已经坐在了客厅的沙发上，他在抽烟，表情很不安。暴暴蓝走到他身后，环住他的腰，脸靠在他的背上，嘶哑着嗓子说："没什么，我是自愿的。"

　　"对不起，我真的没想到。"

　　"干吗要说对不起。"暴暴蓝的心剧烈地疼痛起来。她放开陶课，用尽量平静的声音再说一次："你听清楚了，我是自愿的。"

　　说完，暴暴蓝回到小房间，关上了门。

　　没过一会儿，陶课来敲门。他在门外说："我要上班去了，中午叫盒饭给你。"

　　暴暴蓝把门打开，对陶课说："对了，我忘了告诉你，你妈妈昨天来过了。"

　　"哦？"陶课说，"她说什么了吗？"

　　"她问我是谁。"

　　"那你怎么回答的呢？"陶课一边问，一边到处找鞋子，好不容易找到一双合心意的凉皮鞋，穿到脚上。

　　暴暴蓝恶作剧般地回答说："我说，我是你的女朋友。"

　　"呵呵。"陶课走上前来，揉了揉暴暴蓝的短发说，"乖乖在

家写作啊。我会把你的书发得很好的，你放心。"

"这算什么呢？"暴暴蓝抬头问陶课。

"什么算什么？"陶课没听懂。

"算代价吗？"暴暴蓝靠在门边笑了一下，努力地装作满不在乎的样子说，"其实我不在乎的，真的。"

"我上班去了。"陶课并不接茬儿，走了。

陶课走后，暴暴蓝一个人在房间里坐了很久。昨晚的啤酒罐还倒在地上，两个罐子不要脸地贴得很近，暴暴蓝伸长了腿，把它们踢飞。然后，她打了黄乐的电话。

"刚还和陶课说起你，"黄乐说，"没想到你的电话就来了。"

"他人呢？"

"刚刚被他妈妈叫走了，好像有什么急事。"

"还想要稿子吗？"暴暴蓝问。

"废话咧，"黄乐说，"你又有什么新点子了？"

"你今天必须替我找个房子，我要关在里面写二十天，保证到时候交稿给你。找到后，你找个车子来接我，我要把电脑一起搬走。"

"怎么了？"黄乐说，"在陶课那里住着不好吗？"

"下午五点前，我等你来接我，"暴暴蓝说，"不然，你永远也拿不到我的稿子。"

"你真任性呢。"黄乐指责她。

暴暴蓝挂了电话。

中午的时候，黄乐就来了，他说："我有个朋友的房子，小是小点儿，不过你一人住足够了。我们这就走吧，车子在楼下等着呢。"

"黄乐，"暴暴蓝说，"别告诉陶课我在哪里。"

"好。"黄乐一副了然于胸的样子，估计已经猜得八九不离十，于是，又画蛇添足地加上一句："其实，陶课是个好哥们儿。"

"我知道，"暴暴蓝说，"我只是想安静一下。"

"我先把电脑搬下去，"黄乐说，"你快点收拾好下来。"

暴暴蓝的东西很简单，没什么可收拾的。除了穿在身上的那件，她没有带陶课给她买的新衣服。她把它们整齐地叠好，放在了床头，并用白纸包了一千块钱放在茶几上，写上两个字：房租。

离开。

就这样离开。

也许，这样的离别方式不算最好。但暴暴蓝刻不容缓要维系的，是自己的自尊。陶课那一刻惊诧的表情，已经成为他们之间最大的障碍。原来在陶课的心里，她早就不是一个干净的女孩子。

"你的眼神有些游离，"在车上的时候，黄乐评价她说，"看样子，你真的要写出好作品来了。"

"你闭嘴。"暴暴蓝呵斥他。

黄乐闭嘴了。手机却响了，暴暴蓝本来想挂断，可一看是优诺，又赶紧接起来。

那边传来的是优诺焦急无比的声音："暴暴蓝，七七有没有去找你？"

"怎么会？"暴暴蓝说，"她根本就不知道我的手机号码。"

"天，"优诺说，"我在你们这儿的火车站，我们今天一起来看你，打算给你一个惊喜，谁知道刚下车就和她走散了。"

"你别急，"暴暴蓝说，"你等在火车站，我这就过去，陪你一起找。"

"蓝，"优诺的声音从来都没有这么无力过，她说，"蓝，你快来，我怕极了。"

"就来就来，亲爱的，"暴暴蓝说，"千万别急，不会有事的。"

"掉头！"在黄乐吃惊的表情里，暴暴蓝挂了电话，扬声对司机说，"去火车站！"

第十二章

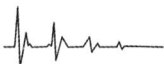

我们的城堡

我会一直在这里
等你回来
很多的往事远走高飞
我依然相信
你不会消失
你不会消失
消失的
不过是时间

优诺一直记得，那个阳光灿烂的午后，在林涣之的书房里，他用一种很认真的语气对她说："七七总是让我无能为力，你的出现，让我安心。"

优诺说："你看上去很累，应该回房间里好好地睡上一觉。"

"阳光很好，"林涣之说，"睡觉是夜晚才做的事。"

"我准备带七七去旅游，不远的地方，还望您批准。"

"谢谢你，"林涣之说，"我知道你可以让她快乐。"

可是，她对不起林涣之对她的信任，她居然弄丢了七七！优诺站在人来人往的火车站给林涣之打电话，这对优诺而言也是一个陌生的城市。上一次来看樱花，不过是匆匆地路过，她实在不知道，该如何做才能找到七七。如果她是刻意要离去，那么事情简直就是糟到不能再糟，不是吗？

"噢，我这就来，"林涣之说，"你不要慌。"

挂了电话，优诺就看到了四处张望的暴暴蓝，她冲上去，拉住暴暴蓝的手说："七七不见了，怎么办？"

"找！"暴暴蓝指着他身后的男子说，"这是我出版社的朋友，你放心，他在这里路子很野的，可以帮得上忙。"

"分头找，"黄乐也说，"找个人还不容易！"

可是黄乐的海口夸大了，那一天，优诺和暴暴蓝回到家里的时候，已经全身湿透。此时已经是夜里一点钟，她们四处寻找七七大半天，未果。

雨越下越大，狂风肆虐，像是要把所有的一切都摧毁。

黄乐叫了车子到超市门口接她们回家。一行人进门来，暴暴蓝环顾黄乐替她找的新住处。房子的确不大，一室一厅，外加一个小小的厨房和卫生间。

"这是我哥们儿的房子，他人不在，你暂时住着吧，"黄乐对暴暴蓝说，"电脑我已经替你装好了，可以上网的。你还需要什么东西告诉我，我买来给你。"

"谢谢你，黄乐。"暴暴蓝由衷地说。

黄乐说："那我先走了。你们别着急，我警察局的哥们儿一有消息会通知我。"

"还有，"黄乐压低声音对暴暴蓝说，"陶课在找你。"

"不说这个，"暴暴蓝赶紧说，"我想安静一些日子。"

"带把伞，"优诺从背包里把自己的伞掏出来，追上去递给黄乐说，"雨太大了，你让司机开慢些。"

黄乐点头离开。

关上门。暴暴蓝把刚从二十四小时营业的超市里买来的新毛巾拆开来，自己拿了一条在头发上乱揉一气，同时递给优诺一条说："把头发擦擦，小心感冒。"

优诺不接毛巾，坐在椅子上，把脸埋在掌心里，深深地叹息。

暴暴蓝只好走上前,给她擦头发,一边擦一边轻声安慰她说:"不要急呢。要知道七七一直是这么任性的。"

　　优诺摇头:"是我太大意了。她在火车上说了很多莫名其妙的话,其实我早该猜到,她是刻意要走的,她早就有预谋。"

　　"那你还记得她跟你说的最后一句话是什么吗?"

　　"我让她站在那里别动,我去买回程票,"优诺努力回想着说,"她站在那里,很乖巧地点头,然后她跟我说,优诺,再见。对,她说的是再见。"优诺说到这里忽然激动起来,她一把抓住暴暴蓝的手说,"你说,我不过是走开一下子,她为什么要跟我说再见?现在想起来,她当时的表情好奇怪。"

　　"也许只是你多心,"暴暴蓝说,"别想了,我去烧点儿开水,我们吃点儿泡面睡觉吧,也许明天她就回来了。"

　　暴暴蓝跑到厨房忙碌去了,优诺坐在床边,有些神经质地拨打七七的手机号码,这个号码今天已经拨了有上百次,那个冰冷的女声一直在说:"您拨打的用户已关机,您拨打的用户已关机……"

　　暴暴蓝走过来,一把拿下优诺的电话说:"别打了,她要刻意躲起来,打破电话也没用。等我见了她,好好说说她。"

　　"我有种不祥的预感,"优诺说,"我的预感一向很灵。"

　　"别想了,吃了面我们就睡觉!"暴暴蓝把刚泡好的方便面递给优诺。

　　优诺推开说:"不吃了,睡吧。"

　　也许是床上好久没有人睡过的缘故,床单有些潮湿发霉的感觉。暴暴蓝不好意思地拍拍床单说:"早知道这样,我应该请你住宾馆。"

　　"哪里不是一样?"优诺说,"我出门在外,什么地方都住过。"

　　"我有钱,"暴暴蓝忽然牛头不对马嘴地说,"以后会更有钱。"

　　"我相信,"优诺取出一只漂亮的手镯递给暴暴蓝说,"走得匆忙也没带什么礼物,这还是上次偶然看到,很喜欢,就买了两个

一样的，一个给了七七，这个给你。"

"一样的？真好。"暴暴蓝接过来，触到优诺冰冷的手指，看到她手指上有枚很别致的钻戒。

暴暴蓝问："你要嫁的那个男人，是什么样子的？"

"挺好，"优诺有些伤感地说，"不过，我还是感觉我们之间挺陌生的，熟悉的好像只是回忆而已。"

"陌生不怕，怕的是疏离，"暴暴蓝把手镯戴到手腕上，起身说，"你好像很冷，我去找找有没有厚点的被子。"

"不用，"优诺拉住她，"暴暴蓝我没事，我只是担心七七，这么大的雨，在这个陌生的地方，她能去哪里？"

"应该没事，她有过离家出走的经验。"暴暴蓝努力调侃。

"他爸爸把她交给我，她却出了事，"优诺说，"我真不知道怎么办才好。"

"他爸爸知道了吗？"暴暴蓝问。

"嗯，"优诺说，"我打过电话，他正赶来。"

"睡吧，"暴暴蓝无力地说，"一觉醒来，没准什么都过去了。"

雨还在下，铺天盖地。旧房子的窗户不是很严实，雨水已经把窗前的地面打湿了一小片，反射出冷冷的、寂寞的光。各怀心事的优诺和暴暴蓝都睡得不是很安稳，辗转反侧，任由小床响了一夜。第二天天刚亮的时候，黄乐的电话打来了，他的声音有些沉重："我的朋友刚才来电话说，昨晚市郊一家小酒吧出了事情，好像跟你的那个朋友有关。"

暴暴蓝立刻从床上跳了下来："到底怎么回事？是不是七七？她在哪里？"

"我在那家酒吧等你，"黄乐说出地址，"你们快来。"

黄乐的电话一响，优诺也立刻醒了，她见暴暴蓝挂了电话，很紧张地问："是不是有七七的消息了？"

147

"走吧。"暴暴蓝表情凝重地说，"我们去了就知道了。"

优诺和暴暴蓝赶到那间酒吧的时候，黄乐和他的警察朋友正在向老板询问情况。老板睁着疲惫的双眼不耐烦地说："我已经被警察问了半个晚上了，我该说的都说了，你们还要我怎么样？哎，我不管了，我要先睡觉去了！"

"不是要把你怎么样，是你说的话实在是不可信，"警察见优诺他们进来，连忙问道，"你们带七七的照片了吗？"

暴暴蓝看看优诺，优诺摇头，一边摇一边问黄乐，"七七昨晚是不是来过这里？"

"也许是。"黄乐指着老板说，"他昨晚报警，说有个女孩在这里跟几个小混混发生了争执，那女孩还带了一把锋利的水果刀。"

"她穿的是什么衣服？"优诺心急如焚地问老板，"请你快点告诉我。"

"应该是……白T恤，牛仔裤吧，"老板说，"晚上，又是灯光下，没看太清。"

优诺十分无奈道："那她人呢？"

"你们听好，"回答的人是黄乐，他说，"她和几个小混混发生了口角，然后就掏出了她的水果刀。刀被人夺走，她不顾一切地去抢，一片混乱中，那把刀插入了女孩的胸口。"

世界在那一瞬间变得静极了，优诺觉得自己站都站不稳。她想起那天在七七的家里，自己拿起水果盘里那把尖尖的水果刀往七七面前走去，一面走一面说："来来来，用这把，这把刀才可以一刀致命！"

当时的七七，脸上满是惊恐的表情。毫无疑问，她怕那把刀。可她竟然把它带在身上出了门，并拿出来捅人。这简直令人无法接受！

"她人呢？"暴暴蓝冲上前抓住老板问，"她现在在哪里？"

老板说："女孩被捅后，那些小混混散掉了。我赶紧打电话报警，谁知道等我打完电话，女孩也不见了。"

"什么叫不见了？"暴暴蓝声嘶力竭地喊起来，"好好的一个人，怎么会不见了？一定是你把她藏起来了，她受伤了，你们把她藏起来了！我告诉你们，你们这样是犯法的，是要被枪毙的！"

老板吓得直退说："我说的就是事实，你们信也好，不信也好，这就是事实！"

"别激动，"黄乐拉住暴暴蓝说，"有话好好说。"

"蓝，"优诺抱住暴暴蓝说，"蓝，七七出事了，她真的出事了。"

"不会的，不会有事的。"暴暴蓝说着苍白的劝告，自己也不知不觉苍白了脸。

"一个受伤的女孩忽然消失？"黄乐对他的警察朋友说，"你说这是不是太离奇了一点儿？"

警察说："她如果真的受伤了，应该走不远。要不肯定会去医院，现在正在查着呢，一有消息我会收到通知。"

"那走吧，"黄乐说，"我先请你们吃早饭去。吃完了，有劲儿了，我们再去找！"

优诺摇摇晃晃地随着他们出来，刚到酒吧门口，就看到了那辆熟悉的车子，还有车子旁站着的那个穿着黑衣服的男人。他开了一夜的车，显得很累，但是依然风度翩翩。

看样子，神通广大的他了解的情况并不比优诺少。

"谁？"暴暴蓝碰碰优诺的胳膊。

优诺并不回答她，而是走上前去，一直走到他面前，低下头来说："对不起。"

"不关你的事，"林涣之说，"你不要自责。"

优诺看着自己的脚尖，眼泪流了下来。

暴暴蓝走到她的身后，看情形已经猜到七八分，于是不出声。

"我已经托了各路的朋友，"林涣之说，"我现在很累，想找家酒店休息一下，你愿意陪我一起等消息吗？"

"好。"优诺说。

"我也去。"暴暴蓝说。

林涣之熟门熟路地把他们带到了市里最好的酒店，五星级的，开了两个相邻的房间。他把他房间的门打开，手机扔给优诺说："我现在要睡一觉，手机响了你替我接，如果不是七七的事情不要叫醒我。"

暴暴蓝和优诺进了另一个房间，把门关上后，暴暴蓝小声地问优诺："七七爸爸特别有钱吧？瞧他开的那辆车最起码值七八十万，难怪七七那么娇气！"

"他是七七的养父，"优诺说，"七七是孤儿。"

暴暴蓝张大了嘴巴，良久才说："我一直以为自己命最苦。"

"我心很乱。"优诺说。

"因为这个男人喜欢你？"暴暴蓝问。

优诺吓了一跳，捂住她的嘴说："你不要乱讲。"

"我没有乱讲，"暴暴蓝肯定地说，"他看你的眼神不一样。"

优诺说："求你了，蓝。别让我疯掉。"

"好吧，"暴暴蓝说，"我闭嘴。"

正说着，林涣之的电话响了，优诺慌乱地接起来，是麦子。听到优诺的声音，她有些迟疑，于是在那边问："是林先生的手机吗？"

她叫他林先生，却叫得那么亲切自然。

"是的，他很累，睡着了，"优诺说，"我是优诺。"

"噢，"麦子说，"怎么样，有七七的消息吗？"

"没有。"

"我在她的电脑里发现了一些东西。"麦子说。

"什么？"优诺本来斜靠在床上，一听这话立刻紧张地坐直了

身体。暴暴蓝也把耳朵凑到手机旁边来，想听个究竟。

"她的日记，"麦子说，"看上去有点儿乱，不过最后一天的日记里，有一句是这样写的：她是天使，她能给他的幸福和快乐，是我所不能给予的。我终于可以放心地离开这里，谁都没有错，错的是我。"

"我就知道，她是刻意要走的，"优诺绝望地喃喃着说，"我早就应该知道。"

"那晚她看见你和林先生在'大学城'。"麦子说。

"我们那天只聊了一小会儿，"优诺说，"我根本就没见到七七。"

麦子叹口气："还有，伍妈说，餐厅里那把水果刀不见了。"

"天哪，"优诺说，"麦医生，但愿七七不会出什么事，但愿。"

"No news is good news."麦子说，"只好等了，你转告林先生，该做的我都做了，一有消息，我会再打电话来。"

"谢谢你，麦医生。"优诺说。

"好。"麦子挂了电话。

就这样，他们在酒店里住了两天。

没有得到关于七七的任何消息。她就这样毅然决然地消失了，不留一点痕迹。

终于，林涣之说："我们回去吧，该回来的时候总会回来的。"

"也许那晚酒吧的那个女孩根本就不是七七，"暴暴蓝调动她丰富的想象力对优诺说，"巧合罢了，或许她早就回到你们那里，跟你们玩捉迷藏呢。"

"No news is good news."优诺叹息地说，"或许麦子说得没错。"

暴暴蓝跟她拥抱告别。

"你要好好地。"优诺说，"你不能再让我担心了。"

"我会的，"暴暴蓝说，"优，你要记住，我很爱你。"

回到属于自己的城市，优诺第一件事是给苏诚打电话。这个时候，苏诚是她唯一的安慰。没想到铃声响了很久，苏诚才接起来。

她还没来得及跟他说心事，他却抢先说："对不起，优诺。"

"为何？"优诺不明白。

"这些天没打电话给你。其实，我不是那种小心眼儿的人，你知道的。"苏诚说。

"我明白的，"优诺说，"我明天来看你，好吗？"

"过一阵子吧，"苏诚说，"我现在心很乱。"

优诺不明白苏诚为什么会拒绝，反正他的拒绝让优诺的心疼得无以复加，但她还是装作没事地说："好。"

"有件事，我想你还是知道的好。"苏诚迟疑了一下说，"田田，她出事了。"

"怎么了？"

"她从十七楼跳下去了，"苏诚的声音变得颤抖而痛苦，"那是我们以前买下来准备做新房的小公寓，我拿着戒指去找你的第二天，她跳下去，没有犹豫。"

优诺一句话也说不出来。

"情爱一生纠缠，我们无法完成对自己的救赎，"苏诚说，"对不起，优诺，你看，我再也不能给你干干净净的幸福了。"

那一瞬间，田田的样子在优诺的脑海里变得异常清晰，那个只见过一面的女孩，那个深爱苏诚的女孩，以她最决绝的方式维护了她的爱情。

天。

十七楼。

要跳下去的时候，该拥有怎样的勇气？

可怜的苏诚，可怜的田田，可怜的自己。

挂了电话，优诺给苏诚发短信："可是苏诚，请你一定要幸福。"信息发出去的那一刻，优诺知道一切都结束了。她看了看手指上的钻戒，默默地取下，塞到了抽屉的最深处。

幸福，其实永远都是每个人自己的事情。

对于优诺而言，这真是一个漫长而寂寥的夏天。七七成为她心里最大的牵挂。她对清妹说："她在我面前活生生地消失，我无法原谅自己。"

"这不是你该背负的罪过，"清妹说，"她是故意的，简直可恶！"

"别这么说七七。"

"你对别人都是这么宽容，"清妹不满，"就是对苏诚那么苛刻！"

"怎么了？"

"这个时候，他需要你，"清妹说，"你不陪他度过这些日子，谁还能陪他？"

"我不能确定，"优诺说，"我怕我会让他有更多的压力。"

"你瘦了，"清妹看着她叹息说，"爱情真是个折磨人的东西。"

"如果有机会，请代我问候他，"优诺说完后又立即更正说，"算了，还是不用了。"

清妹用同情的目光看着她。

告别清妹，优诺回到宿舍，惊喜地发现了坐在台阶前的暴暴蓝。她也瘦了，眼睛更大，穿着黑色 T 恤的她显得异常娇小。见了优诺，她站起来，抱住她说："优，我很怕，所以来找你。"

"出什么事了？"优诺说，"小说没通过？"

"不，"暴暴蓝努力地笑着说，"相反，我写出了最好的小说，他们说，可以把我炒成最红的青春派作家。"

"呵呵，"优诺招呼她进了宿舍坐下，递给她一杯水说，"是不是要成名人了，所以害怕？"

"也不是，"暴暴蓝指着自己的腹部说，"我想我有麻烦了，我其实真的很怕痛的。真的。"

说完，她飞奔到卫生间，里面传来惊天动地的呕吐声。

等了好半天，她终于出来了，靠在卫生间的门边，无力地冲优诺微笑。"真糟糕，是不是？"她说，"简直没有比这更糟的事情了。"

优诺递给她热热的毛巾说："别怕，我们明天就去医院。"

第二天清晨，麦子在医院门口迎接了她们。夏天真的只剩下尾巴了，阳光早就没有了昔日的不可一世。优诺握着暴暴蓝的手，暴暴蓝穿着优诺的外套，脸色苍白。

"只是小手术，"麦子说，"你们放心，一会儿就好。"

进手术室之前，暴暴蓝忽然握紧了优诺的手，颤抖地说："我真的很怕疼，真的。"

"不让他知道吗？"优诺问。

"这是我自己的事情。"暴暴蓝说完，毅然转身走进了手术室。

"她还是个孩子，"手术室外，优诺对麦子说，"我真笨，帮不了她们。"

麦子把手放到她的肩膀上以示理解。她是一个不多话的，讨人喜欢的女人。优诺不明白，七七为什么不喜欢她。

优诺的整个夏天，就在等待七七的心急如焚和心疼暴暴蓝的无限哀愁里悄然过去。

秋天到来的时候，尽管林涣之花了不少钱，动用了他所有的社会关系，依然没有关于七七的任何消息。那个时期优诺做了不少事，照顾了暴暴蓝差不多一个月；去孤儿院做义工；每日更新她的网站。网站最显要的地方一直是寻找七七的启事，优诺在闪烁的 flash 动画框中写道：七七，我知道你会看到。我们都很爱你，希望你早日回来。

启事上有七七的一张照片，她很少照相，那张照片是一次偶然

的机会拍下来的。那天优诺买了新的数码相机，拿她来做试验。照片算是偷拍的吧，七七正在沉思，她紧抿嘴唇，有其他十七岁女生不可能拥有的孤傲，冷漠的眼神。

暴暴蓝留帖说："七七，这是我们的城堡，你不可以丢下它。"

布衣留帖说："七七你原来是这样子的，你很漂亮。快回来，我真的请你去'圣地亚'。"

陌生的网友留帖说："七七，你要好好地。"

……

一连串的帖子，跟在寻人启事的后面，记录着每一个经过的日子。

郁闷还是灿烂，都只是过去。网站首页的诗也换过了，那是优诺最喜欢的某个台湾诗人的一首诗：

> 关切是问
> 而有时
> 关切是不问
> 倘若一无消息
> 如沉船后静静的海面
> 其实也是
> 静静地记得

可是七七啊七七，你是不是真的记得，记得回头，找寻我们曾经共同拥有的记忆呢？

十月的时候，优诺接到麦子的电话。

麦子说："我们最好能见一面。"

优诺如期赴约。秋天的麦子穿了一条红色的裙子，她真是一个别致的女人，有她别致的风度。她们约在一家咖啡馆见面。那家咖

啡馆里一直放着一首英文歌，还是那个沙哑的男声，她和苏诚第一次在"圣地亚"吃饭时听到的那首歌，在秋天午后的阳光里反复地响起，那一瞬间时光恍若重现，令人心酸。

麦子一见优诺就开门见山地说："林先生三天前住进了医院。"

她依然叫他林先生。

"怎么了？"优诺问。

"胃癌。"麦子吐出两个冰冷的字。

优诺脑袋里嗡嗡作响。

"他的胃一直不好，可是他总是拒绝检查。你应该去看看他。"麦子说，"我想他一直在等你去看他。"

优诺感到震惊。

麦子补充说："这么多年，他一直很寂寞。"

"你不是一直陪着他吗？"优诺由衷地说，"麦医生，你很让人敬佩。"

"是的，我爱他，"麦子毫不避讳地说，"我爱他很多年。那一年，他带着骨折的七七来医院，我从来没有见过一个男人的眼神，可以那么温柔和体贴。后来我才知道，七七不是他的亲生女儿，他是一个懂得爱的人，可惜，有很多人不懂得他。"

"有你一个知己就够了，"优诺说，"他还有多久？"

"如果用钱买生命的话，最多也不过三个月，"麦子说，"这个时候，钱是最没用的东西。"

"麦医生，"优诺握住她放在桌子上的手说，"也许事情会比你想象中的好，你要坚强。"

可是谁也没想到，麦子还是乐观了。

林涣之没有等到三个月，一个月后，他就离开了。

他消瘦得很快，化疗除了给他增加痛苦，没有任何作用。那些天优诺每天去一次医院，给他读故事，简·韦伯斯特的《长腿叔叔》。

林涣之努力地笑着问："你在哪里找来这么好的故事？"

"是你买给七七的书，"优诺微笑，"我只是借用。"

林涣之说："我还记得那一天在孤儿院见到她。她小小的身子，眼睛里充满了愤怒和不屑。我当时就想，这是我想要的孩子，我可以给她幸福。却没料到，这是我一生最大的失败。"

优诺说："七七终究会懂你的。"

"她离开是对的，"林涣之说，"距离让我们看清彼此。"

"有个东西想给你看一下。"优诺从包里掏出一张皱巴巴的纸展开来，是一幅小孩儿画的画，有太阳，有山，有一个画得不太像样的男人的侧影，旁边是一行彩色铅笔写的歪歪扭扭的字：BB（爸爸），我爱你。

"我在七七的书里找到的，"优诺说，"所以，你不要有遗憾。"

林涣之笑了："我这一生，最大的遗憾，你猜是什么？"

"我猜不着，"优诺说，"你对我而言，一直是个谜。"

"猜不着也好。"林涣之伸出手来，像是要抚摸一下优诺的脸，但是，他的手很快就无力地垂了下去，眼睛闭合，像是睡着了。

优诺没有喊叫，她跑出病房，颤抖地抱住了一直在外面等待的麦子。她不停地抖，倒是麦子比较平静。她拍着优诺的背说："林先生留了一笔资金给一家网络公司，他们会终身维护你的网站，提供一切技术上的支持。"

"我想到 Sam 那里去一下，可以吗？"优诺问。

"你需要他？"

"不是，"优诺说，"我好累，我只是想到七七睡过的地方，去好好地睡上一觉。"

Sam 这里有个供病人休息的沙发，优诺躺下，看 Sam 替她把窗帘拉起来，听 Sam 回头对她说："节哀，人生有很多的失去，我们唯一能做的，是勇敢面对。"

"Sam，"优诺在闭上眼睛前问，"你说，七七会在哪里？她到底会不会回来？"

"不知道。"Sam说。

"你是专家，也猜不到吗？"

"每个人的内心，都有属于自己的城堡，"Sam说，"我比别人厉害之处，不过是偶尔能进去造访一下而已。"

"我会等她回来。"睡着前，优诺肯定地说。这是七七躺过的地方，优诺清晰地感受到她特殊的气息，那个喜欢紧抿双唇，眼神孤傲的女生。她们早就在彼此的生命里刻下了深深的烙印，无论是近是远，心里的牵挂和依恋都会如春天的青草般蓬勃生长，永远割不断。

不肯停留的是时光。转眼间，新年就到来了。优诺背着她的大包从市中心经过，新华书店的门口挂着一个醒目的广告牌：著名青春派作家暴暴蓝即将来我店签售。

有女中学生经过，尖叫着说："就是写《小妖的金色城堡》的那个啊！我从来都没有看过那么好看的小说哟。"

暴暴蓝的新书《小妖的金色城堡》一经出版就狂销不止，短短三个月竟然突破了五十万的销量。她在全国各地巡回签售，到处都是她的书迷。

小妖的金色城堡，也因此成了一个访问量剧增的网站。有很多人提供关于七七的信息，优诺和暴暴蓝因此在全国各地奔波，但可惜，没有一个信息是真的。

广告牌巨大，除了书的宣传画，旁边还印有一张暴暴蓝的照片，模糊的样子，只能看清她那双眼睛，有着和七七极为相似的眼神。就在优诺盯着它看时，忽然接到暴暴蓝的电话，她在那边喘着粗气，语无伦次地对优诺说："我想，我看到七七了。是七七，一定是她！"

"她在哪里？"

"我在签书，读者排成长龙，"暴暴蓝说，"我看到一个女生，戴了和我一样的手镯。我给她签完名，她冲我微笑，那笑容让我觉得莫名的熟悉。可是人实在是太多了，等我反应过来，她已经消失不见了。"

"她消失不见，"暴暴蓝哭起来，"你瞧她多狠心，不肯理我们。"

"也许不是她呢。要知道，那种手镯并不止两个。"

"可我多么希望是她，"暴暴蓝说，"我多么希望。"

人潮拥挤的街头，优诺挂了电话，眼泪流了下来。

很多的岁月都已经过去，关于七七的任何消息，不管是真是假，她都执意相信，七七不会消失。她一定会在某个地方的某个角落，用她那双不同寻常的眼睛，关注着她愿意关注的一切。

她不会消失。

消失的，不过是时间。

而消失的时间，会让曾经的伤口，开出洁白而盛大的花朵，绽放成最纯洁的姿势，成为我们彼此温暖过，存在过的最好的证明。

后记

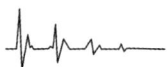

亲爱的，你不必归来

——给妖精七七的一封信

七七，你好吗？

时间过去了很久，我差点想不起来你的模样。

那一年，我们初相识的时候，我记得我刚生完小孩儿，很胖，不爱打扮，记性好，喜欢说话，笑声朗朗，对生活充满热情，相信这个世界上全都是好人。就是这样一个人，非要去写你这样一个别扭的姑娘。是的，别扭。这就是你给我最初的印象。

所以其实一开始，我并不是那么喜欢你。

你让我觉得累，觉得郁闷，觉得生活有时候真不是我喜欢的样子。

时间过去了很久，我没那么胖了，爱打扮了，记性不好了，却还是喜欢笑，只是笑起来没那么放肆和没心没肺了。我开始相信这个世上还是有恶人的存在，我被他们屡屡伤害，越挫越勇。

七七你瞧，时间改变一个人真的很容易。

只是我想知道，时间改变你了吗？

我亲爱的姑娘，这些年，你到底去了哪里？

说起来，我做过一件挺对不起你的事。那一年，我很红，有个书商拿着钱追在我的后面，要我给你的故事写个续。他真的给了我很多钱，所以我写了。对不起，七七，那不是我要的结局，我知道，那也不是你想要的。后来那个书商没赚到钱，还跟我打官司。那是我第一次跟人打官司，坦白讲，我有点儿怕，但更多的是愤怒。虽然后来官司赢了，但我一点儿也不开心，我怕我因此失去你。

我怕你会对我说：饶雪漫，我对你有一点失望哪。

会吗？七七。

我从不曾亲耳听你说过任何对我的评价。当我引领你来到这个世界，你仿佛总是那个抿着嘴唇，一言不发的少女，冷冷地看着这个世界，看着所有的人表演，不爱表达。你只是你，孤单不败的七七，你从不属于任何人，是这样子的吗？

至少当我任何时候想起你时，你都是这样子的。

这算不算得上是我对你的偏见呢？或许每一个热爱你的人，看到这里都会点头说，是的，是的，明明就是偏见，七七那么温暖，那么惹人爱，难道你看不见吗？

我固执，是我固执地认为，没有人能比我更懂你。

好吧，让我告诉你一件值得高兴的事，我最近出了一本书，卖得特别好，那本书的名字叫作《那些不能告诉大人的事》。在这本书的序里，我第一次提到了你是从哪里来的，很多人说，一看到那个序，就哭得不行了。其实我更好奇的是，如果你看到，你会不会哭呢？还是你会不屑地笑笑，轻声说：这个，是我吗？

年轻的时候，我们总是怀疑自己，怀疑自己有没有那么好，会不会有人喜欢，会不会得到很多的爱。我知道你那时候也是那样怀疑着你自己的，在我粗暴地塞给你一个你完全不想要的结局的时候，

你一定担心，我是不是没那么爱你，我把你放入时间的河流，任意追逐，不懂珍惜，是否随时都可能全盘皆输？

不是的，七七，我想告诉你，无论我犯过哪些错，我都是真的爱你。你不动声色，保持着最初和最终的姿势。不管你去向哪里，也注定和我相融相依。

我想我知道你最爱的那个人到底是谁，我一直都不能忘记你穿着白裙子，坐在他床边看他熟睡的样子。那是我给你的安排，也是你喜欢的安排，是不是？真的，时间过去了那么久，月光依然。万幸的是，我们的爱就像这抹白色月光，不曾改变。

就这一点来讲，七七，我们从不曾孤单。

我早就已经原谅，你如此决绝地离开。我想你会照顾好你自己，你会平安，会快乐，会知足，会懂得爱，拥有爱。会让我这个把你创造出来的人，知道自己并没有白费力气。

七七，谢谢你的配合。

只是你不必归来。把你安放在我青春的最深处，我才有永远向上的源源勇气。

饶雪漫

2011 年 6 月 8 日

写于《小妖的金色城堡》再版之际

没有人像我一样

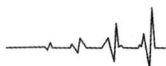

第 一 章

图 图

如何让我遇见你，在我最美丽的时刻。

这是图图写给我的第一封，也是唯一一封情书里的一句话。

虽然我知道这句话并非图图原创，而是出自一位很有名的女诗人的诗，可是，每次想起，仍然唏嘘。

图图遇见我时，我们都在最美丽的时刻，最肉麻不堪又最灿烂夺目的青春年华。

她是我的初恋。

那时候，我还是电子系一个不务正业的学生，每周都有几天扔下功课，去市中心的一间酒吧卖唱。一把吉他，一副还过得去的嗓子，是我的全部。

后来，慢慢有志同道合的人加入进来，先是张沐尔，后是怪兽。

怪兽是贝斯手，张沐尔是司鼓。

我们组建了一支叫"十二夜"的乐队。

那不是一间很有名的酒吧，演出场地的设备也很不专业。简单地说，就是不可能每次演出都有鼓，也不是时时刻刻要用到贝斯。所以大多数时候我仍然是孤单一人，拨几个简单的和弦，唱一些或流行或过时的歌曲。

其实，在酒吧唱歌收入并不高，我在乎的也不是钱，而是那种可以在黑暗处低吟浅唱的感觉。

那种又喧嚣又孤单的感觉，仿佛无限接近自由。

在那个所有人都各怀心事的地方，其实没有人在意你的悲喜，他们听到的只是歌声。如果运气好，当他们偶尔回忆起人生中的这一刻，会忽然想起，有个人在寂寞空旷的背景里这样歌唱，他们可能想不起这个人的样子，但那遥远模糊的歌声，会让他们惆怅。

这就是我心里的音乐，它或许永远不能像衣食住行一般让人念念不忘，却可以暗中记录人生的全部时光。至少，当我回忆起每一段光阴，都会有音乐做背景。人生如此焦躁不安，只有歌声可以让人休憩。后来，我会刻意把每一段日子用乐曲标记下来，好让自己不至于遗忘。

比如，遇见图图的那天，在我的记忆里，标记为贝多芬的《命运交响曲》。

因为她的到来实在是机缘巧合，命中注定。我躲不了，当然，也不想躲。

其实她一直都在，她是这间小酒吧的常客。在演奏时我时常看到她，但当时她和一般喜欢泡酒吧的女生没什么两样，穿着入时，眼神迷离，总是和一些看上去不太像好人的男生厮混在一起。

我对这样的女生向来不感冒。那时候我二十一岁，对爱情有自己的期待。我固执地认为我将来的女友会是那种古典型的女孩，头发乌黑顺直，性格善良温柔，当然，也要很漂亮。

在我遇见图图之前，我对自己的命运一无所知。

　　我的工作时间从晚上八点开始，断断续续唱三个小时，然后，酒吧老板请我喝上一杯，结给我当晚的工钱。那天，我正低着头喝一杯橙汁。夜已经有点儿深了，酒吧里的音乐换成了劲爆的舞曲，灯光掩映下衬着光怪陆离的人脸，我却有些昏昏欲睡。

　　把我吵醒的是酒杯破碎的声音，人声一下子变得尖锐起来。有人打起来了！有人起哄，有人拉架，总之场面混乱不堪。这在酒吧里是常事，我已经见怪不怪了，第一反应是去找老板结了工钱赶紧走。当我背着吉他冲到吧台，正听见一个男人尖声叫嚣："你就这么走？你敢走？你走了老子杀你全家！"

　　黑暗里看得不是特别清楚，不过我还是看到，他圆圆的脑袋被一杯来历不明的液体袭击，他所剩不多的头发被那些液体粘成一团，非常可笑。

　　既然可笑，我当然是要笑的。

　　吃了亏的家伙马上把矛头指向我："你笑什么？你敢笑？你和她是一伙的？"他挥了挥粗短的胳膊，几个人向这边包抄过来。我看情形不对，顾不得多想，一记右勾拳，利索地放倒一个。

　　我还没来得及为自己冲动的行为后悔，对其中一人已经掏出弹簧刀。我推翻身旁的桌子，桌子上的酒瓶碎了一地，酒吧里的客人开始尖叫。那人闪过，握着刀朝我扑过来，我握紧拳头已经做好火拼的准备，可是，这时有人拉住我的衣袖，声嘶力竭地在我耳边喊了一声："快跑！"

　　然后，她拉着我开始飞奔。那是一只柔弱无骨的小手，我心里一激灵，我就这样背着我的吉他，笨手笨脚，脑子短路地被那只手牵跑了。那帮人骂骂咧咧地追出来，噼里啪啦的脚步声乱作一团，身边的人喘着粗气问："跑不掉怎么办？"

　　怎么可能跑不掉？

这里的每一条小巷我都熟悉。我拉着她迅速拐进一条人迹罕至的巷子，走到深处，穿过一幢废弃的大楼，往右一拐，就是车水马龙的大道，明亮喧哗，安全无比。

我们停下来喘气，她弯着腰，双手按着膝盖，精疲力竭的样子。

说实话我也累得够呛，不过，我终于有闲心打量她了。首先，她是个女的；其次，她很抗冻。夏末的早晚已经有凉意，她却还穿着短裙，露出两条匀称好看的长腿。

看在美腿的份上我决定对她客气点。"你还好吗？"我礼貌性地问。

她不答。

"你还好吗？"我提高了声音。

她忽然抬头瞪着我，是那种直愣愣地瞪，她的眼睛水波潋滟，深不见底，我一下呆住了。

"真的安全了？"她问，怯生生地，带着点儿试探的意思。

得到我肯定的回答之后，她沉默了一两秒，开始放声大笑。我从来没见过哪个女生笑得这么放肆，她一边笑一边揉着自己的腿，一边不忘上气不接下气地嘲讽："哎，你觉得我给那个矮子设计的新发型酷不酷？"

"喂，"我觉得我有必要弄清整个事情的来龙去脉，"你是谁？叫啥名字？干啥的？那群人为什么要找你麻烦？"

她立刻收敛了笑容，变得十分严肃。

"你不认识我？"她指着自己的鼻子，"你确定？"

我确定。

她沉默了一下，似乎在判断我是不是在寻她开心，然后，总算搞清楚状况的她一脸不解："那你干吗去惹他们？你干吗救我？"

我发誓，我不是故意的！我全部的错误只在于我太有幽默感，以至于一不小心就掉进了命运早就给我挖好的陷阱。

"我还以为你也看上我了呢，"她傻乎乎地感叹，"哪晓得你没有！"接下来她用力拍了拍我肩膀，"敢情你是个好人啊！"

我的天！

我差点立刻转身离开把这个自我感觉超好的不良少女留在原地吹风，可鬼使神差地，我没有。相反，我和她开始沿着马路牙子慢慢走。她仍然没有从刚才拼命地奔跑里回过神来，我猜她是那种越紧张越话多的人，她不断地跟我说话，语序混乱，词不达意。

尽管如此，我还是慢慢弄清了她叫什么，是干什么的，当然还有那群人为什么要收拾她。

事情实在是有些戏剧性，但她却真实地进入了我的生活。

"你叫啥名字？"我把好奇心按了又按，还是忍不住问道。

"我叫图图，图画的图。我在市一职高读书，读会计，大概是吧，我也实在搞不清楚我在读什么。"

以上就是她的开场白，很迷糊，很有图图特色。但是，她的确很漂亮，当我惊魂稍定，可以用一个男生看女生的眼光正确地衡量她时，不得不这么承认。她穿一身黑，后来我就再也没见过任何一个女孩把黑色穿得那么有型，她的腕上夸张地戴着一串黑曜石长手链，她不断抬手把前额的头发拨开，样子真是明媚靓丽。

"你也知道，职高有谁会真正读书？男生闲着没事就评选什么'四大美女'，我是其中一个，而且，"她有些得意地补充道，"也是最漂亮的一个。"

"然后，那些男生就为了争我打架。其实他们也不见得有多喜欢我，但是就是喜欢争，争这些很有面子吗？不过我已经习惯男生们为我打架了，他们一天不打我都觉得闷得慌，觉得人生特没意义，真的。"

"虚荣。"我评价道。

"虚荣就虚荣咯！"她满不在乎地说，"人生不就是虚的吗？"

169

她昂着头在晚风里走，像一头骄傲的鹿，脸上是不屑于对任何人解释的轻蔑。"你觉得今天这样打架很可怕？其实呢，那帮流氓也是来虚的。我不就是花了他几千块买了件吊带？花了他的钱他就以为可以把我怎么样？杀我全家？我都不知道我全家在哪里，真谢谢他哟。"

"几千块的吊带！小姐！"我抓狂。

她很敏感地转过脸："小姐？你说我是小姐？你嘴巴放干净点！"大概是我无辜的表情使她马上意识到是她自己防卫过度，她抓住我的衣襟，有些怯生生地屈尊跟我解释，"其实他连我的手都没拉过，真的。那种男人，我见得多了。"

我轻轻地把衣襟从她手心里抽出来。不管她多么漂亮，我们真的不是一路人。

再见啦，就此别过。

我背着我的吉他快步向前，寻找六十二路站牌，我们学校在数十公里外的郊区，晚间公交车就这一班。可她牢牢地跟着我，我不得不回头建议她："你自己回家好吗？"

"回家？"她笑起来。"你说我爸家还是我妈家？我爸家在沈阳，我妈家在重庆。"她双手叉腰，居然带了点儿挑衅的味道，"或者你说宿舍？对不起，我的室友刚刚把我的东西扔出来，因为她的男朋友在追我。"

我不可置信地看着她，她带着一脸嘲弄的表情看着我，脸上是满不在乎的样子，我有点儿怀疑她在说谎。

"咳，"我说，"我很抱歉，可是……"

"可是你要错过末班车了！"她轻快地说，"原来是个乖孩子啊，错过末班车回不了家了，我要妈妈……"她挤着眉毛，做出一脸哭相。

我又不是小孩子，她居然用激将法？正好过来一辆六十二路，我连招呼也懒得再跟她打，脚一迈就要离开这个是非之地。

"你！"她在我背后喊，"你真不够朋友！"

谁和你是朋友？抱歉啊抱歉，我认识那个人吗？我的一只脚已经上了公交车，忽然有人大力拽我的吉他，我一个重心不稳摔下去，接连几个趔趄，靠着路边的一棵树才没摔个四仰八叉。

再看看她，她笑容满面，正对公交车售票员做着快走的手势。

公交车开走了，我欲哭无泪。她依旧是那样，用一种似笑非笑的眼神看我，好像是在问："现在怎么办？"

我懊恼了："说吧，你到底想干什么？"

"你救了我，你必须负责到底。"

"我不该救你，我错了，我改，行不行？"

"为时已晚。"

我懒得理她，在马路牙子上坐下开始检查我的吉他。这可是我的宝贝兼吃饭的家伙，刚才撞了树，撞了人，还撞了墙，不知道有没有"伤筋动骨"。我顺手弹起了《挪威的森林》的前奏，还好，一切正常。

"我听过你唱歌，嗓子破点，感情还是有的。"她流里流气地在我身边坐下，我挪开一点儿，跟她保持距离。

"你刚才弹的那是什么来着？听着挺耳熟。"她没话找话地说。

"《挪威的森林》。"我尽量保持礼貌。

"哦，这个我知道，那个什么伍佰嘛！"她马上又自我感觉良好地哼起来，"让我将你心儿摘下，试着将它慢慢融化……"

"打住，打住！"我忍无可忍，"这是披头士的挪威森林，*Norwegian Wood*，你有点儿文化行不行？"

"你有文化，你倒是唱啊！"她不甘示弱。

唱就唱，怕你怎的？我拉开嗓门，第一句就把她震住了。我暗暗得意，说实话，我弹吉他唱歌的样子还是蛮帅的，被公认为"十二夜"乐队里最有女生缘的一个，小半年里收到的情书也有好几十封。

她在黑暗里看着我，我在她的眼睛里看到那些熟悉的仰慕，显摆地问她："服不服？"

"服个屁，"她居然说脏话，"唱这些世界上没有几个人听过的歌算什么本事？要把别人的歌唱成你自己的，或者干脆自己写，那才高明！"

"你这是明目张胆的嫉妒，"我说，"我要赶末班车回学校，失陪了。"

"末班车几点到？"她笑眯眯地问。

"十一点半。"我看看表，还有五分钟。

"你不如给我再唱一首。"她提议。

"为什么？"

"因为你的表坏了。"

我这才仔细打量手腕上的老爷表，它跟了我已经三个年头儿，虽然进过几次水，可总体来说还算运转良好。但是现在，可怜的它，玻璃表面裂成几块，指针一动不动——看来是刚才那记勾拳的副产品。

现在再回想起来，当时我居然不是很懊恼，相反，有一丝丝庆幸的感觉。那天就是这样，我遇见图图，然后，所有的事情便是为我们的相遇而准备的。有点儿巧合，有点儿诡异，可是，一切也都是甜蜜的铺垫。

表坏了，时间就此停住，于是，她留在我生命里。

像我这样一个文艺青年，注定要为自己的小资情调付出些什么。当我敏感地察觉到这一点的时候，我有些没出息地感到不安。所以我决定往前走，一直走回家。

她当然还是跟了上来。

我继续走，她继续跟。

走到第二个街角，我站住，转回头。她歪头，冲我嘿嘿地笑，

看来，这姑娘今天是铁了心要粘上我了。

"你跟着我干吗？"我问出一句废话来。

"再唱一首？"她走上前来晃晃我的胳膊，"可以点歌吗？"

我说："我这破嗓子，算了。"

"假谦虚。"她哼哼一声。

哼完后，她自己开始唱。我们百无聊赖地在路边且走且停，她也就断断续续地哼了一路。一开始，只是些零乱不成调的乐句，从这首跳到那首，上一句还是《我的太阳》，下句马上变成《东风破》，让人叹为观止。

她是什么时候开始专注地唱一首歌的，我已经记不清了。很可能，她只会唱高潮部分，但是看得出她喜欢这首歌，所以唱的时候有种自己都没意识到的专注。那种专注吸引我偷偷看她，她微微仰着脸，白皙的皮肤浸透了月光，眼睛里居然有种圣洁的光芒。对，就是这个词，圣洁，虽然今天看来无比夸张，但那千真万确就是我当时的感受。我真心庆幸自己打出那一拳，因为，谁敢侵犯这样一个美好的姑娘，简直十恶不赦，不可原谅。

在我记忆里，那一刻简直万籁俱寂，我的天地里只有图图的歌声，她认认真真地唱：啊，如果不能够永远走在一起，也至少给我们怀念的勇气，拥抱的权利，好让你明白我心动的痕迹……

后来回想起来，我就是输在这首歌上。那是林晓培的《心动》，可是被她一唱，马上打上了图图的标签。那一刻我才发现她的声音无与伦比，低音浓烈，高音缥缈，微微暗哑，听上去有些紧张，却丝毫不损其魅力。

感觉到我在用心听，她的歌声戛然而止。她偷偷瞟我一眼，甚至显得有点儿尴尬，可嘴上还是一如既往地强硬："怎么样，我随便哼哼都比你强吧？"

"你喜欢这首歌吗？"我岔开话题。

173

她想了想。"其实，我是喜欢那部电影。里面的人都好可怜，明明相爱，可是不停地误会误会，犹豫犹豫，不小心一辈子就过去了，帅哥变成老头子，害我在电影院里哭死。"

我沉默了，因为我也看过《心动》。还记得影片的最后，张艾嘉在飞机上看着往日的照片，过去的一切云蒸霞蔚，模糊了青春含笑的脸。很久以后我重看这部电影才恍然大悟，哦，原来痛苦是人生的必经之路，失去也可以作如是观。

可是直到今天我也没告诉图图，《心动》也是我喜欢的电影。到底是为什么我也不清楚，可能我是怕说自己喜欢有些刻意讨好的意思，也可能是害怕她会认为一个喜欢看文艺片的男生缺乏男人味。总之，当你喜欢一个人，就会变得患得患失，不可理喻。

等她唱完，我有些爱怜地问她："你累不累？"

"用这种语气跟我说话，"她把头昂起来，"难道你想泡我吗？难道你忘了我们今天晚上才认识的吗？"

她真是天下最傲慢的女生！

不过，我怎么看她的样子越来越可爱呢？

"这样吧，"她好像很努力地想了想，然后说，"你今晚救了我，我怎么也要表示一下感谢才对，虽然我是个美女，虽然你救我纯属自愿，虽然我不算很有钱，虽然今天晚上我已经很累了，但是，我还是打算请你去喝豆浆！"

喝……豆浆？

这个感谢方式实在有点儿新奇。

"怎么？"她很奇怪地说，"难道没有人请你喝过豆浆吗？"

"没有。"我老实巴交地摇摇头。

"所以说，"她重重地拍了拍我的肩，"尝试一下喽！"

她力气很大，一巴掌拍到我肩膀上，疼得我龇牙咧嘴，心里却涌上来一丝甜蜜。这种莫名其妙的感觉让一向酷酷的我没有表示任

何反对，就跟着她去了。她拉着我的衣袖，大摇大摆地走在前面，长长的头发在脑后随意地挽成一个好看的髻，露出光滑的脖颈。那时候我也算学校里的名人，凭借弹吉他赢得过好些女生的关注，但我毕竟从来没有恋爱过。这样被她拉着走，我好像被拉进了梦境，不知道自己到底是醒着还是梦着，我猜我的样子看上去一定傻得够呛。

不出一站地，我们果然看见了一家小吃店，看来她还真的像她自己说的那样，轻车熟路。她继续轻车熟路地走到柜台前，对女服务员说："两杯豆浆。"那神情仿佛她要的是两杯燕窝那样大方自如。

我找了个尽量偏僻的位置坐定，她端着豆浆走到我面前："这可是我今年第一次花钱请客呢。"

"谢谢。"我一本正经地说。

"你呢，歌唱得不错，就是有点儿放不开，"她端起豆浆吸了一口，开始对我指手画脚，"你这样，将来怎么能当明星呢？"

"我从来就没想过当明星。"我不得不告诉她。

"咦？"她睁圆眼睛，"那你唱歌是为什么？"

"唱歌，就是为了唱歌呗。"我不知道该怎么回答。跟刚认识的人谈"音乐"，拜托，我还没有那么"文艺"。

她饶有兴趣地看着我，用吸管搅着豆浆："其实呢，我是很想当明星的。"

"为什么？"

"因为我不当明星纯粹是种浪费，每天都是些长得还不如我的人在电视上跳来跳去，他们不难受，我还难受呢！"

鉴于她说的其实没错，我很给面子的没有反驳。"可是，你打算怎么当明星呢？"我问。

"我可以去参加模仿秀，"她毫不羞涩地搔首弄姿了一下，"你觉得我像不像徐若瑄？就是比她高了点。"

175

"你比她漂亮。"

"这我知道，不用你提醒。"

我颇为窘迫，只好埋头喝豆浆。本来就不大的杯子很快被吸得见了底，这让我更加窘迫，因为我觉得用两杯豆浆就一直霸占餐厅的桌子是种罪恶。更可恨的是图图马上发现我的空杯子，大惊小怪地叫起来："天呐，喝那么快？拜托，你以为你是尼斯湖水怪吗？"

快餐店里人不多，她这么石破天惊地一喊，所有人的目光都聚集到了我们身上。

"这样，我教你一个方法，可以用剩下的豆浆撑到天亮，"她轻轻地嘬了一下吸管，说，"一次只喝一点点。美好的东西，你要好好保护它，才不会消失得太快。我就是这样的哟！所以每次到天亮我的豆浆还有一大杯，可以咕嘟咕嘟一口气喝完然后走出去，感觉空气真清新，生活可爱极了！"

"要是下雨呢？"我煞风景地问。

"不可能总是下雨，"她肯定地说，"对了，我还不知道你叫什么名字。"

"林南一。"

"解释一下？"

"林，树林的林，南，南方的南，一，"我看了看桌子说，"一杯豆浆的一。"

"哈哈哈哈哈，这名字像文艺片男主角。"她皱皱鼻子。然后她举起豆浆杯，又变得兴高采烈起来了。"好吧，南方树林里的一杯豆浆，为了我们的相遇，干杯。"

那天晚上，也许本该发生点什么的。

可是，什么都没发生。

我和图图都困得一塌糊涂，趴在快餐店的桌子上，睡得像两头死猪。中间我醒过一次，图图年轻美好的脸几乎紧挨着我，她睡得

那么安宁，像一个小小的婴儿。有一刻我几乎忍不住想伸手触摸一下她吹弹可破的脸颊，但终究没有那么做。

六点多的时候，我被窗户外照进来的阳光惊醒，她也一样，惬意地伸着懒腰。我有些不好意思，她倒是落落大方："早上好啊，昨晚休息得还好？"

我点头。

"你撒谎啦，这种地方，怎么可能睡得好？"捉住我的小辫子，她扬扬得意。

我却不想为自己辩解，只是呆呆地看着她。刚刚睡醒的她脸孔皱皱的，但是眼神澄澈得像四月的湖。在我的记忆中，那是她最美的一刻。

"哎，你傻了吗？没什么要说的？"她提醒我，"我就要走了啊！"

"再见。"我说，心里却蓦地涌上一股悲伤。也许我应该说的是另外一个词，可是天晓得，我什么也说不出来。再见或许就是永远不见，这个在我生命里只有一天时限的美丽女孩。

然而，她忽然伸出胳膊，狠狠地拥抱了我。

"谢谢你，林南一，"她连珠炮似的开了口，好像生怕被我打断，"谢谢你救我，谢谢你陪我一整个晚上，你不知道一个人早晨在快餐店醒来，这种感觉有多可怕，醒来第一眼看见你，感觉就像……就像……总之，就是感觉很好，从没这么好过，你知不知道？"

她松开我的时候眼睛似乎有些湿润，紧接着她果然将面前的大半杯豆浆一饮而尽。然后，她调整自己的表情，竭力要做出"世界真美妙"的样子，因为，假使不如此，她简直没有勇气把生活继续下去。

我很不争气地偷偷掐了我自己一下。

是梦？还是不是梦？

177

"再见，林南一！"她高高地挥手和我告别。

后来我才知道，这是图图特有的一个姿势。她告别的时候是这样兴高采烈，仿佛下一秒钟等待她的不是分离，而是更加甜蜜的相聚。

而那天，在熹微的晨光中，她高高扬起的手臂像一对翅膀，在早晨清新的风里，轻盈得好像就要飞起来。

就在那一刻，我确定自己爱上了她。

可我还是那么没出息，连电话号码都没敢问她要，就这样眼睁睁地看着她，从一个暗一点的光影走进一个明亮一点的光影。最终，走出了我的世界。

第 二 章

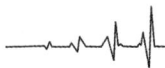

林 南 一 和 图 图

我喜欢的导演侯孝贤说过一段话，我一直认为无比正确。

他说："所谓最好的时光，不只是指美好的时光，而是不能再发生的时光，只能用记忆召唤回来的时光。"

认识图图以后，我开始了人生中最好的时光，而比较遗憾的是，一直到很久以后，我才真正明白。

我先来介绍一下我们的乐队"十二夜"，成员有张沐尔、怪兽和我。

乐队刚组建时我们三人都是在校学生，我学电子，怪兽学法律，张沐尔学医。我们三个在 A 市著名的"酒吧一条街"认识，三个都是卖唱的学生，臭味相投，一拍即合。

众所周知，我们是有理想的。然而我们并不指望能混到像平克·弗洛伊德那样成为一代宗师，我们只是想有自己的歌，自己的专辑，自己的录音室。我们三个人中怪兽比较有钱，因为他家在海

179

宁开了一间皮衣厂。有钱的怪兽在校外租了一个小套间，辟了其中一间作为我们的排练房。除了必不可少的学习时间，我们就在那个阳光不足的房间里扒带、写歌、排练。我们也曾给大大小小的唱片公司寄出过小样，但是无一例外地石沉大海，音讯全无。

"我们需要一个女! 主! 唱!"张沐尔无数次痛心疾首地说。长久以来他认为一个美女可以解决我们全部的问题，因为我们已经足够有才华，足够有理想，需要的只是一点点的关注。他甚至找过一个外语系系花来跟我们合练，结果那个女生只会唱布兰妮的歌，当她第十一次唱到 Baby One More Time 的时候，怪兽终于忍无可忍，把她从我们的排练房里赶了出去。

"难道茫茫太空中，我们就找不到一个既漂亮，又会唱歌，又有品位的女生?"张沐尔仰天长叹。

怪兽恶狠狠地瞪了他一眼。

我不忍地看着他："还是有的……"

"谁?"

"诺拉·琼斯。"我说。

那之后我们就再也没有跟女生合练过，虽然张沐尔信誓旦旦地说，为了乐队有一天能大红大紫，他从未放弃过寻找金牌女声。不过，他努力了一年，乐队成员还是我们三个。怪兽对这情况比较满意，他认为历史上伟大的乐队里都没有女人。他是一个有点儿疯狂的家伙，但很有才华，我们乐队的大部分作品都是由他作曲。当然，写歌词的，是我。

虽然张沐尔偶尔对怪兽那些晦涩的作品有点儿小小的不感冒，但总体来说，我们是好哥们儿，相处得也很不错。

张沐尔失过一次恋，我和怪兽没有女朋友，我们都拥有一段多少有点儿寂寞的青春时光，但其实我觉得还不错。

然而那些天，我常常会莫名其妙地想起一张脸，甚至在食堂吃

早餐的时候，莫名其妙地想喝一杯豆浆。虽然我确定那个夜晚不是梦，但对我而言又的确是一场真正的梦。那个叫图图的女生，我们还会不会再见面，如果再见面，我该是什么样的表情，说些什么样的话，或做什么样的事呢？怀着这样百无聊赖的猜想，我百无聊赖地上了几天课，然后在两位仁兄的短信轰炸下逃难似的奔去了排练房。

张沐尔和怪兽已经到了，我马上发现情形有点儿不太对。

"他怎么了？"我指着在角落里闷闷不乐的怪兽问张沐尔。

张沐尔严肃地说："怪兽认为，我们应该找一个女主唱。"

"为什么？"

"你还记得上次你写的那首歌词吗？"张沐尔问，"就是那首特别悲情的，我想知道什么什么的？"

我当然记得。实际上，那是我非常得意的一首歌词。

"他配好曲了，"张沐尔指指怪兽，"可是，连他自己都认为，这首歌只适合女孩子唱。"

这怎么可能！

可是，当怪兽抢过我的吉他把曲子哼给我听的时候，我马上就理解了。这确实是我们乐队创建以来难得的一首好听的歌，怪兽不知道受了什么刺激，把旋律写得格外婉转，尤其是最后渐行渐灭的高音部分，也实在是只有女生才能演绎。

"怎么办？"怪兽两手一摊问。

"要不，我再去叫那个外语系的？"张沐尔征求意见，"一年了，没准她已经会唱别人的歌了，就算麦当娜也成啊。"

怪兽的眼里简直要飞出小刀子，一刀一刀割下张沐尔的肥肉。"算了，还是你自己唱吧。"他一脸沮丧。

我忽然有了一个主意。实际上，当它冒出来的时候，我才知道，它原来在我的脑子里已经蓄谋很久了。

我要找到图图。但是现在，我还什么都不能说，因为我没有图图的任何联系方式，只知道她在市一职高学会计。我要找到她，不仅是因为她能当我们乐队的主唱。更因为，我发现我已经无法忘记她了。

　　在茫茫人海中寻找一个只见过一面的女生，这当然是件很有难度的事情。

　　我甚至冒险去过那家不再欢迎我的酒吧，那群流氓虽然没有出现，可是，图图也一样杳无音讯。我问过老板："你认不认识那天晚上打架的女孩？"他简直是用看恐怖分子的眼神看我，挥挥手示意我滚蛋。

　　接下来，我唯一能做的事情就是去市一职高蹲点。去了我才知道，市一职高有三个年级，每级设有四个会计班，每班四十个人，也就是说，在这一共四百八十个人中，我要找出一个名字里可能有个"图"字的女生。

　　谈何容易。

　　我试过当他们上课的时候在教室外面窥探，这时候我才发现，原来职高的管理还是挺严的。我每次转个不到二十分钟，就会有保安冲上楼来把我赶下去。在有幸看过的六七个班级里，我并没有看到图图的身影。不过也有可能是，她是一个逃课高手，而我的近视很严重。

　　总之，当你真的要在茫茫人海里寻找一个人的时候，这个人就总有无数的理由可以与你擦肩而过。以前我看几米的漫画《向左走，向右走》，觉得荒诞无比，两个住在同一栋大厦的人，就算可以躲避对方，也迟早会低头不见抬头见。而当我满世界寻找图图时，才终于承认，世界是一片海洋，一条鱼想要第二次遇见另一条鱼的概率，或许接近于零。

　　但我不甘心放弃。即使到最后，我也只能用一个最笨的方式——

在校门口守株待兔。

然而，这也是很困难的，因为，据我所知，市一职高有三个校门。

我给自己制定了一个时间表，周一、周二在西门等，周三、周四在东门等，剩下的时间在北门等。做出这个决定的时候我真想抽自己一个耳光，那天留下她的电话，不就什么事都没有了吗？

通常犯傻过后的我就会变得智商超常，我忽然想到了我的吉他。对，我的吉他，我应该用它来做点什么。于是，那个黄昏，我像琼瑶剧里的男主角一样抱着吉他假模假样地坐在职高的正门前。我要唱的第一首歌就是林晓培的《心动》，短短时间，它已经在我的最爱歌曲排行榜里飙升到第一名。"啊，如果不能永远走在一起，至少给我们怀念的勇气，拥抱的权利……"吉他是我唯一自娱自乐的方式。一些穿得很时尚的职高女生从我身边经过的时候会很感兴趣地看我一眼，但是，她们没有一个人和我说话。只有一个调皮的女生在叽叽喳喳："咦，他的帽子呢？"

啥！把我当要饭的了！

我忍辱负重地又唱了三首歌，图图却始终没有出现。

时间飞快地过去，当我开始怀疑自己这样的等待到底有何意义的时候，终于有人在我身边停下脚步。

"嗨！"一个女生说，"你在找人吗？那天在我们教室门口转悠的人是不是你？"

"我找图图。"我非常坦白地说。

"图图？"她皱皱眉头，看上去有些疑惑。

"就是，"我忽然像抓到救命稻草一样想起一个细节，"就是你们学校'四大美女'里最漂亮的那个！"

"哦，她呀。"那个女生明显不认同。

"你认识她？"我强压抑着自己的欣喜若狂。

"你为什么找她？"她一脸不屑地打量我，"想追求她是吧，

很多人都追求她的。"

"你到底认不认识她？"

她看天看地看脚尖，犹豫半天，终于对我说："我可以带你去找她。"

她带着我穿过市一职高的校园，从一扇最荒僻的门走出去。她告诉我，这是小西门，从这里走出去四五百米有一个很老的居民区。因为地处偏僻，而且房子破旧，所以租金相对便宜，很多不愿意住宿舍的职高生会在那一带租房子。

很快我们到了一个黑洞洞的单元楼前。

"她好像住在二楼。"女生告诉我。

不劳她告诉我，我已经知道图图就在这里了。因为我听见她的声音，仿佛近在耳边："不就是房租吗！"她有些声嘶力竭，"给你！给你！姑奶奶连命都给你！"

身边的女生几乎抱歉地看了我一眼。然后，像一切善良的指路天使一样，她向我告别，并且再也没有出现过。

我三步并作两步冲上楼去。

房门大开着，可以看见里面简陋的家具。我看见一个巨大的行李箱，满地的护肤品和玩偶，然后，我才看见图图。她穿着拖鞋站在那一堆杂乱的物品中央，头发凌乱，看上去狼狈不堪。

"图图，"我冲上去，"图图，你这是怎么了？"

她像只受惊的小鸟一样回头。这时候，一个很大的枕头被扔出来，里面的人骂骂咧咧："交不起房租就不要住房子，还想赖账？你这样的我见多了！"

"谁赖账！"图图满脸通红地跳起来，如果不是我及时拉住她，她马上就要冲进去和那人拼命了。

"别冲动，别冲动。"我只会这么傻傻地说一句。

"他，他扔我的东西……"图图愣愣地看了我一秒，突然间，

像山洪暴发似的号啕大哭起来。

哦，我色厉内荏的好姑娘，我心疼地擦干她的眼泪。她抓着我的胳膊，把脸埋在我胸口。

她的身体烫得惊人，我吓得一把推开她："你病了！"

"豆浆，是你？"她对我微笑，是种很恍惚的微笑，她那样微笑了很长时间，然后，她的身体就慢慢歪倒下去，像一朵在强烈阳光下支撑了太久的花。

后来我才知道，她其实已经病了三天了。自从宿舍住不下去以后，她就到这里租房，可是她的钱只够付定金，和房东软磨硬泡才硬住了半个月。而我赶到时，就正好看见了房东赶她出门的一幕。

我掏出兜里所有的钱给了房东，那个看上去很不好惹的中年女人满腹狐疑地盯着我看了半天，终于答应让她再住三天。

我把她的床重新收拾好，把她扶到床上，然后告辞。

"豆浆，"我临出门的时候她在我背后喊，"你来找我，有事吗？"

我转身，看着她，摇摇头："请记住，我叫林南一。"

她眼睛发亮地看着我："林南一，你是不是老天派来保护我的？"

我的眼泪差点掉下来。

出了门我就以百米速度冲到怪兽家，直截了当："哥们儿，借点钱。"

"多少钱？"他问。

"一千五。"我想了想。

"你惹麻烦了？"

"没有。"

他眼神复杂地看了我一眼，进屋给我拿钱。

我冲回图图家的时候她还在睡觉，我像个疯子一样按门铃，举着那一千五百元，像举着一面胜利的旗帜。在她打开门后，我一头冲了进去："图图，走，我带你去看病。"

她倒回床上，有气无力地说："林豆浆同学，你能不能不要这么一惊一乍的，要死人的，你知道不？"

"我带你去看病。"我说。

"我没病！"她坐起身来，好像忽然一下子恢复精神的样子，"噢，对了，你不是走了吗，你又跑回来干什么？"

我把手里的钱递给她。

她接过钱，有些犹豫："林南一，你也是学生，哪来的钱？"

"这个你别管。"我说。

"我要管，"她把钱一甩，"你以为我是那种喜欢拿男人钱的女孩子？"

这哪跟哪儿啊！我哭笑不得，可她不依不饶，挥着双臂，用高烧患者固执的目光紧盯着我："你以为，随便谁，只要给我钱，我就会感激涕零？你以为，只要给了我钱，我就会给你你想要的东西？"

我一动不动，一声不吭，直到她的叫喊变成了啜泣："林南一，对不起，我只是想知道，你对我这么好，是因为你同情我？可怜我？还是……"

"我喜欢你，"我捂住她的嘴不让她继续瞎说，"我爱你，图图。"

她不敢置信地瞪着我："你说什么？"

"我爱你。"老天知道我重复一遍需要多大的勇气。

"那就好。"她的声音突然变温柔，像一个巨大的黑洞，里面装满了疲倦，"让我睡吧，我只要睡一下子就好，一下下。"

她睡了一天一夜。我一直守在她身边。她还有一点儿发烧，脸庞呈现出淡淡的粉红色。我不止一次叫她起来吃药、喝水，她迷迷糊糊地钩着我的脖子，咕嘟咕嘟喝水的样子像一个八岁的孩子，喝完之后马上倒头又睡，就好像她有三辈子没有睡安稳过似的。

半夜里，我困到极致，伏在她的床边打了个盹儿，却被她拍醒。

她看上去很清醒，眼睛睁得大大的，像两颗明亮的火石。她就那样注视着我，好像已经看了很久很久，我听见她一字一句地问："林南一，你一直在守着我吗？"

我点头。

"有点儿太快了，"她温柔地说，"你小子真是重感情，要小心在感情里受伤哟。"

然后她就又睡着了。等我再度醒来的时候，她还在睡。所以直到今天我还是不能肯定，那是个梦，或者确有其事。但是，真的，我爱图图。在我二十一年的生命里，这是一件最温柔、最忧伤、最确定无疑的事。

所以，快吗？不不不，肯定不快。

我把图图带到排练房是两个星期以后的事，那时候她已经是我的女朋友了。

张沐尔打了我一拳："小子，地下工作进行得不错啊！"

怪兽有点儿怪怪地看了我和她一眼，我想他马上就明白了借钱的事。我有点儿尴尬，所以拍拍他的肩膀："嗨，我想，图图可以当我们的主唱。"

张沐尔表现得很有兴趣的样子，因为图图实在比那个外语系女孩漂亮得多。

怪兽面无表情地把乐谱拿给图图。

"对不起，"图图推开他的手，"我不识谱。"

我以为怪兽要发作，没想到他却好脾气地说："那么你可以叫林南一弹给你听。"

我拿过吉他之后，一切顺利了，图图的歌声毫无悬念地征服了他们，多愁善感的张沐尔眼睛里甚至泛着小泪花。

"太棒了！"他说，"这下我们要出名啦！"

怪兽啪地给了得意忘形的张沐尔一掌，很郑重地向图图伸出手：

"欢迎你加入十二夜！"

图图有点儿不知所措地看着我说："这就行了？"

"行了。"我说。

怪兽煞风景地说："不过，如果林南一不能在一个月以内教会你乐理，我们就换人。"

图图吐舌头："那你不如现在就换，我要多笨有多笨。"

她简直是在说笑。我从来没见过比她更聪明的女生。当然，图图不是个好学的女孩，不然，她可能早就考上名校了。她甚至有点儿厌学，在我跟她讲移调和转调的时候，她不耐烦地踢了我一脚："为什么我要学这些？为什么我要加入那支破乐队？"

"为了我。"我说。

她抿着嘴唇看天花板，好像在思考到底值不值得。

最后她把手伸给我："好，不过你可得记住，我这都是为了你。"

一个月之后，图图顺利通过怪兽苛刻的考核，正式成为"十二夜"的主唱。

拥有女主唱的"十二夜"第一次亮相是在一年一度的大学生音乐节。上次我们唱的是窦唯的《山河水》，因为太枯燥差点没被观众轰下台，而这一次，怪兽居然默许我们排练了一首王菲的《誓言》，因为这首歌最能突出图图的音色。

"你说咱们这算不算是跟现实妥协？"张沐尔偷偷问我。

"你得去问怪兽，"我没主意地说，"他说有就有，他说没有就没有。"

而事实是，不管是妥协还是别的什么，我们的"十二夜"在音乐节上获得了巨大的成功，主唱图图也成为最耀眼的明星。很多男生围在舞台边起哄要图图的签名。不过，到最后他们好歹弄清了，"十二夜"乐队的吉他手脾气很坏，谁要是站在他女朋友方圆一尺以内超过一分钟，他都会用拳头示意"滚开"！

在音乐节的闭幕式上，图图演唱了我们最得意的作品，《我想知道你是谁》。几个月的时间，我们四个都在修改和排练这首歌。我和张沐尔在怪兽的主旋律上增加了更多元素，而图图的演唱，则是对这首歌的又一次提升。因为她的声音，实在太美了。

我知道，谁听到图图唱这首歌，都会无法自拔地爱上她，至少我是这样。唱到最高潮部分，"在你离开的第十二个夜晚，天空倒塌，星星醉了，漫天的雪烧着了，我的喉咙唱破了"那一句，她的嗓音真的有些许的暗哑，一种不可名状的悲伤从她的声音里流露出来，而她压抑着，压抑着，直到最后一个高音，才不可控制地让眼泪迸发。

台下掌声雷动。

"嘿，你知道吗？"张沐尔碰碰我的胳膊，心悦诚服地说，"你女朋友是个天才。"

我沉默。

我忽然有种感觉。

在台上唱歌的图图是一个对我来说完全陌生的女孩，我认识她，可又不是以前的那个她。她不是那个在酒吧里惹麻烦的女孩，也不是那个病歪歪交不起房租的女孩。她的身体里有一种我感到完全陌生的力量，如果它喷发出来，就会势如破竹地毁了一切。

我打了个颤，告诉自己这是没来由的怪念头。

音乐节结束之后，我们作为最佳乐队接受了一家不大不小的音乐杂志的采访。

"祝贺你们！"那个戴眼镜的女记者傻乎乎地说。

我们等着她说下一句，结果她呆呆地看着我们。后来我们才知道，原来她和我们一样没有准备。

"祝贺你们！"她又说，"你们是这次音乐节最受欢迎的乐队！"

"我们知道。"怪兽有礼貌地说，可是这句话听上去很像嘲讽。

"现在，请你们谈谈获得最佳乐队的感想。"她总算是想到一

189

个问题了。

"我们很高兴。"张沐尔肯定地说，我们也很肯定地点头，为了配合"很高兴"这个词，我们甚至特意笑了好几声。

"听说乐队成员中，吉他手和主唱是感情很好的男女朋友？"女记者好像忽然抓到了救命稻草。

图图没有犹豫，笑嘻嘻地搂一搂我说："是。"

女记者很兴奋："能不能谈谈你们的恋爱经历？"

图图很爽快："没问题！"

然后就基本没我们三个什么事了。

那一期的杂志出来后，我们才发现关于"十二夜"的那篇文章，几乎做成了图图的专访，而我当然需要在里面充当一下背景，抱着吉他摆几个忧郁的 Pose（姿势），名字叫作"女主唱的男朋友"。

而怪兽和张沐尔，简直连当背景的机会都没有，只被寥寥几笔带过，叫作"乐队的其他两个成员"。

那个女记者甚至给她的文章取了这样一个题目：一段用音乐注解的爱情。

虽然我们中间没有一个人曾经明确地提出对这篇报道有什么期待，不过可以肯定，张沐尔和怪兽都有些失望。

"我们还是没有出名。"张沐尔有一天忽然感叹。

图图敏感地看了他一眼，怪兽咳嗽了一声，张沐尔也就嘻嘻哈哈地岔开了话题。

那天晚上，我送图图回家的时候，她有点儿生气，又有点委屈，毕竟那个女记者又不是她找来的。

"林南一，你说，我是不是特爱出风头？"她问我。

我只好温和地回答："爱出风头又不是什么错。"

她跳起来："那你的意思就是是咯？"

"你不要无理取闹。"我沉声说。

"无理取闹？"她的音调走高，"林南一你说我无理取闹？"她狠狠地推我一把，"那好，我现在要回家，你给我站在这儿别动，不然，我就无理取闹一回给你看，你信不信？"

说完她转身跑了，飞快地消失在黑夜里。

我没有去追。

第二天，图图没有来参加合练。

接下来的两天也没有。

我甚至怀疑我再次把她弄丢了。不过，怪兽和张沐尔分别给她打过电话，她倒是接了，气哼哼地说某个人不跟她道歉她就不来。

"不来就不来，"我也生气，"还反了不成？"

张沐尔自责地说："都怪我。"

"怪你什么？"怪兽瞪他一眼。

"都怪我想出名想疯了。"张沐尔就差没有抱头痛哭了。

怪兽看看他，又看看我，终于试探性地问了一声："要不，某人就去道个歉？"

"休想，"我自尊心严重受伤，"是她重要还是我重要？"

"怎么搞得跟个娘们儿似的。"怪兽咧嘴笑。

"可她是主唱啊！"张沐尔不打自招地说。

那天我们的合练草草结束。我背着吉他回宿舍，好几次都忍不住想要打电话给图图，可是最终没有这么做。其实我并没有生她的气，我怎么会生她的气呢？我之所以不联系她，是为了一个我说不出口的理由。

我想看看，在她的心里，我到底有多重要。

或者说，她是不是像我爱她一样地爱着我？

这样的念头真像怪兽说的，像个"娘们儿"一样可笑。

没有图图，一小时也会变得漫长。我去食堂吃饭，去澡堂洗澡，趿着一双拖鞋躺在床上吸烟，结果吸着吸着睡着了，醒来的时候已

经点燃了床单。

我手忙脚乱地把床单从床上拽下来的时候，手机响了。

是图图。

她好像在做一个很重大的决定，跟我打电话的声音居然有些严肃："林南一，你现在在哪里？"

"我马上去找你！"我没自尊地把床单扔到地上，踩了几脚，像上了发条一样奔出了宿舍。

从职高的北门到西门，穿过那一片混乱的居民区，好像用了一辈子的时间。

我敲门，图图穿着木屐嗒嗒地跑过来，一见我，先愣了几秒，接着就抱住了我的脖子。

"死林南一，臭林南一，死林豆浆，坏林豆浆！"她哽咽着大喊，"这两天你死了吗？怎么连电话都没有？"

我抱着她，感受着她的体温，她的眼泪很快浸透了我的 T 恤，在我的胸口引起一阵温热。

"图图，"我抚着她的头发，"别哭了，别哭了啊？我今后再也不这样了，我保证！"

她哭得更大声。

我的心快要被她的哭声揉碎，只能更紧地抱着她："图图，你听着，我发誓，不管你今后再生气，再不理我，我发誓我一定不会再这样让你难过。我一定每天给你打三个，不，三十个，三百个电话让你骂我，直到你消气为止，好不好？"

她泪眼婆娑地看了我一阵，最后点头说："好。"

我心疼地擦干她的眼泪。

"其实我有事要跟你商量。"图图深呼吸了几下，终于能够正常地说话了，然后，她关上门。

"什么事？"

她扔给我几张 A4 纸。

"他们看了那本杂志上的报道……"她有些为难地说，"我今天接到这个，我不知道怎么办才好。"

那几张纸是一份唱片公司的合约。说是合约，其实不太准确，那只是一份草拟的邀请函。那家还算有实力的唱片公司，很看好图图，并且表示，如果图图愿意签约他们公司，他们会安排她参加一个电视选秀活动，并且保证她能进入前十，然后送她去台湾学跳舞。甚至可以给她假造一个全新的身世，最后，请金牌制作人为她打造专辑，铁定能够一炮而红。

"怎么办？"图图问我。

我犹豫："看上去还不错。"

"你倒是给个准话啊！"她着急了。

"你不是一直想当明星吗？"我仍然含糊其词，"这是个好机会。如果我是你……我不会错过这个机会。"

"什么叫'如果你是我'？"图图有些困惑，"你搞明白没有？"

"什么？"

"他们只想签我一个人！"她冲我喊，"没有十二夜，没有怪兽和沐尔，也没有你！"

"我知道，"我尽量冷静，"可是图图，这个对你很重要……我想，你应该自己拿主意。"

"我自己拿主意？"图图不敢相信地看着我，"这就是你要对我说的？"

她的眼神令我心痛，但我仍然肯定地点点头。

图图伸手捂住脸，无力地往床上一靠。很久很久，她没有说话，再次开口的时候她的声音迟缓，透着伤心："林南一，你知不知道，这两天我想了多少事情？你知不知道，自己做决定，对我来说多么不容易？"

"可是图图……"

"林南一，"她打断我，"你能回去吗？我想一个人待一会儿。"

我离开了。

那天晚上我想到了所有的可能性。我甚至想过，我应该冲回去，告诉图图，我多么不希望她走，我希望我们永远在一起，做一个小乐队，享受着属于我们的小幸福，让唱片公司见鬼去！

可是我知道，我不能这么做。图图有她自己的梦想，有她自己的未来。她是一个那么美好的女孩，配得上享受最美好的生活。

如果因为我，让她做出日后会后悔的决定，我更会后悔一辈子。

第二天，我无精打采地背着吉他去找怪兽和张沐尔。

图图已经在那里了，她低声和张沐尔说着什么，看见我到了，居然紧张得站了起来。

"嗨，林南一！"她怪怪地跟我打了个招呼，眼睛底下是两个大大的黑眼圈。

我沉默地找了张椅子坐下，合练很快开始。

那天我的状态特别奇怪，总是弹错音，连练过很多次的曲子也错得一塌糊涂。张沐尔用眼神杀我很多次，怪兽终于发火："谁不用心排练就给老子滚出去！"

我背起吉他就走。

"林南一！林南一！"图图追出来，在背后喊我。

我停下脚步打量她，不知为何内心一片茫然。

"林南一！"她看着自己的脚尖，"我没有接受他们的邀请。"

"哦。"我说，我不知道我还能说什么。

"林南一，我想让你明白，"她搓着衣角，"虽然，我很想当明星，因为那样就会有很多很多的钱……可是，我……我知道对我来说还有更重要的东西，我想和你，想和你们在一起。"

我想和你在一起。

有这一句已经足够了。

图图仍是不敢看我，从某种意义上说，我们都是怕羞的孩子，袒露内心让我们窘迫不安。

我轻轻地拥抱图图，她瘦瘦的胳膊也轻轻地搂着我的背。那一天出奇地云淡风轻，我们站在人来人往的校园要道，有人轻轻议论："这不是那个乐队的吗？"我们也不管，任凭全世界为我们驻足。

那是我生命中最明亮和甜蜜的一天。

那是再也不能重来的，飞扬跋扈的，最好的爱情。

半年后，我和怪兽、张沐尔相继从学校毕业。张沐尔进了我们大学的医务室，我进了一所中学教音乐。怪兽没有考公务员，也没有找工作，每天无所事事地混，居然还买了一辆车，看来他比我们想象的还有钱。

图图还要一年才能毕业，但当我租下一套小房子，问她能不能和我一起住的时候，她没怎么犹豫就答应了。

她搬进来那天是我的生日，一间屋子里一旦住进女孩，就会莫名其妙地变得拥挤起来，开始像一个家。

她把她的瓶瓶罐罐放进浴室，七七八八的鞋子摆到门后，这场战役总算是告一段落。

"嗨林南一，"她忽然得意地喊，"你看！"

我看过去，不知何时，她已经在门后贴了一只张牙舞爪的大狮子。

"干什么？"我只晓得傻笑。

"这是我。"她指着狮子，严肃地说。

然后她用一支签字笔，在狮子的嘴边画了一个可怜巴巴的小人儿："这是你。"

"哦。"我说。

"你不想知道，这代表着什么吗？"她神神秘秘地问。

我摇头，她狡猾地笑起来："这代表着，我吃定你啊！哈！"

她笑得那么灿烂，我也跟着笑起来，那一天我都在傻笑中度过，直到怪兽和张沐尔来给我们庆祝。

开始，我们唱歌；后来，我们喝酒。等到大家都喝到五分醉，张沐尔开始改口叫图图"嫂子"。图图开始有点儿不习惯，后来就笑眯眯地，爽快地往自己的杯子里倒酒，一杯又一杯。

喝到最后我们都醉了，也都生出些奇怪的伤感。怪兽和张沐尔相互搀扶歪歪倒倒地离开了，我瘫在床上，只有图图强撑着收拾满地狼藉。我听见图图在厨房里开大水龙头哗哗地刷着碗碟，水声给我一种遥远的错觉，我忽然心慌得厉害。

"图图，图图！"我叫起来。

她跌跌撞撞地跑过来。

"林豆浆，你怎么了？"她弯腰看我，惊叫，"看你一脸都是汗！"

"图图，"我紧攥着她的手，嘟嘟囔囔，"你就在这儿，哪也不许去。"

她微笑，那笑容在我摇晃的视野里像花开一样美丽。她搬了把椅子坐在我身边，把我的双手轻轻展开，放在她的膝盖上，继续那样微笑地看着我说："别担心，我哪儿都不去。"

然后，她慢慢地俯下身，把她花瓣一样柔软的嘴唇，轻轻贴在了我的嘴唇上。

是的，她吻了我。

我的好姑娘吻了我。

那一刻，天地崩塌，万籁俱寂。

我把图图抱上了床，我觉得我应该做点什么，因为如果我不做点什么，我肯定就不是一个男人。图图好像猜到了我的心思，咯咯咯地笑起来。我板起脸问她："你爱我吗？"

"有点儿。"她说。

"多少点儿？"

"一千一万点儿。"她说。

我装傻，捏住她的鼻子不让她出气。她笑不起来了，直往我怀里钻。夜美得有些让人心驰神往，我们都喝醉了。这是我第一次觉得，醉是一件顶好的事情。

第二天醒来，客厅已经被收拾得很整洁了，图图去上课了，在桌子上留了小纸条：亲爱的，上午十点你要给别人上课，千万不要迟到。

我握着那张纸条怔了半晌，几乎不敢相信，传说中完美无瑕的幸福生活，它已经屈尊降临到我身上了。

第三章

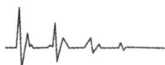

消 失

我会一直在这里
等你回来
很多的往事远走高飞
我依然相信
你不会消失
你不会消失
消失的
不过是时间

　　新生活就这样开始了，我从林南一变成了林老师。

　　有时候在校园里，一群女学生经过，大家齐声喊："老师好！"我转头看后面，女生们哄笑着离开。

　　就这样，好长时间，我都认不清自己的角色。

　　那个在街头抱着吉他唱歌的不定性男孩，忽然必须要"为人师表"了，用图图的话来说，还必须要"为人夫表"。嗯，有点儿小难度。

　　但是，生活就是这样，有首歌叫《慢慢来》，图图喜欢唱，我也喜欢听。是的，慢慢来，慢慢体会，这是我们必须掌握的节奏。

　　工作之余，我最大的爱好当然还是音乐。音乐是我的理想，我不止一次地跟不止一个人说过这句话。听得最多的是图图，她总是温和地拍拍我的头说："我长不大的天真男人，我饿了，请去做饭。"

　　"为什么你不能做？"

　　"因为我饿了，做不动了呀。"她狡猾地说。

我乖乖地去做。我的确很宠图图，我也愿意这样宠图图，但是在我心里，我知道，这些普通得再普通不过的日子，不是图图的将来，也不是我的将来。我们的将来，应该从"十二夜"起步、开花、结果……

可惜的是，再没有人关注过"十二夜"。

再没有大学生音乐节，也没有其他音乐节，就连杂志记者的专访也没有。虽然有了美丽的女主唱，寄给唱片公司的小样照旧石沉大海。就连酒吧一条街也开始更欢迎R&B曲风的歌手了，请个女孩子一晚上唱几首英文歌，比请个乐队要便宜，而且讨好得多。

我们飞快地被人忘记。原来机会像一位高傲的女郎，被拒绝过一次之后，就执意不肯再次光顾。

不过可以作为安慰的是，我的教师生涯还算顺利。我所在的天中是省重点学校，近来省里大力提倡素质教育，天中没有选择地首当其冲，相继成立了戏剧团、器乐团、合唱团。历来把升学率当命根子的学校一下子奇缺文体人才，而我则误打误撞地有了用武之地。

我担任器乐团的指导老师和合唱团的顾问，成天忙得不可开交。比较讽刺的是，器乐团成立不到三个月，由我指导的学生吉他弹唱节目，居然就在省里的文艺评比中拿到一等奖。这俨然成为天中素质教育的一件盛事，校团委特意给我们开了庆功宴，那其实是个小型的文艺会演。当他们叮嘱我自备节目的时候，我出于恶作剧心理，建议"十二夜"乐队来参加演出。

他们答应了。

那一天，我们四个穿得格外老实，怪兽和张沐尔都是白色T恤牛仔裤，图图则穿了一身类似学生制服的水手服，长发在脑后高高地扎了一个马尾，看上去比中学生还像中学生。

演唱的曲目也比较中规中矩，《橄榄树》《兰花草》《拜访春天》，都是挑不出任何岔子的健康向上的曲目。直到快结束的时候，我们才唱了那首《我想知道你是谁》。

效果出奇地好，全校都疯了，学生们鼓着掌，跳起来，气氛高到极致。好多学生冲上来要图图签名，我们好不容易才把她从台上救了下来。

图图朝我眨眼睛，趁周围没人的时候偷偷问我："怎么样，没给你丢脸吧？"

"非常好。"我说。

她哈哈笑，揽住我的肩膀问："告诉我，哪个女生追求你最厉害，让她先来跟图图阿姨对决一下。"

"没有的事。"我说。

"我才不信，"她摇着肩膀说，"你混得这么差吗？"

正说着就有女生挤过来："林老师，请签个名。"

"我？"我指着图图说，"该她签吧？"

"一起签，"女生嘻嘻哈哈地说，"林老师，你女朋友很漂亮！"

哇，全天下的人都有火眼金睛。

图图得意地转着手中的笔，看来，做我的女朋友还算是件风光的事。

演出结束后，学校请吃饭，团委书记不知道哪根筋抽风，居然跟我们一一握手敬酒，拍着我们每一个人的肩膀，尤其是图图的肩膀，一再感慨地说："年轻人，有前途！"

我不知道，如果这个老古板知道了图图只是职高的学生，并且，曾经是一个混迹酒吧的问题少女，会不会又惊又气地晕过去。

庆功宴结束，我们收拾家伙，怪兽开着他新买的车，张沐尔一边把他的鼓往车上搬一边问我："这一晚上多少钱？"

"钱？"我愣了一秒钟。

张沐尔马上反应过来："噢，义务的，我明白。"他用手指轻轻弹了弹他的鼓来掩饰尴尬。我们一起坐在后座，他先是不说话，可忍不住又问了一句："那你得这么一个奖，他们给你多少钱？"

"没钱。"图图啪地给了他一下，"这是在培养祖国的音乐幼苗，懂吗？光惦记着钱，你小子俗不俗啊？"

"我俗，我俗。"张沐尔嘿嘿一笑。

气氛忽然有点儿怪怪的，我点燃一根烟，怪兽和图图同时制止，图图说："不要抽烟！"怪兽："要抽滚下去抽！"我讪讪地把烟熄灭。原来我们排练的时候简直可以把烟当饭吃，不知道从什么时候起，大家都变了。

怪兽把我们送到楼下，楼道的声控灯早就坏了，我们摸着黑一层层往上爬，图图一直不说话。楼道很窄，我的吉他会撞到墙上，发出铮铮的声响，图图轻轻地靠近我胳膊，每撞一下，她都会轻声叹息一下。

进到家里，图图洗澡，我上网。浴室里水声哗哗，过了一会儿图图跑出来说："林南一，浴室下水道堵了。"

我正在吉他中国论坛上试听几把极品吉他的弹奏曲，头也不回："我明天叫人修。"

"那今天怎么办？"

"一天不洗澡又不会死！"我不耐烦。

她气结，趿着拖鞋啪嗒啪嗒地来到了我的身边，一伸手拔掉电源，说道："林南一你现在越来越过分了！"

"谁过分？"我指着被强行关机的老电脑，"你说，现在是谁过分？"

她瞪大眼睛看我的样子好像要吃人，过了十几秒才摆出一副强制冷静后的姿态："懒得跟你争！"然后，我听见她的拖鞋啪嗒啪嗒的声音，然后猛地关上了卧室的门。

这是我们第一次为琐事争吵。

那天，我上网到很晚，看完新闻看电影，看完电影看球赛。两点钟我困得哈欠连天，推开卧室的门，她面对着墙躺着，听见我进门，

肩膀微微耸了一下——她还没有睡。

我的气当然马上消了，我想不通自己为什么会对图图生气，我轻轻走到床边，隔着薄薄的空调被拥抱了她一下。我们就这样和好了，不需要语言。当我们相爱的时候，不需要说对不起。

"林南一，你说，如果我们很有钱，是不是就不会吵架？"我的手臂轻轻环着图图，她没头没脑地问出这么一句。

我想了想，回道："应该还是一样会吵吧，可是我还是一样爱你。"

"林南一，你真好，"她终于放心地打了个哈欠，忽然又冒出一句，"其实，他们该给你发点奖金的，你应该换把好一点儿的吉他了。"

"这种重点中学能给音乐老师留一条活路就不错了，"我安慰她，"也许下次就有奖金了。"

"其实你为什么非要留在学校？不是有家网络公司要聘用你吗？"

"这是我所能从事的和音乐最接近的职业。"

黑暗里图图低声笑，好像很开心的样子："你真傻。我怎么就看上了你这么个傻小子？"

我假装生气："那你可以换啊。你觉得怪兽怎么样？"

她轻轻打了我一下："别瞎说。"然后她就睡着了，她睡觉时非常安静，不打呼也不磨牙，像只小猫一样惹人怜爱。我怕把她惊醒，很久都不敢换姿势，胳膊渐渐酸麻。我始终没有告诉图图，那一晚其实我失眠了，生平第一次为自己的固执而沮丧，我恨自己是一个这样的傻小子。如果我能更多地向这个世界妥协，是不是能给图图更幸福的生活？

一晚上我都没能想出答案。也许永远不会有答案。

"十二夜"的排练仍在继续，但坚持已经慢慢变得艰难。没有

了演出，没有了钱，连买个效果器都小心翼翼。我的吉他音色只是勉强能听，一直想买一把新的。当然我的梦想只是一把吉普森中等价位的吉他，两万块，但是如果不行的话，去上海的蓝衫吉他定制工坊定制一把五千块的我也满足了。张沐尔在Ａ大医务室的工作薪资微薄，对他的老爷鼓也越来越漫不经心，慢慢开始迟到早退，借口请假。

怪兽总是说："等我想办法。"他的办法是不断地自己垫钱，这根本就不是长远的办法，天晓得能撑到什么时候。

当怪兽终于想到办法的时候，他做的第一件事，是卖了自己的车。

他要自己开一间酒吧，名字就叫"十二夜"。这个想法让他变得很兴奋，他不断在酒吧一条街转悠，终于找到了合适的店面。卖车的钱，正好付了转让费和半年租金。

"今后咱们就能固定在那里演出了，会有固定观众，会有名气，"说这些话的时候他显得很兴奋，"面包会有，牛奶也会有的。"

我拍拍他的肩膀："要多少钱？我们有钱出钱有力出力。"

张沐尔有点儿哀怨地看了我一眼。"没钱也没力怎么办？"他嘟囔。

怪兽很快反应："你小子说什么呢？"

张沐尔耸肩："我是说，反正是个死，挣扎有用吗？"

"你说什么？"怪兽一副怀疑自己听错的样子，"张沐尔你再说一遍？"

"我是说，"张沐尔一副豁出去的样子，"你喜欢玩，你折腾得起，我们这些人折腾不起，恕不奉陪！"

"你……"怪兽气到无语，半天憋出来一句，"你小子有病！"

"我有病？"张沐尔看来今天是成心闹事，"你有钱，"他指指我，"他有女朋友，我有病，正好！"

图图打圆场："也许沐尔今天是真的病了……"

张沐尔把鼓槌往地上一砸："你才病了！"

我当然护着图图："你小子不要蹬鼻子上脸啊！"

张沐尔还没来得及回击我，怪兽就一声怒吼："今天没法练了！"他生气地把自己最心爱的拉瑞维贝斯一摔，"都给老子滚！滚！"

事已至此，赖着也没用，我横了张沐尔一眼，气哼哼地拉着图图出了门。

晚上我和图图闷闷不乐地吃饭，怪兽电话追过来："其实沐尔是好兄弟。"

我说："我知道。"

怪兽叹口气又说："其实前两天他跟我借钱，他父母在老家盖房子要他出钱，沐尔家的情况咱们也都清楚……可是我筹备酒吧已经把所有的钱都投进去了……"

我点头，叹气，没辙。

图图问："怪兽跟你说什么？搞得很沉重的样子。"

我摇摇头，这是男人之间的事情。

"不说就不说，谁稀罕！"图图哼了一声，站起来收拾碗筷。那天她显得格外欢快，洗碗的时候还哼着歌，可是她哼的是列侬的《永远的草莓地》，音调沉沉的歌被她硬生生地提上去两个 Key 来唱，明亮得有些失常。晚上我要睡的时候她居然在发邮件，这对于向来只玩游戏的她来说，实在是有点儿反常。

所以我猜，她还是有心事的。不过，除非她说起，我永远不会问。

接下来的排练，我以为张沐尔不会去，可是他到得最早，一个人在角落里抽烟。人到齐，他把烟蒂用脚踩了踩，表情复杂地摆好架势。

"等等，"图图拍拍手，"今天咱们先不练。我有重要的事要宣布。"

这是图图第一次对乐队事务发表意见，我们都有些错愕。

　　"其实，这件事情，已经发生了好多天了……"真说起来，图图却有点儿紧张，"有唱片公司一直在问我有没有兴趣和他们签约，当然，我说没有。"她说到这里，瞟了我一眼，"但是后来，他们直接和我联系，问我能不能把《我想知道你是谁》卖给他们公司，他们正在推出一个重量级的新人，我说歌不是我写的，我要问过才能决定。"

　　图图说到这里就识时务地住口了，所有人的视线转向怪兽。张沐尔抿紧嘴唇不说话，怪兽问："他们出多少钱？"

　　图图伸出一只巴掌。"现金。"她说。

　　"五千块？"我问。

　　"五万块！"图图瞪我一眼。

　　"价格公道，"怪兽点头，"署名呢？我要求署十二夜。"

　　图图有些尴尬的样子："他们……价钱还可以商量，但是他们想署那个新人的名字。"

　　"怎么可以！"张沐尔先跳起来，"我们在音乐节上唱过！谁都知道是我们写的！"

　　"你醒醒吧沐尔，"图图尖锐地说，"没人有那么好的记性，我们已经被忘光了！"

　　张沐尔有些颓废，不再和图图争论。我只看着怪兽，我觉得这件事情很荒谬，而图图居然把它提出来就更荒谬，但我不想吵架。我了解怪兽，他并不看重钱，这件事可以到此为止了。

　　怪兽一直低着头，抬起头来的时候他好像在逃避所有人的目光。

　　"卖了。"他说。

　　"你疯了！"我失控地喊道。

　　怪兽没敢跟我对视，语气好像在请求原谅："我们可以写出更好的歌。"

205

"不是这个问题！"我激动道，"这是我们的歌啊，怪兽，他们这是在偷，在抢！"

"我已经决定了，"怪兽说，"钱，大家平分。酒吧的装修需要钱，乐队要长远发展，我们必须看远些。"

我摇头，图图不说话，张沐尔抽完一根烟，又点一根烟。怪兽咳嗽了一声，没人回应，于是他说："那就这么说定了？"他转向图图，"图图，你什么时候约那个公司的人出来，我们吃个饭，价钱我还要再谈一谈。"

"好。"图图说。

那一刻我觉得眼前的一切荒谬无比，我们这是在干什么？一股怒气直往我头顶上冲。

"这乐队没法儿弄了！"我把吉他往地上一摔，"老子第一个退出，你们去卖，爱怎么卖就怎么卖！"

说完我就往外冲，图图拉住我："林南一，你这是干什么！"

"干什么？"我冷笑，"我正要问你在干什么？唱歌，还是卖东西？"

这句话烫得像火炭一样，图图一下甩开我的手，脸涨得通红。

"你怎么说话呢？林南一！"怪兽沉声责备我，"跟她有什么关系，做决定的是我！"

"好啊，是你！"我停住，尽量冷静，"今天我把话撂这，谁要是就这么把歌卖了，我林南一就当从来不认识他。你们要做决定，我不拦，但我也有我的决定，公平点，投票表决，我说，不卖。"

"我说卖。"怪兽直视着我，语气斩钉截铁。

我们一起看张沐尔，他狠狠地用脚后跟来回踩着扔在地上的烟头，很久，才哑着喉咙开了腔："我同意阿南，不卖。"

"沐尔你有病啊！"图图急得喊出来，"那你不要钱回家盖房了？"

"你怎么知道我要盖房？"张沐尔恶狠狠地瞪怪兽，"有些人要管牢自己的嘴！"

"那么现在还剩一票，"我打断他，同时故意不看图图，"如果是平局，那就听天由命，抽签决定。"

"林南一，你不要针对我。"图图咬着牙说。

"我不是针对你，"我佯装平静，"就事论事。"

她看了看我，胸脯上下起伏，最终摔门而去。

"鸟人！"怪兽狠狠地骂道。

"你骂谁呢？"我冲上去。

"我就骂你！"他血红着眼睛瞪着我。

我抡起吉他砸了过去，张沐尔过来挡，吉他没有砸到怪兽的头上，直接掉到了地上，发出惊天动地的声响。

它坏了。

坏就坏了，反正我再也不需要它了。

那天我回到家里，图图不在家。我犹豫了一会儿，打她的电话，她一直都没有接，估计正在进行痛苦的挣扎，我只好给她发短信息：回家吧，我想抱抱你。然后我困极了，倒在沙发上睡着了。

夜里十二点的时候，我才收到她的回复：我在楼顶。

我吓得一激灵，马上就醒了，抓起电话来拨她的手机，这回她接了，声音很平静。

"林南一，"她说，"我知道你会打电话来。"

"你在哪里？"我问她。

"楼顶。"

"哪个楼顶？"

"我不知道。"她说。

我的声音颤抖："图图，你不要乱来。"

她开始哭："林南一，我想问你，如果有一天，你再也找不到

我了，会不会伤心？会不会难过？"

"会会会！"我不顾图图根本看不见，把头点得像小鸡啄米。

"我可能只有去死了，"图图说，"因为你肯定不会原谅我。"

"我根本就没有怪过你，"我说，"有什么事，你回来再说！"

"是吗？"她轻声问，"你没有说谎吗？"

"没有，没有！"我说，"图图，我很累，你不要再折磨我了，好不好？"

那边沉默了几秒钟，那几秒钟对我而言，就像是几个世纪那么长，我不敢大声说话，唯恐她会做出什么惊人之举。像是几个世纪过去后，图图终于说："林南一，你真的不怪我吗？"

"不。"我已经撑到极限了。

"你听好了，"她说，"我已经把那首歌卖掉了。"

后来的事，我再也没有管过，经过图图和怪兽跟唱片公司一来二去的交涉，那首歌最终被卖了六万块，图图回家带给我两万现金——这是我们的那一份。

我看也没看："你自己拿着用。"

图图小心翼翼地问："你不需要钱买一把新吉他吗？"

我暴躁地喊："你能不能让我清静点！"

在这件事之前我从来没对她大声说过话，图图颤了一下，要跳起来的样子，但她终究什么也没说，打开门走出去，然后重重地把门甩上。

她走出去我就后悔了，生怕她又赌气不肯回来，但是两小时之后她回来了，看上去很疲惫，很委屈，眼睛红红的。我心疼地搂住了她，祈祷这件事赶紧过去，比起我生命中最重要的图图，一首歌，是多么微不足道。

大约三个月后，我在电视上看到一个普通得不能再普通的小眼睛女人唱着我们那首歌，她的名字后面被冠以"创作才女"的称号。

经过新的编排，那首歌变成不伦不类的 R&B 曲风，我听着那个女人在高音处做作地七歪八扭地哼唱，听着管乐和弦乐搭配的如同一锅乱炖，连生气的力气都不再有。

图图有些心虚地换了台，我叹口气说："她把歌唱坏了，这是你的歌，图图。"

"我们还可以写很多很多的歌，"图图说，"只要我们活着。"

我没好气地说："难道你认为我养不活你吗？"

图图斜眼看我说："可是你连一把像样的吉他都买不起，不是吗？"

这话实在是伤了我的自尊。我从沙发上站起来，跑到阳台上抽烟，抽完一支烟后我抽了第二支烟。当我抽到第三支的时候，图图出现在我后面，她哑着嗓子说："我要去演出了，你送不送我？"

我转头看她。

自从上次争吵以后，"十二夜"已经形同解散，我和图图，已经很久都没有一起练习过音乐了。图图已经小有名气了，她很容易找到新场子唱歌，靠卖嗓子挣的钱都是有限的，那种场合没有充足的体力，精力完全应付不下来。但我不能不让她去唱，这是她的爱好，我没有权利限制她。我对她曾经有过的一次限制已经让我后悔不已。如果不是我，出名的或许就是图图，那个小眼睛的女歌星只能在一旁洗洗睡了。

"不送，是吗？"她昂起头，"没关系，我自己去。"

说完这句话，她就骄傲地走了，我没有担心什么，我知道她会回来，她也知道我不喜欢她去跑场。我不得不承认，我跟图图之间，的确是出了些问题，但我想，这只是爱情中一些小小的浪花，与她结婚、生子、终老，这是我的理想，也未必不是图图的理想。

这一点我还是有把握的。

所以，最后那件事情的发生对我而言毫无征兆。

那天图图只是去上课。我们习惯性地在门口拥抱告别，听见她穿着高跟鞋嗒嗒地下楼声，我跑去阳台上，等着看她再次经过我的视线。

她并不知道我的这种注视的存在，从来没为此停留过。

可是那天，经过楼下路边的第三棵树时，她忽然回头。

她远远地看见我，好像有些诧异，然后，她高高地举起双手，示意我回去。

她的那个姿势让我觉得眼熟，可直到傍晚我才想起来，这个姿势，我曾见她用过一次。在我们刚认识的第一个早晨，在那间快餐店的门口，她也曾这样高高地对我举起双手。

这是一个告别的姿势。

那天，图图走了。

然后，她再也没有回来。

她什么也没带走。她的衣服挂在柜子里，鞋整整齐齐地摆在鞋架上，每一双都刷得很干净。浴室里，她的洗面奶、面霜摆得满满当当，大多都只用了一半。屋子的每一个细节都真切地记录着她存在的痕迹，而她就这样不见了。

她的手机就放在枕头下，上面还拴着我送她的粉红色 Hello Kitty 手机链。我每天打三次、三十次、三百次电话，也只能听到同样的一首彩铃，她最爱的歌《心动》。林晓培冷色调的声音怅然地重复："啊，如果不能够永远都在一起……"

我曾经以为，我们可以永远在一起。

在她走后，曾经有一次我重看《心动》这部电影。浩君把戒指放在水杯里，对小柔说："如果你接受，就喝掉它。"

小柔的回答是把戒指捞起来戴在手指上，这是一次拒绝。

再高贵，再温柔，也还是拒绝。

也许，离开就是图图的拒绝，对我的拒绝。

刚开始，我不是没想过，她可能出了意外。

她可能因为没带证件莫名其妙地被警察扣留，可能被一个陌生亲戚带离这个城市，也可能被一些其他的事困住了。总之，以上所有的可能她都来不及通知我，因为，她凑巧没带手机，凑巧而已。

最平庸的可能是她在街的拐角遭遇车祸。

最坏的可能是，那些她曾惹过的流氓又盯上了她，这一次的报复，却不像上次酒吧寻衅那么简单。

是的，我想过所有这些可能。直到我打开她的抽屉，打开她平时装证件和重要票据的小包，发现里面空空如也。那两万块钱也没在，也好，她带走钱，我至少放心些。

我去她的学校找过她。这一次，是我直接去的教务处，出示我的身份证和工作证，告诉人家她是我一个孤儿学生的唯一亲人。她的手机换了号，而我有急事要跟她联系。总之我必须要找到她。

"名字？"教务处管理名单的老太太从老花眼镜的上方看着我，面目和善。

她的真名叫刘思真。这个名字，她并没有刻意告诉我，是我帮她办理小区出入证时，从她身份证上看到的。那时候小区保卫科的人询问我们："什么关系？"她笑吟吟地回答"未婚妻"，然后看着我一阵大笑。那时候我们真的相信，我们会结婚，会有小孩儿，会快快乐乐地一起过一辈子。

"哪个班级？"老太太取出花名册。

"我不太清楚……只知道是 2000 级会计。"

她把脸埋进花名册里，一行一行看下来，像检查自己手指上的倒刺那么仔细。

然后，她摇着头遗憾地对我说："没有。"

我失望的神情无法掩饰，她一定也看出来了。或许她认为我是个好人，在我就要告辞离开的那一刻，她叫住我："我可以帮你查

一查当年所有的学生。"

我谢谢她以后，她带着与人为善的快活神情，把脸埋进花名册里。

"找到了！在这里。"她终于抬起头，对我指着一块指甲盖大小的区域。

上面写着：刘思真，财务管理，二班。

原来她念的是财务管理。

"那么财务二班的教室在哪？"我尽量彬彬有礼。

"等等，"老太太的脸上忽然流露出诧异的神情，"你真的要找她？"

"当然。"

"一年前，她就已经退学了。"她把花名册一合，几乎是难过地看着我。

退学了。

那天，我独自待在家里，我是说，没有了图图的这间屋子，我仍暂时把它称作"家"，一个人默默地喝了很多瓶啤酒。不知道从何时开始，她整理证件，准备后路，清除自己存在过的痕迹，有计划地一步步从我的生活中退出，而这一切，我却始终毫不知情。

一年前，就退学了？

我到底了解她多少？我们甜甜蜜蜜地生活在一起，实际上，却如两个路人般陌生。

酒喝到差不多的时候我忽然明白了，我正在寻找的刘思真，并不是我要寻找的图图。我爱的图图已经死了，或许她用"刘思真"这个名字生活在一个我不知道的地方，而那里，已经完全与我无关了。

想到这一点我心里就很安定，甚至还有一点儿"快乐"地想，既然图图已经死了，那我还活着做什么，就让我和她一起死了吧，

死了吧。

我选择的死法是喝酒喝到死。

我没有死成的原因是，在我无故缺课一周，拒绝接听无数电话之后，张沐尔和怪兽合伙踹开了我的门。

"你怎么还没死？"张沐尔冲进来的第一句话就问我。

"快了，快了。"我一边谦逊地回答，一边伸出手去抓酒瓶。

怪兽冷静地把啤酒抢过去："阿南，你不能再喝了。"

为什么？我嘿嘿地笑起来，为什么？我和他抢着啤酒瓶，我敢肯定我虽然有一点点醉，但行动仍十分敏捷，力气也疯狂增大，怪兽争不过一撒手，我握着酒瓶噌噌倒退几步，一屁股坐在地上，然后，拿起酒瓶，又往喉咙里一阵猛灌。

"够了！"张沐尔站在屋子中央，石破天惊地大喝了一声，"林南一，你可以现在就去死！"我模模糊糊地看着他，他气势汹汹地靠近我，使劲把我往窗口拖，"为了个女人，你搞成这个样子啊？你要死就赶紧去，"他使劲把我往窗外推，"你可以直接从这里跳下去，你为什么不跳？"

那一刻，我的半个身子探在窗外，有种错觉，好像可以听见轻柔的风声，然后，我看见图图曾经走过的小径，图图坐过的长椅，图图曾经荡过的秋千。

我知道我为什么不跳。

我不想活了，可是也不能死。老天知道，哪怕图图回来这件事只有百万分之一的概率，我也必须为此等待。

一年，十年，一辈子。

都没关系。

213

第四章

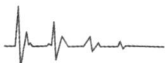

忽然之间

图图走了。

我用了很长时间来接受这个事实。

那些日子我差不多是一事无成，学校的事情应付着，乐队的事情也没参与。张沐尔和怪兽没来找过我，他们都是好兄弟，知道在这种时候，我更想一个人待着。怪兽给我打过一个电话，问我是否还愿意参加乐队的排练，他的语气有些犹豫。我知道他其实也很为难，于是用最爽快的语气回答他："不，当然不。"

"那好。"他在那边沉默了一阵，好像有些如释重负。

日子过得很慢，然而终究会过去。季节轮转，见证过图图对我告别的那棵树，先是落叶，后又爆出星星点点的浅绿。它的生命迅速更新，过去不复存在，而我却不能忘记过去。

而图图依然杳无音信。

我独自回家，独自吃饭，用游戏打发大把的时间。我的房间角

落堆着无数的外卖饭盒，我的脏衣服都堆在沙发上。有一天我没有干净衣服可换，就穿回三个星期以前穿过的牛仔裤和白 T 恤。

我只是按照以前生活的惯性把自己拼凑了起来，我会时时刻刻提醒自己记得吃饭，记得呼吸。虽然外表未变，我却已经不是以前的林南了。我再也不碰吉他，我的世界里再也没有音乐，没有歌声。如果听到女歌手唱歌，我的心就会慢慢碎掉，碎成一片片，飞到空气里，找不到去向，整个人变成一个空壳。

有时候我会想，如果图图从未出现，我的生活会是怎样。还是有怪兽，有张沐尔，我们三个或许一直摆弄些晦涩的音符，不停地给唱片公司寄小样，永远得不到回复，然后就这样在始终遥远，但也始终不会消失的盼望中，慢慢变老，掉了头发，有了肚腩，有了一个爱唠叨的妻子。也许到一生中的最后一刻，才猛然惊觉自己未曾爱过。

如果真的是那样，我居然有点儿欣慰地想：那还是现在这样要好得多。

我一直都没有停止寻找图图，用各种各样的方式。但她始终没有出现过。她消失得如此坚决，每每想起，都令我心如刀绞。

但我还是要去上课。我敏感地察觉到，自己已经不像以前那样受欢迎了。

比如，会有学生在课上递来纸条说，老师，你衬衫扣子扣错了。

哦。我无所谓地把纸条揉起扔到一边。

下课时我听见女学生在走廊里议论："林老师最近怎么了？我看他起码已经十天没刮胡子，快成神农架野人了！"

"失恋了呗！"另一个女生咯咯笑，"你们没有闻到他身上有股味儿吗？怎么男人失恋了都是这样吗？我真有点儿小失望哟，林老师以前还蛮帅的。"

我懒得理她们。

215

下午我照例给器乐团的古典吉他小组辅导，带他们练习几支泰雷加的练习曲。练到门德尔松主题的时候，我发现一个叫刘姜的女生明显心不在焉。

"注意控制右手的音色变化。"我提醒她。

她慌张地抬头看了我一眼，哗啦啦地翻着面前的乐谱。

"你没有背谱吗？"我有点儿恼火地问。

她摇摇头。

其实我对刘姜印象不错，因为报名学吉他的女生不少，坚持下来的却并不多。如果我没记错，上次代表学校去省里参赛的学生里有她。所以我息事宁人地咳嗽了一声，听他们继续弹了几首练习曲之后就下课了。

下了课我赶着回家，走在走廊的时候，听见有人在背后喊我。

"林老师，等一等！"刘姜追上来。

"什么事？"我有些诧异。

"林老师，我想和你谈一谈，好吗？"这个女生搓着自己的衣角，显得很窘迫。

"没什么，我知道你们最近学习紧张，如果实在忙不过来可以请假。"我和气地说。

"不是，"她很慌张地说，"不是这个。林老师你最近好像不太开心。"

"哪有。"我故作轻松地耸耸肩。

"哦。"她轻声回答。她年轻的脸庞上干干净净，眼睛里有隐约的泪光。她其实是一个很漂亮的女孩，是好学生的那种漂亮，白衣蓝裙，一双明亮的眼睛。我有些不忍，拍拍她的肩膀说："马上要考试了，好好学习。"

然后我转身。

她加大一点儿声音喊："林老师，林老师！"

我不回头。我清楚自己表现得冷酷了一些，但是当你要拒绝的时候，不冷酷是不行的。

"林南一，你站住！"她在后面喊，声音大得不像话。

我当然没有站住。

"林南一！"她继续喊，声音里有种孤注一掷的意味，"林南一，你这个笨蛋！你就这样拒绝别人关心你吗？一个没良心的女人离开你，你就放弃全世界吗？"

为什么全世界都知道图图离开我？我觉得有些好笑，因此加速往前走。

我始终没有回头，但是我能听见她细细的抽泣声。

她是真的伤心了，这个孩子。

虽然当时走廊里人不多，但是，我相信这一幕很快就会被描述为很多个不同的版本在天中流传。

接下来一周的教工大会我都没有参加，但是会议结束以后，校领导找我谈了话。我表现得很谦恭，他倒是好像有些理亏似的，先给我倒茶让座，然后语重心长地说："小林啊，再过四个月就要高考了。"

我知道。

"虽然素质教育很重要，但是关键时刻，咱们还是要以升学率为准则，升学率是对素质教育的最好体现嘛！"

我点头。

"所以……"他好像有点儿不好意思，"校领导决定，暂时停止课外小组的活动。当然，只是暂时停止，并不是解散，有适当的时机……"

"我完全理解。"我打断他的话。

我欣赏着他一拳打到棉花上的挫败表情，然后他清了清嗓子又说："其实，有些事情，我们也是没有办法，你一定要理解。"

217

"我理解。"我回答得很干脆。

后来我才知道，刘姜的父母找过校长，他们带去了刘姜的日记，上面写满了对我的仰慕之情。那是一个女生的暗恋，与我应该毫无关系，天知道我私底下连话都没跟她说过几句。但是，从她父母的角度出发，我可以理解这件事情的严重性。

其实，对于校方，我也是理解的。除了图图的离开，世界上其他所有的事我都能理解。学校并不是培养梦想家的工厂。学校有它自己的规章制度和行事方法。只是现在这一切对我来说已经没那么重要，我连澄清自己的愿望都没有。

第二天，我递上辞职信。

应该说，天中不愧是闻名遐迩的重点中学，我提出辞职的当天，他们就把应付的一切薪酬都结清了，甚至包括冬天的取暖费。打包附赠的当然还有一些客套话："小林啊，其实你是一个很有才华的年轻人，学校对你的成绩也是认可的。能不能不要这么冲动，再好好考虑一下？"

"不用了，"我说，"谢谢。"

然后他们就把盖好章的《解除劳动合同证明》递给了我。

走出学校的那一刻，我觉得挺轻松，没走多远，发现身后有人跟着。掉头，发现是刘姜，她怯怯地问："林老师，你去哪里？"

"回家啊。"我尽量用轻快的口吻说。

"她们说你辞职了。"她的眼泪都要掉下来了。

"是。"我说。

"对不起，"她终于哭起来了，"我真的没想到事情会这么严重。他们从我包里翻出日记本，我怎么跟他们解释都不听。"

"好了，"我说，"快回学校吧，要是再被人看见，我跳进黄河也洗不清了。"

"你如果不回学校教书，我就跳黄河，"刘姜说，"我跟他们

说了，我可以退学，但老师你不能辞职。"

"不关你的事，"我说，"我早就想这么做了，你不要乱想，更不能乱来，听到没有？"

她目不转睛，似懂非懂地看着我。

我深呼吸一口气，然后说："我有更重要的事情去做。"

"你是去找你的女朋友吗？"她问。

看来知道我事情的人还真是不少，我点点头说："算是吧。"

"祝林老师如愿，"刘姜说，"你会不会换电话号码？"

"不会。"我说。

"那我给你发短信息，你会回吗？"

"不会。"我说。

她绝望地看着我，蹲下，大声地哭了。

我转身就走，哭就让她哭吧，现在痛苦，好过一直痛苦。小孩子哪里懂得什么感情不感情的，转眼之间，便会忘得一干二净。

可我已经成年，我只爱过一个女人，我无法忘掉她，无法接受她已经从我的生活里硬生生地被抽离的事实。我该怎么办？怎么才能独自撑得过这失恋、失业、失意的日日夜夜？

我并没有回家，那个家里处处都有图图的气息。我怀里揣着新发的三千多块钱，开始思考去哪里把它们尽快花掉。我走进一间酒吧，点了洋酒、啤酒、白酒、红酒，然后坐在角落里开始自斟自饮。我原以为自己会很快喝醉，然后就可以想起来一些事，解释图图为何对我如此绝情。但是我从黄昏喝到黑夜，脑子却一直清醒得吓人。

邪门儿。

那群流氓找上我的时候，我正在打开第三瓶芝华士。

他们大概用了半分钟，吵吵嚷嚷地确认是不是我，然后，那个被图图泼过一脑袋香槟的矮胖子就出现了。

"嗨，兄弟，"他得意洋洋地说，"又见面了哟。"

这样一个大男人，说话的时候哟来哟去，实在让我有点儿难受。所以我没理他，他只好独自"表演"："上次你打伤我兄弟，我就不追究了。"

真是宽宏大量啊，我笑了。

"可是，你女朋友欠我的那些钱，你是不是应该代她还呢？"

"多少钱？"我问。

"本钱加利息，你就给五千块，利息是按照最低的那一档给你算的哟！"

他又说"哦"！我忍住要吐的冲动，礼貌地告诉他："没有。"

"是没有呢，还是不肯给？"他按住我的肩膀，故作亲密地问。

我发誓，那天晚上我其实从头到尾都很冷静。我冷静得连自己都有些伤感，我的脑子里甚至飞快地闪过《甜蜜蜜》里黑社会老大被一群纽约街头混混随随便便干掉的镜头。那是一部很好看的电影，我心想，其实那样也不错。

于是我冷静地微笑了一下："不肯给。"

他有点儿不敢置信："我再和你确认一次哟，给，还是不给？"

我摇摇头说："不给。"

他做了一个手势。

然后，那群小混混围上来，拳头落在我身上。我想起图图说过："其实他们也只是来点虚的。"老天，我甚至有点儿遗憾地想，我早该知道他们是没胆量杀人的，真可惜。

她就是这个时候出现的。

我不知道，她是一直就在那里，和我一样看戏，还是刚刚路过，就毫无理由地投入了这场混乱。

她甚至一句话都没说，就亮出了她的水果刀。

我躺在地上，无能为力地笑。原来这个世界上，还有和我一样

不想活的人。

我知道她不想活了，水果刀被一个小混混抢过去以后，她居然不顾一切地去争夺，那个没种的小混混反手一下把刀插向她胸口，她缓缓倒下，像棵被连根拔起的向日葵。

很奇怪，明明不可能，但那一刻我仿佛看到她的眼睛，里面有很清澈的失望，对整个世界的失望。我不知道她是否也一样看到了我。总之，那一刻，我们心有灵犀，有缘相遇。

她倒下以后，时间有片刻静止。

然后，那群小混混里有人喊了一嗓子："死人啦！"

接下来所有人惊恐万分，两秒钟后，神奇地消失得彻彻底底。

酒吧老板是个大腹便便的胖子，这时候才有胆子跑过来。

"兄弟，"他心虚地拍拍我的肩，"今晚的事情，我不会乱说，但你得赶紧给我处理好，你看现在这个样子，我以后还怎么做生意……"说这番话的时候，他好像就要哭出来似的又紧张又委屈。

我抱起她，连声问"你有事没"，她不回答我，好像还在笑，那笑让我不寒而栗。

我手忙脚乱地从地上捡起手机，给张沐尔打电话。运气好得很，这小子正好值班。否则，大半夜的，扛个被捅的小姑娘去医院，不被报警至少也得费上半天口舌。

我蹲下去拉她，她已经昏过去了。毕竟是小姑娘，我一眼就看出刀伤不深，她晕倒有一半是被吓的。

我问老板要了些纱布，给她做了简单包扎，然后一狠心，拔出了那把肇事的水果刀。

她的伤口像一朵红色的大丽花，我猜，她是很痛很痛的。我轻轻一提就把这个姑娘抱了起来，她简直轻得像一片羽毛。迷迷糊糊的，我有种奇怪的感觉，是因为图图走了，这个姑娘才会出现在我的生命里，她的到来仿佛是一种预兆。什么预兆呢？

我想，我真是见鬼了。

我抱着她出门，刚要上出租车的时候，老板慌慌张张地追出来，把刀往我怀里一塞，让我把这倒霉的凶器带走。

就这样，我把她送到了张沐尔那儿。我想得很简单，她伤得反正不重，包扎一下，上个药，在医院里躺几天，费用我全出。等她醒过来，就可以通知她爸妈来认领了。像这样的问题少女，估计属于姥姥不疼舅舅不爱的那种，我最多再塞点儿补偿金，就一切OK，和平私了。

自己能解决的事，惊动警察叔叔做什么。

张沐尔骂骂咧咧地，怪我搅了他的好梦。也是，不入流的校医院，白天人就不多，晚上值班多半是装装样子。这死胖子嗜睡如命，真要有人来急诊，估计他会一律用柴胡颗粒打发。只要吃不死人，留得青山在，不怕没柴烧。

而现在，他必须打开外科诊室的门，为了一个故意惹祸的小姑娘，亮出起码六个月没用过的缝针手艺。

其实，他手艺不错。

我、张沐尔、怪兽，我们只是对这个世界的其他事情抱着无可无不可的态度，在谋生技能方面，并不输于任何人。

张沐尔给她打了麻药，缝了针，我们商量了一下，还是把她送到我家。以胆小著称的张沐尔危言耸听地警告我，我捡了一个大麻烦。

"为什么？"

"你看她全身上下，哪一样不是名牌？一看就知道是富家女离家出走，你有把握搞得定一个爱女如命的暴发户吗？"

"哼。"

"别哼了，告诉你，别惹麻烦。等她醒了，赶紧问出她爸妈的电话号码，早出手早解脱，出了事别怪兄弟没提醒你啊！"

话是这么说，张沐尔并没有扔下我不管。他甚至帮我收拾了乱糟糟的床铺，搞得稍微适合人类居住了一些后，我们才把这个来历不明的小姑娘放了上去。

她伤得并不重，那群小混混捅人也不专业，刀从左胸插进去，斜斜地穿过腋下，很恐怖地流血，却并无大碍。

我看着她，她躺在图图曾经躺过的小床上，闭着眼睛，很有型的瓜子脸，皮肤吹弹可破，长长的睫毛像是蓝色的。张沐尔的眼光没错，她穿了一身 Esprit 的运动装、一双 Adidas 的运动凉鞋，细弱的手腕上戴着一只宽宽的藏银手镯，也就这手镯可能是便宜货。

面对这个从天而降的神秘来客，我不确定她是不是睡着了，我同时极没良心地猜测她究竟是故意找死还是真的想救我。我唯一能确定的是，今天，我一定要问出她是谁，然后，送她离开。

我该怎么把她送走？

她有一个双肩包，张沐尔在里面一通乱翻。"找到了！"他如释重负地喊道。

他递给我一只手机，意思很明白。我可以从这里面找出她的父母、亲戚、朋友或者任何可能认识她的人的号码，然后打电话，把这个麻烦彻底解决。

手机关着，诺基亚的最新款，价格不菲。我按了开机键，跳出来的屏幕保护看上去像个网站的首页，全黑的背景下有一座小小的金色的城堡。很特别，有种让人不安的美。

看来，这是个很小资的女生。

但是，等等，手机没有信号。

我脑子有点儿糊涂，身手还是很矫健，拿着手机高举过头顶，跳了三下，该死的诺基亚依然如故。

我掏出自己笨重的古董爱立信，信号强度满满地亮着五格。

等等，等等。

我拍了拍脑袋，打开这只华而不实手机的后盖。

插 SIM 卡的地方空着。

居然空着！

"张沐尔，她的手机是空的！"我绝望地喊。

张沐尔貌似也吓得不轻。我们跪在地上，在一个小女孩的双肩包里焦头烂额地寻找 SIM 卡的样子，一定很滑稽。

这时候，她醒了。

她好像没意识到自己受伤，静悄悄走到我们两个身边，就那样安安静静，坦坦荡荡地看着我们，冷漠得让我们心惊。

"别翻了，你们翻也没用。"她的声音很小，但是很清楚。从一个乐手的角度出发，她有很好的嗓音，清亮而有韧性，说起话来，底气十足。

"你知道我们在翻什么？"我故意问她。

她皱眉，仿佛在竭力回忆什么事："那个东西啊，我已经把它取出来，烧掉了。"

"你是谁？"我问她，"叫什么名字？"

她皱着眉头，显出努力思索的样子。

我心里的不安迅速地像潮水一样涌上来。

"这是哪里？"她问我。

"我家。"我说。

"我没死？"她又问。

"当然，"我说，"很幸运，差不多只相当于皮外伤。"

她捂着左边的身子，说："可是我觉得痛。"

那是肯定的。

然后她很坚决地问我说："有咖啡吗？最好不要加糖。"说完，她坐到我家唯一的沙发上，我跑到厨房给她冲咖啡，端出来后她吸吸鼻子说："不好意思，我只喝雀巢。"

我说："没有。"

她说："去买。"

张沐尔幸灾乐祸，笑得阴沉沉的。

我变得大脑短路，走在去超市的路上才真正相信张沐尔的话。我惹上了一个多么大的麻烦——一个离家出走，故意和所有人切断联系的女孩。她就在站我面前，站成一个决绝的姿势。她看上去年纪很小，十六？十七？反正最多不会超过十八，可是她的眼睛里有沧桑。我在揣测她的身世，她离家的原因，她如此决绝的原因，她奋不顾身搅进一个陌生人的麻烦的原因。

我买了一大堆东西，甚至她的日用品，一路思考着回了家。想给她泡咖啡，她却说："我很渴，想喝水。我讨厌咖啡，我没有告诉过你吗？"

"你不可以喝太多水。"张沐尔出于对我的同情开了腔。

她不理我们，自顾自找到饮水机。她的行动像个公主似的坚决和笃定：一杯，再一杯。

而我竟然没有阻拦她，注定为此后悔不已。

当天晚上，她发起高烧。我一夜没睡，守在她床边，听她辗转反侧，满口胡话。

她叫"爸爸"，却没叫过妈妈。看来是单亲家庭的女孩，举止怪异，大可原谅。

但是她高烧稍退，我问她家庭状况，她却一句话都不肯说。过了很久才回答我："你见过孤儿吗？"

我说："没有。"

她指着自己说："就是没有爸爸，也没有妈妈那种。"

我不相信孤儿能穿一身让白领羡慕的 Esprit，更不相信孤儿出门，包里能携带超过五千块的现金。

就算她是孤儿，那也是贵族级的。

孤儿，怎么这个世界这么流行孤儿吗？或者说，这个世界的漂亮孤儿都喜欢以奇特的方式进入林南一的生活吗？

瞧，我还有点儿可怜的幽默感。

张沐尔不喜欢她，不过我们好像已经骑虎难下了。她高烧时，张沐尔带药带针来我家给她注射，我开玩笑地说他已经是我的家庭医生了。

"家庭医生"这四个字居然刺激得她从床上直愣愣地坐起，用一种陌生的眼神看了我们良久，半晌，好像放心似的躺下，继续她的睡梦。

张沐尔问："你打算何时把这个烫手山芋扔出去？"

"至少等她退烧之后再说吧。"天晓得，我怎么会这么回答。

张沐尔果然跳了起来。"到底，"他点着我的鼻子问，"到底，你小子到底安的什么心？"

他没说下面的话，但朋友这么多年，他一个眼神我就知道他要说的话。

他的潜台词是，老兄，你是不是看上这个未成年少女了？

呵呵，我还有爱的能力吗？

张沐尔同学真是高看我了。

我把张沐尔赶出门，然后坐下来，看着这个不知道是真睡着还是装睡着的女孩，把玩她那把惹事的刀，是一把很锋利的水果刀，看上去像进口货。看得出她的家人很注重生活质量，一把水果刀也如此讲究。真讽刺，我一边把玩一边想，如果是把普通的水果刀，那些小混混未必能用它捅破任何东西。看来有时候，讲究真是要人命。

她终于睁开眼，坐起来，坐到离我很远的角落。她可以那样坐一整天，饿了就自己找东西吃，累了躺床上就睡。在一个凌乱的单身汉世界里，她居然生活得如此简单自如。我们之间甚至不需要语

言，只用眼神和手势就可以说明一切。

直到今天，她终于开口了，她说："还给我。"

我笑道："大侠，请问这是你的独门武器吗？"

她不搭理我的挑衅，继续扮演默片角色。我很没趣地又玩儿了一阵，还是把它收起来了。这东西，还是放在我这里安全些。

她没有再强求，只是肯定地说："你迟早要还我。"

那是当然。

我说："喂，你应该告诉我你叫什么，从哪里来，我好送你回去。"

她当我不存在，转身到冰箱里给自己拿了杯冰水，咕嘟咕嘟地喝下。

"喝这么冷的水对伤口不好，"我忍不住提醒她，"你的烧也刚刚退，要注意。"

她不为所动地看了我一眼，又倒了一杯。

至此我可以确定她有自虐倾向，不过我也不是总是那么好脾气，我一劈手就把她手里的杯子夺下，呵斥她："女孩子要听话！"

她面无表情地看了我一眼，我不懂她在想什么。我只是有种直觉——她有深不可测的心事，深得令人恐惧。

恐惧归恐惧，我林南一到底不是吃素的。

我打开冰箱门，把里面贮着的一大壶冰水拿到卫生间咕咚咕咚地倒掉，走回来，拍拍手，得意地看着她。

我的举动让她有点儿困惑，她微微地眯起眼睛看我。

"你把水倒掉有什么用呢？"她终于又不紧不慢地开口，"你能二十四小时守着我吗？你不在的时候我还是可以喝冰水，想喝多少就喝多少。"

她原来是可以一口气说这么长的句子的。

我放心了，对着她甜蜜地笑："至少今晚你没得喝。至于明天，

227

哼，你在不在这里，还很难说。"

"那么我会在哪里？"她故意装傻地问我。

"你会在派出所。"

"你要送我去派出所吗？"她问。

"嗯。"我简短地说。

她不说话，眼睛一闪，我知道她在想对策。

任凭她想破脑袋也没用，我早就应该采取行动了，甚至在她受伤的当晚就该这么做。

上帝保佑，第二天一早，阳光明媚。

我从客厅的沙发上爬起来，推门进了卧室，给她拉开百叶窗。

她一下子醒了，醒了就抱着被子迅速地靠床而坐，摆出一副戒备的姿态。

我拉了把椅子在她身边坐下，在阳光下细细打量她。说良心话，她是一个相当漂亮的姑娘，张沐尔对我产生怀疑，也有他的道理。我抱着纯欣赏的态度看她，她终于不好意思了，脖子一转，牵动了伤口，疼得龇牙咧嘴。

"你为什么离家出走？"我问她。

"没有家。"

"不管怎么说，"我抓住她没受伤的胳膊把她拉下床，"你马上给我起来，刷个牙，洗个脸，我们就出门。早饭你可以在看守所里解决，他们伙食应该不错。"

"我不去。"她坚决地说。

"由不得你。"

"你别逼我。"

"嘿——"我诧异，"凭什么？"

"凭这个！"她忽然猛地扑向我的床，从枕头底下摸到什么东西——是那把水果刀。她用它对准自己的手腕，"物归原主吗？不

如同归于尽！"

"我想你搞错了，"我冷冷地看着她，"我和你非亲非故，你这套对我没用。如果你真的不怕疼，就割，我有把握在你死之前夺下刀子。"我看她怔住，干脆再趁热打铁加上一句，"至于在那之前你喜欢在自己身上割多少刀，随你的便。"

我想我必须好好给她上一课，向来自杀戏只会吓到关心你的人，对于其他人，只是闹剧。

我的话似乎太过冷酷，也可能是让她想起了什么，她脸色灰白，唇齿咯咯打战。

我还等什么，一个箭步上去缴了她的械。

她跌坐在地，眼泪涌出来，神情充满绝望。她的哭法和图图完全不同，图图是山洪暴发型，她是冷静吓人型。但不管什么类型，女孩哭起来我就没辙。我把刀子扔到墙角，伸手拉她。她甩开我的手，把脸深深地埋在膝盖里，像是要把自己团起来。

"你别哭！"我只会说这么一句劝慰的话，我自己也知道不管用。

"你不肯帮我。"她呜咽着说。

我叹口气，在她身边坐下，尽量和气地问，"为什么不肯回家？"

"我真的没有家。"她答。

"如果你不跟我说实话，我为什么要帮你？"

她终于抬起头，直视我的眼睛。那一刻她神情诚恳，让人无法怀疑。

我听着她一字一句地说："如果，你活了十几年，除了伤害自己和别人，从没做过任何有益的事；如果，你的存在只是令其他人疲惫不堪；如果，你走了之后，你爱的人就可以活得轻松、自由、快乐，那么，如果是你，你还会不会留在那个让你伤痕累累的地方？"

我怔住。我的学生应该都和她一般大，但她和他们是完完全全

不同的两种人。这不像是一个孩子能说出来的话，一个孩子怎么会这样斩钉截铁，毫不留情地彻底否认自己存在的价值？

假若有天，我以同样的问题去问图图，她会不会给我同样让人心碎的回答？

"我真的是孤儿，如果你不信可以到 S 市孤儿院查证。我没有骗你。"见我犹豫，她又慌张地加上这么一句。

我不出声。

"喂，"她轻轻碰我肩膀，"你答应帮我了？喂，你怎么不说话？喂，喂，你怎么了？你哭了？"

我最终没把她送去派出所，我自己也知道这个决定很荒谬。我给自己的理由，是她毕竟曾经"救"过我，那晚她要是不出现，我没准会被那群小混混揍出内伤。

或者，我荒谬地想，或者她是图图整了容，来逗我玩？

这种想法实在是让我想狠狠抽自己一耳光。

最终，我留下了她。晚饭我叫了外卖，三菜一汤。看得出她对我的生活水准不以为意。

我给自己开了一瓶啤酒，给她端上一碗汤。她看我一眼，连谢谢也没说一句，拿起勺子大口喝起来，吃相非常不淑女。

我也是一时高兴，问她："林涣之是不是你男朋友？"

那是她在梦里呼唤过的名字。

她忽然暴躁起来，啪地一打，把我好不容易熬好的瘦肉粥打翻在地。

桌子边铺的地毯是去年我生日图图买给我的礼物，被一盆粥糟蹋成这样，我气得指着门口对她吼："你给我滚！"

她真的起身了，她的身体并没有复原，走得磕磕绊绊。她的名牌衣服穿在身上，有种非常落拓的感觉。一个不超过十八岁的女孩子居然给人这样的感觉，我忽然觉得心酸。

我克制着自己的心酸，看着她找到自己的双肩包，打开门，走出去。

　　我对自己说，十分钟，她会回来的。

　　但她没有。

　　我的耳朵在黑夜里格外灵敏，听得见她的脚步声绕着楼梯一圈一圈地转下去，缓慢却没有丝毫迟疑。她一定是倔强到极点，才会宁可慢慢消失在深深的黑夜里，也不向任何人博取怜悯。

　　我对自己说，再等十五分钟，她会回来，因为她无处可去。

　　结果还没有等到十分钟我就已经撑不住了，打开门跑出去。小区门口就是岔路，我思考了一秒钟，决定右拐。

　　看过一篇文章谈到追踪，上面说，但凡毫无目的的逃亡者，他们遇到岔路，一般会下意识地右拐。

　　右拐了两个路口我追到了她，空旷寂静的马路，只有路灯亮着。她纤细的身形被路灯拉得更细更长。我追上去，她听见我的脚步声，回头看了我一眼。天，我从来没在一个孩子眼中看到过那样的目光，像一个黑洞一样充满绝望和疼痛。

　　然后她开始猛跑，用力摆动两只胳膊。

　　"你不要命了！"我追上她。

　　"关你什么事？"她的大眼睛冷冷地瞪着我，像冬天里的湖水。

　　她说得对，关我什么事，我们只是陌生人。

　　我泄气，松开她。她哼了一声，继续往前走。

　　"你到哪去？"我喊。

　　她停住脚步。

　　一辆车从她身边飞速开过，她受惊似的战栗了一下，然后我看见她在黑夜中慢慢蹲下身，抱着肩膀，瑟瑟发抖。

　　不用看我也知道她哭了。图图哭起来也是这样子，蜷成一团像个婴孩，泪水流满脸。我去扶她的时候，她把眼泪鼻涕通通擦在我

衣服上，像只邋遢的流浪猫。

哦，图图，我的心忽然因为疼痛变得柔软。

我去拉她，就像她受伤的那晚，很容易我就把她拉起来了。她年轻的身体挨着我，发梢扫过我的脖颈。我拍着她的背，她哽咽得不像话，我十分担心她因为一口气上来再次晕过去。

"好了，好了，告诉我到底发生了什么事？你为什么要离开？"我喃喃地问，不知道在问谁。

她用力摇头，挣脱我的怀抱。那一刻我才醒悟，提问是很多余的，何必问那么多，我们每个人都有一个黑暗的过去。

上帝安排我们相遇，于是我们只能相遇。

那天晚上，我知道了她的名字，她叫七七。她跟我说，一二三四五六七的七。

好吧，七七。

我想我需要一些时间去好好了解她，这个谜一样的女孩。这样，至少在等待她痊愈的这段时间里，我们会相处得更加平静。

当然，我还是要把她送回家，她是个孩子。孩子们总会想要回家，这是一定的。

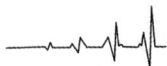

第 五 章

一 二 三 四 五 六 七

有时候命运的确讽刺，它拿走一些，又会回赠给你一些；虽然它后来给的，并不一定是你想要的，你却不能不接受。

失去图图以后，我并没有妄想过有任何东西，任何人能来弥补我的损失。但是老天不由分说地把一个离家出走的女孩塞给我，我简直措手不及，还没来得及拒绝就木已成舟了。

七七实在是个难缠的角色，我敢说，她只要使出三分功力，就能在第七届"全球最难搞小孩"评选活动中，技压群芳，荣登榜首。

我再次把她捡回家之后，我们多少算熟了一些，我可以和她说话，但除了告诉我她叫七七之外，她不回答我任何问题。

比如我问："七七，你姓什么？"

她眼睛看天，假装没听见。

我又耐心地问："那你想不想知道我姓什么？"

"不想。"她回答。

"好吧，"我没办法，"那你至少要做一件你不想的事。我姓林，你今后可以叫我林叔叔。"

"你姓林？你叫什么？"她终于有了点儿兴趣似的。

"林南一。"我说。

"难医？"她耸耸肩，"你得了什么病吗？"

我真想跳楼。我想起一杯豆浆的典故，忍着心痛很认真地纠正她："是南一，南方的南，一二三四五六七的一。"

她看了我半天，最后说："其实你不用跟我套近乎，是你救了我，不是吗？"

对啊，谢谢提醒。

我站起来，准备慰劳一下我这个大好人，到厨房里给自己泡茶喝。门铃就是在这时候响的，来敲门的人是怪兽。他像个特工一样猫着身子冲进了我的房间，两眼盯着坐在沙发上的七七看了半天，转头问我："原来张沐尔没撒谎啊。"

"你别乱讲！"我呵斥他。

"林南一，"怪兽把一根手指头弯起来，恶狠狠地对着我说，"你就是为这个小妞儿把图图气走的？你小子原来是这种水性杨花的人？"

"我警告你别乱讲！"

人格被侮辱，想不急也不行！

"我告诉你，那首歌不是图图卖的，是我决定卖掉的。跟她没有任何关系！"

"那就是你跟她有关系喽？"我口不择言。

怪兽一拳头打到了我的脑袋上。我的鼻子流血了，我捂着它踉跄着退到沙发前。七七从茶几上的纸巾盒里哗哗哗连抽三张面巾纸给我，果然是见过世面的人，遇到暴力现象连叫都不叫一声。

"我要是你，我就去死！"怪兽从牙缝里挤出这句话，又从口

袋里掏出一包东西扔到地上，扬长而去。

血还在流，那三张小纸巾简直起不了任何作用，我起身到洗手间去清理自己。她站到门边来问我："我给你带来麻烦了，是吗？放心，明天天亮我就走。"

我做个手势表示不关她的事。

她仿若自言自语："我总是给别人带来麻烦。"

我越过她走到客厅里，捡起怪兽留下来的那个纸包，报纸里面包的，竟是二万块钱。应该是图图上次卖歌的钱，原来她一直把它留在怪兽那里，原来她走的时候，并没有带走什么。那么，她靠什么生存？

我的心猛烈地疼起来。

我一把把那两万元扔出去很远，钞票散落一地，场面煞是壮观。

过了好一会儿，七七替我把钱从地上捡起来，一把扔到我的破茶几上，教训我说："收好吧，傻瓜才跟钱过不去！"

她说对了，我就是傻瓜。

我是这个世界上顶级的傻瓜，所以才会在不知不觉中弄丢了自己最心爱的人。

那晚七七比我睡得早，估摸她已经在房间里睡着之后，我开始在沙发上抽烟、喝酒。我也不知道自己到底喝了多少，然后我就醉了。我看到图图朝我走过来，她好像把头发留长了，她对我说："林南一，你真的是爱我的吗？"

"爱，爱，爱，"我抱住她，眼泪流下来，"图图，我想你，你别走。"

她给我端来热水，给我洗了脸。温热的水，让我很舒服，我反反复复地说："图图你别走，你别走，你别走……"

"好，"她像以前那样乖乖地回答，"我不走。"

我放了心，握着她的手终于慢慢睡着了。

235

醒来的时候看到七七，她坐在窗前，头也不回地问我："你是不是被你女朋友抛弃了？"

　　这真是一个我不愿意面对的话题。

　　"算是吧。"我说。

　　"你很想找到她吗？"

　　我伸伸胳膊，打个哈欠，老实巴交地说："是。"

　　"那我陪你去找吧，"七七说，"林南一，我替你去把你那个图图找回来。"

　　我吓了一跳，清醒了："等等，你怎么知道她叫图图？"

　　"嘿！"她终于回头，朝我调皮地一笑，"你当我傻啊。"

　　她的笑容居然让我有点儿开心，于是直起身子，打起精神问她："怎么找？"

　　她答非所问："只要你全力配合，我一定把她找到。"

　　"怎么配合？"我问。

　　"你要回答我提出的所有问题。"她皱皱小鼻子，严肃地说。

　　我点头，死马当作活马医也是好的。

　　"第一，她走了多久了？"

　　"十个月零十九天。"我不假思索地说。

　　她吐吐舌头："有点儿久。"

　　她的第二个问题："她是不是真的很爱你？"

　　这个问题让我有一秒钟踟蹰，末了还是回答："是的，我想是。"

　　还好她没质疑我这个答案的真实性，接着问下一个问题："那她有没有其他喜欢的人？她离开这里，最可能去的是哪里？"

　　废话，如果我知道，还要你干吗。我做出一个"洗洗睡吧"的表情，七七的反应是失望："难怪你找不到她。"

　　"怎么说？"我忍着气问。

　　"因为一个人不可能找不到另外一个人，除非他瞎了眼睛。"

她忽然换了个话题，"你知道她一个人在家常常干什么吗？"

"我不知道。"我说。

"你来好好看看。"七七站起来，拉开放在客厅旁边的旧柜子的抽屉，我凑近了看，我的天，一抽屉的幸运星！我怎么从来都没有发现过？

七七抓起一大把幸运星，彩色的幸运星从她指缝一粒粒掉落，然后说："你知道吗，林南一，只有寂寞得不得了的人才会重复做这种单调的事情。"

我只觉得眩晕，图图寂寞，是吗？我怎么从来都没有感觉到？

七七继续问："你知道她失眠吗？"

我再摇摇头。

"她常失眠，睡不着的夜晚就抽烟。"

我拍案而起："你怎么知道这些？"

她笑道："你的床头柜上有安神药，床底下有柔和七星的烟头，你从不抽柔和七星，不是吗？"

她继续问："你记得她的生日吗？你知道她用什么牌子的护肤品吗？你知不知道她害怕蟑螂，喜欢听梁静茹的歌？你知不知道……"

"行了，行了！"我打断她，"你这么能耐，你告诉我她在哪里！"

"我不知道，"她说，"但如果我是她，我绝对不会回来。因为我绝不会去爱一个没心没肺的男人！"

我双手掩面，只想找个地洞钻进去。

"不过，我想告诉你一个秘密，"她打了我一巴掌，又给我一颗甜枣，小声地说，"其实那些失踪的人，除非是被仇家追杀，他们打心底里还是希望自己被找到的。"这个说不上什么秘密的小秘密像小火苗一样在她眼睛里闪啊闪，她毕竟还是个孩子呢。想到自己被一个孩子牵着鼻子哄得团团转，我就忍不住想笑。

"你笑什么？"她有点儿不悦。

"我想你应该不会再自杀了。"我努力保持严肃。

"看在你我的交情上，我去帮你把你女朋友找回来，然后我再自杀也不迟。"

"要是找不回来呢，你就一直赖在我这儿？"

她笑："你怕了？"

我怕什么！

"带我去吃早饭，"七七说，"快点。"

"为什么？"

"想找到你女朋友就别问为什么！"

这算是什么破理由！我也不知道我为什么会相信这个姑娘，但是我居然就按照她的意思完全照办了。我们收拾好出了门，她没有衣服可以换，我思考着是不是应该去给她买件衣服什么的。

清晨的阳光让人觉得生命稍微有了些生机，我们一起去找七七指定的早餐地点"米奇西饼屋"。不说话的她显得有些许的抑郁，她并不是一个快乐的孩子，但是她有活力。我见过太多重点中学里死气沉沉的乖孩子，相比之下，七七让我愉快多了。

"林南一，也许我早就应该出门旅行的。"她忽然若有所思。

"嗯，"我说，"待会吃完饭，我给你买两件衣服。"

"凭什么？"她问我。

"还凭什么？"我说，"凭你莫名其妙闯进我的生活呗。"

"不用你买衣服，"她说，"这些事情我自己可以搞定。"

我们这里穷乡僻壤，唯一的一家米奇西饼店，就在酒吧一条街的路口。她进去坐下，轻车熟路地点了一份意大利菜汤和一份培根煎蛋，外加一份烤吐司，生活方式真是小资得可以。

"你想吃什么？"她问我。

"有豆浆吗？"我问。

"老土。"她哼着。

我已经很久不喝豆浆了，我想念豆浆。既然没有豆浆喝，那就抽烟好了。我掏出口袋里的烟，七七看见，她伸手："我也要。"

"对不起，"服务员走过来说，"这里禁止吸烟。"

我作个抱歉手势想把烟灭掉，她却伸手夺过去，"凭什么？"

"会影响到其他顾客。"服务员彬彬有礼。

"切，"她大大咧咧地环顾一周，"这里还有其他顾客吗？"

说来也是邪门儿，那个早晨，不知道是日子不好还是时辰不对，偌大的店堂除了我们俩没有别的顾客，显得空荡荡的。服务员尴尬了，我解围："小孩子不学好！不准抽烟！"

她无动于衷："给我打火机，"我不理她，她就威胁服务员，"给我！不给投诉你！"

"有人来了！"服务员像找到救兵似的。

我回头看，门口空空荡荡，哪来的人？

服务员委屈得像什么似的："真有人！"她赌咒发誓似的说，"一个女的，穿条蓝裙子，我以为她要进来，结果她一转身，就没影儿了！"

"你把人家都吓得精神错乱了！"我吼七七，"给我！"

"给你就给你，"她出人意料地把香烟扔给我，"你以为我真想抽？我就是不喜欢别人这不许那不许的。"

她的逻辑让我哑口无言。

早饭还没吃上，我就接到张沐尔的电话。他没说话，我先跟他喊过去："你小子，干吗跟怪兽嚼舌头？七七是怎么回事，你又不是不知道！"

"这不是我说的！"张沐尔恨不得指天发誓，"我不是那么说的！我就说你家里住着个女的，他自己就那么理解了！"

张沐尔有些兴奋地说："你今晚有空吗？咱们一起去怪兽的酒

239

吧玩儿，不是我吹，那地方真的非常不错！"

"那你给他带个话，他昨天晚上给我的东西，晚上我给他带去，"我对张沐尔说，"让那小子以后在我面前不要怪里怪气的，不然我从此不踏入他酒吧半步。"

"我知道你有性格，"张沐尔说，"知道你们都有性格，全是我的错，行了吧，请你们都不要再计较，我们重组乐队，好吗？"

"不可能了。"我说。

"为什么？"他在那边喊。

"你自己想想吧。"我说完，挂了电话，发现七七正叼着根牙签看着窗外，那漫不经心的眼神让我再次想起图图，禁不住内心狂跳。

服务员终于把七七点的早餐端来了。她风卷残云般消灭了所有食物，我从来没见过一个小孩儿吃东西吃得那么多、那么快。吃完她嘴一抹，对我说："林南一，我们走。"神情像是我的老大。

我居然没出息地乖乖地跟着她走出了西饼店。

不知为何，和她走在一起我觉得很轻松。我们素不相识，没有彼此交织的过去，没有共同的伤心要分享，也不用对某个名字小心翼翼。我们到了一家银行门口，她掏出一张银行卡来，往自动取款机里一插，取了好几千块钱出来。我问她："你取那么多钱干吗？"她答："给你，反正我下半辈子衣食住行都是你负责，我留那么多钱干吗？"

"我什么时候说过我要负责？"

她惊讶地看了我一眼："我帮你找女朋友，难道是免费的吗？"

"谁说了下半辈子？"

"你放心，"她满不在乎地说，"我是活不了多久的。"

"为什么？"我诧异地问。

"我有病。"

"瞎说，什么病？"

"精神病！"她恶狠狠地看着我。

我能说什么呢？只能说除去这些奇谈怪论，她仍算得上是一个有趣的孩子。我们往回家的方向走，忽然我想起一件事："我还要带你去买衣服呢。"

"算了算了。"她居然有点儿不好意思地说。我想她大概是还没有和男性一起买衣服的经历，于是刺激她："看你这样，没有男朋友吧？"

"当然有，只不过我把他甩了，"她斜眼看我，"甩和被甩，这就是我和你最大的不同。"

我彻底无语，看来任何想和这丫头斗嘴的尝试都是自取其辱。我只能把她拉进一家路边小店。

"委屈你了，"我说，"就在这将就一下，名牌我买不起。"

这次她认真地看了看我："怎么你认为，我对衣服要求很高吗？"

我不说话，只要看看她那一身上下，答案便一目了然。

"你错了，"她忽然情绪低落，"不过我跟你说你也不明白，我得到的一切都不是我想要的。"

"那你想要什么？"

"我只知道我不想要什么，"她低头，"就像买衣服，我只有一个经验，就是她买什么，我偏不穿什么。"

"他是谁？"我很敏感地问。

"一个喜欢多管闲事的女人。"她回答得滴水不漏。

"今天你可以自己挑衣服，"我说，"反正我对衣服一窍不通。"

"那当然，"她笑起来，"林南一你休想管我。"

她的语气很严肃，好像我愿意管她似的。可是我也忍不住笑了。很久以后我才意识到，那是图图离开以后，我第一次从内心流露出笑意。我看着七七在一排排的衣服架子中间皱着眉头转来转去，她

是一个平衡感非常差的小孩儿，经常会撞到架子上，然后看也不看继续走，我想她的伤口还是会有一点儿疼，但她完全不以为意。

"林南一你待着干吗？"她喊，"怎么男生可以不帮女生拿东西的吗？"

我看了她一眼，惊得差一点跌倒。她的胳膊上已经搭了不下五条各种颜色的裤子，上衣长的、短的大概也有六七件。这些东西重重地压住她，我担心她的伤口，只好冲过去接过来。

果然够沉。我瞪她："请问你是在买东西还是打劫？"

"你以为我买不起吗？"她横我一眼走到柜台，很酷地指指我，"那些，我都要。"然后把钱拍在柜台上。

活脱脱一副暴发户的样子，真让人无奈。

然后她昂首阔步走进试衣间，我老老实实地候在门外，别提有多窝囊了。

不知道过了多久她才出来，短 T 恤配牛仔，看上去倒是很精神。

"好了，"我容忍地说，"可以走了吗？"

她却忽然盯住门外。

"蓝裙子！"她忽然低声说，"林南一，有人跟着我们！"

我紧张兮兮地回头去看，她却一拍手："好了林南一，你真的这么好骗吗？"

我差点没给她一巴掌，她却气定神闲，在镜子前像其他所有女孩一样"精益求精"地照了半天，问："你觉得如何？"

我公正地说："除了那个镯子实在不配，其他还好。"

她有点儿犹豫地看了看镯子，取下来，又重新戴了回去。

然后她立正，对着镜子里的人影，郑重地说，"现在，和过去的妖精七七，说声再见吧。"

我发誓，我确实听到她说的是妖精七七。虽然会很愚昧，我还是赶紧看了一眼地上，阳光照着，她的影子淡淡地映在地上，证明

她是一个，怎么说呢，真实存在的人。

哦，"妖精"是她的外号，或者网名。

如果是网名，那么借助搜索引擎，我就可以知道她过去的相关信息，然后查IP，通过IP查地址，我可以把她送回去。

这是个不错的主意。

可是回到家后，我就忘了这个主意，更重要的是，我没交宽带费，网已经被停好多天了。那个下午我一直在看ＤＶＤ，一部很老的片子，我喜欢的《肖申克的救赎》。七七显然不感兴趣，整个下午她都对着我的电脑在发呆。黄昏的时候我才想起来应该去做饭了。我正在厨房里洗菜，等我出来的时候七七已经把人打发走了。

我问："谁？"

她把一张收条递给我说："收房租的。"

我一看，赶紧把手擦干净说："我去拿钱还你。"

"算了吧，林南一，"七七说，"我住这里也要交钱的。"

"那怎么行。"我已经走到里屋。

"算了吧，林南一，"她在外面喊，"你要是再给我钱，我明天就搬走。"

等等，什么时候变成我怕她搬走了？

她走到门边来，看着我，懒懒地说："你失业了，难道不想找工作吗？"

"想。"我把钱递给她说，"不过你放心，我还不至于饿死。"

"但你可能伤心死了，"她说，"你有没有想过，没有她你可以照样活着。你这样子，她未必会高兴。"

"那我该怎样做？"我像模像样地跟眼前这个小姑娘请教。

"你忘了她，"七七说，"就当你们从来没有认识过。"说完，她转身走到窗边，看着窗外的那棵树，眼珠子一动也不动。

我把钱硬塞到她手里。

用一个小姑娘的钱，我林南一实在是没这个厚脸皮。

"好吧，"七七说，"林南一，我知道你是用这种方式在赶我走。我知道我不受欢迎，你放心，明天我就离开这里。"

"我不是那个意思，"我结结巴巴地说，"你要是愿意留在这里，留多久都行。但是，我真不能用你的钱，那我成什么了？"

"我付一半，"七七说，"这是你最后的机会，你要还是不要？"

"不要。"我说。

"你知道你女朋友为什么会离开你吗？"她问。

我静静等待她的答案。

"因为你学不会妥协，"她一针见血地说，"你这么固执，谁受得了？"

我走过去，从她的手里，接过那一半的钱，她很得意地笑了，像个大人一样地对我说："乖，谢谢！"

那天夜里下起很大的雨，雨水粗暴地打在窗户上，发出吓人的声响。我在沙发上快睡着的时候，七七打开门走了出来。她穿着她才买的睡衣，轻手轻脚，走到沙发这里，在我的旁边蹲下来。

"七七，"我坐起身来，"你怎么了？"

"不要开灯，"她说，"雨下得很大，我忽然觉得很害怕。"

我只听说过有人怕打雷，没听说过有人怕下雨。但七七是个有故事的女孩，在她的身上可以发生任何事。

"好吧，"我说，"你坐到沙发上来，地上凉。"

她顺从地坐到沙发上，坐到我身边，长发挡住她的脸。黑暗里我看不到她的表情，只听到她的声音："林南一，你说，我是不是该回家呢？"

"当然，"我温和地说，"你家人会想你的。"

"像你想你女朋友一样吗？"

"应该……差不多吧。"我说。

"如果她回来了，你会对她好吗？你们会不会永远都不再吵架呢？"

"这……我不敢说。"

七七说："或许，她正是因为爱你，才不回来呢。你想，谁会愿意跟一个自己喜欢的人整天吵啊吵的。所以，最好就是离开这里，永远都不回来喽。"

她的怪逻辑又来了！

"你的沙发坐着不舒服，"七七说，"改天我给你换个新的吧。"

我忍不住转头，在黑暗里细细地端详她，这个谜一样的女孩，她到底来自何方，为何会这样出现在我的生命里？

生命是这样一场丰盛而艰难的演出，我们匆匆忙忙，做自己的主角，当别人的配角，从来都由不得自己。谁才是真正的编剧呢？如果我知道，我一定会去求他，请他让图图回来，回到我身边。我一定会好好珍惜，爱她到永远，我们相亲相爱永不吵架，和她共同完成这一生最美好最深情的演出。

只是，可以吗？

第六章

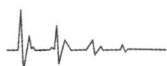

相依为命

时间过得飞快，我把七七留在身边，已经三个月了。

在这段时间里，虽然我也有些担心，她的家人因为她的走失应该是心急如焚的，但是在电视上、报纸上，我并没有看到任何寻找"七七"的启事，路边电线杆上也没有寻人启事，一切平静得令人诧异。

也许她真的就像她自己说的那样，是个没爹没娘的孤儿吧。

这个说辞，至少能让我良心过意得去。

有时候我和她一整天也不说话，各自发呆；有时候我们一起看动画片，她笑得前俯后仰，我面无表情。她的手机卡没了，我的手机停机了，于是我们都不用手机。家里电话响了，我会冲过去接，一听不是图图，就坚决地挂断。大多数时候，我们吃外卖，有时她付钱有时我付钱。心情不错的时候，我去买点儿菜做饭给她吃，她吃得并不多，吃完了会很自觉地收拾碗筷。我已经习惯她在下雨的

夜晚趴在我沙发边入睡，她也已经习惯在我大醉之后替我端盆热水洗脸。我们两个孤单的人，就这样以奇特的方式生活在一起，共同遗忘，一起疗伤。

如果这是上帝的安排，安然接受，再静观其变也许是我唯一的选择。

然而现实是残酷的，人不能活在真空里。有一天，我发现我的存款差不多要用光了。我坐在客厅里破沙发上沉思了好一会儿，知道自己不能再这样继续下去，于是收拾一颗破碎的心，准备去找新的工作。其实我的心里一直忘不掉图图曾经跟我说过的一句话，她冷冷的表情像印在我的心里，挥之不去。她说："可是，你连一把像样的吉他都买不起，不是吗？"

也许，我俗气地想，这就是她离开我的真正原因吧。

我发誓要挣很多钱，等到图图回来的那一天，给她所有她想要的。我不能再这样坐在家里任自己腐烂，如果真是这样，等到她回来的时候，或许连多看我一眼都不愿意。

我买回当天所有的报纸，七七看我把报纸翻了个遍，再烦躁地揉成一团扔到地上，同情地问我说："林南一，你到底擅长什么？"

我想了想说："喝酒。"

她哈哈哈地笑，我不明白这事为什么那么好笑，然后她说："你不如上网看看，网上信息比报纸上多得多。"

这我当然知道。

"我替你把网费交了吧，"她说，"打10000号他们是不是会上门来收？"

我跳起来说："我自己交。"

"算了吧，"她看着我，"等你交我等到猴年马月也上不了网。"

"你饶了我这台老式电脑吧，别指望用它玩游戏！"我用眼睛瞪她。

"别用这种语气跟我说话！"她忽然很生气，"你知不知道我最讨厌别人用这种语气跟我说话！"

得。

除了我，谁都可以想发脾气就发脾气。

我不再理她，她也不再理我。我把地上的报纸捡起来，找了几个勉强合适的职位，决定去碰碰运气。临出门前，我看了看坐在窗边的七七，缓和语气："晚上我去买菜，等我回来做饭给你吃。"

她像没有听见一样，我只好关上门出去了。

我用了差不多一整天的时间，去了四家公司应聘。下午快六点，我和一家网络公司的工作人员谈他们要新建的一个音乐频道的时候，抬头看到了透明的玻璃窗外慢慢暗下去的天空，不知道为什么忽然想到了七七。我的心里有说不出的慌乱，感觉她已经不见了，等我到家，她一定已经消失了，我将再也见不到她。我们相依为命的那些日子，将成为不能追回的过去。

这么一想，我立刻从椅子上跳了起来。

"对不起。"我说，"我有事先走了。"

"林先生，请留下你的资料。就你对音乐的理解，我想我们应该有很好的合作！"他们招呼我的时候，我已经打开门迅速地走掉了。

我飞速地下了楼，上了一辆出租车，逼着司机用最快的速度把我带回了家。我跑上楼，拿了钥匙打开门，眼前的景象把我惊呆了。

我回过身看大门，门后图图贴的那只张牙舞爪的狮子还在。我再看向家里，已经完全不一样了，我不认识的沙发；我不认识的茶几；我不认识的餐桌；我不认识的花瓶；只有我认识的七七，坐在那张新的蓝色沙发上冲我疲倦地微笑。

"这里是不是被你施了魔法？"我环顾四周问道。

"我怎么也做不好一碗汤，"七七说，"以前看见伍妈做，觉

得很容易。"

"谁是伍妈？"我问。

"一个老太婆，"她从沙发上站起来，问我，"怎么样？林南一，你喜欢吗？"

"你怎么没走？"我答非所问。

"我为什么要走？"她一下子跳到沙发上，"我住在这里，不知道有多开心，我为什么要走？"

"请问，我原来的东西呢？"

"送给搬家工人了。"她满不在乎地说。

"请问，你是李嘉诚什么人？"

原谅可怜的我，对有钱人的认知实在是有限。

"我不姓李，"她眨眨眼，"我也不认识姓李的。"

"那你贵姓？"我抓住机会，希望问出她的秘密。

"我姓七，"她说，"请叫我七七。"

我抓狂，但新沙发真的是很舒服，我一屁股坐到上面就不想起来。但再舒服我也不能白要，我对七七说："多少钱？我还给你。"

"你还不起，"她用一双眼睛斜斜地看着我，"三万八。"

我差点没从沙发上跌下去。

"你别有负担，我只是做个试验而已。"她说。

"什么试验？"

她神神秘秘地不肯再讲。

"还有，"七七说，"你今天不在的时候，有人来找你，他拼命敲门，像个神经病，我不得不开门。"

"谁？"我被她弄得很紧张。

"不是女的，是个男的。"七七说，"那个缝针的。"

原来是张沐尔。

"他请你晚上去酒吧。"

249

我想起来了，那两万块钱还在我家放着，一直都没机会还给怪兽，但愿他们不要以为我赖账才好。

"他说酒吧很快就开业了，今晚要去排练。"

排练！

"你朋友挺有意思的，"七七说，"他还给我复查了伤口。"

"啊！"我跳起来，"那小子都干了些什么？"

"哈哈哈哈哈，"她仰天大笑，"你放心，我没让他碰我，就是让他远远地看了一眼而已。"

"你们聊天了吗？"

"聊了几句，"七七说，"他让我劝你回乐队，他说乐队不能没有你。"

"他当你是谁？"我用眼睛瞪她。

"我告诉他我是你女朋友。"

"什么？"

"我就是这么说的，"七七说，"林南一，我算是在帮你，做你的女朋友一阵子，等这件事传到你真正的女朋友那里，她准会回来。到时候你不就如愿以偿了？"

这都什么馊主意！亏她想得出来。

新餐桌上放着几盘菜，我凑近看，不敢相信地问："你做的？"

"张沐尔，"七七说，"在我的吩咐下做的。"

我的天。

不管谁做的，反正我饿了。我三下两下把饭吃完，拿起包准备出去，她问我："你去哪里？"

"去酒吧。"

"去还钱吧？"她鬼精鬼精的。

"是。"我说。

她转着眼珠："你不是不想见他们吗，不如我替你去还钱吧。"

也好。

我屁颠屁颠地从包里把钱翻出来，交到她手上。她随随便便地把钱塞进双肩包，就要出发。

"等等，"我叫住她，从钱包里掏出五十块钱，"给你打车的银子。"

"我自己有。"她骄傲地把我的手推开。

她开门出去，我从楼上看到她背着双肩包的骄傲的背影，心里有些不安。

我不是不知道，让一个未成年女孩背着这么多现金在这个时间出门并不安全，可是在那一刻，我有种强烈的逃避心理。我不愿见怪兽和张沐尔，不愿碰吉他，更不愿提乐队。只有逃避才能让伤口不那么灼痛，才能让我心安理得地原谅自己。

而且，我的吉他已经摔坏了，我应该离音乐远远的才对。

但是，我还是觉得不应该在这么晚让一个女生背着两万块现金出门。为了良心过得去，我回忆了一下七七的种种暴力举动，最后得出结论：别人抢她？她不抢别人就已经很给面子了！

所以，没问题的！

我去楼下超市买了酸奶面包，还有一堆水果等七七回来。粗略地计算一下，从这里到酒吧，打车不会超过半小时，她把钱交给怪兽，怪兽又不会搭理她，因此这个过程最多只需要五分钟，然后她再打车回来……

但她去的时间未免也太久了一点儿。

等到夜里十一点，我终于忍不住打电话给张沐尔："七七还在你们那儿吗？"

"七七？"他疑惑地说，"她为什么在这啊？你小子怎么还不过来？"

他的语气不像是开玩笑，我的脑海里马上出现七七被劫持、绑

251

架、撕票的种种情景，吓得一身冷汗。最好的可能，是她已经到了酒吧街，但是找不到怪兽酒吧，或者顺便跑到另外一家去鬼混。

然而最坏的可能……

我打了个寒噤，不敢再想。

"喂！"张沐尔说，"你没事吧。"

我挂了电话，冲下楼打车，让司机把车停在酒吧街的路口，然后我一路搜索，在每一间酒吧的门口张望，引来行人侧目。

可是，我一无所获。

远远地，我看见了"十二夜"的招牌，混在一大片相似的霓虹灯里，孤零零地显得好没气势。我心里的内疚，自责以及沮丧在那一刻忽然达到顶点，我冲过去，一脚踢开门。

我看到了什么？

那个没心肝的小妖精就占着最中间的一张桌子，和张沐尔、怪兽谈笑风生！桌子上摆着几瓶已经开了的酒，七七一边往张沐尔的杯子里倒，一边豪迈地喊："喝，全算我账上！"

"哪儿的话！我请，我请！"一向酒量不好的怪兽已经面红耳赤了。

真是一幅其乐融融的画面啊！

我气得牙根痒，站在门口大吼一声："七七！"

她一点都不吃惊地扫了我一眼。

"阿南，你来得正好！"张沐尔兴高采烈地说，"一起喝，一起喝！"

"你到底在这干什么！"我挨个瞪他们，"你们在这干什么？"

"等你啊！"张沐尔含糊不清地说，"七七说你两小时内准来，现在还没两小时呢，你小子就不能跑慢些？"

七七把手摊开，伸到张沐尔面前。

张沐尔乖乖地掏出一百元放到她的掌心。

我看得目瞪口呆。

"我都说了，林南一不会不管我，你非要和我赌！"七七朝我挤眼睛，"林南一，你说对不对？"

"拿家伙，今天开练啊！"怪兽招呼我。

"没家伙。"我愣愣地说。

"早给你准备好了！"张沐尔急切地说。他跑到吧台，钻到桌子底下去，出来的时候手里多了一样东西。他抱着它跑过来，一把塞到我怀里——是琴盒。

我打开它，一股玫瑰木的香气扑鼻而来——这是把好琴，和我以前用的那把简直天壤之别。

"哪来的？"我问，"怎么回事？"

"怪兽买的，"张沐尔说，"他是为酒吧的吉他手专门挑的。"

"很贵吧，"我说，"这么贵的琴给我用简直白瞎了。"

"那你就不能争口气吗？"怪兽冷冷地说。

"你小子别以为给我买把琴就可以随便说我，小心我抽你！"这句话说出口，我忽然感到一阵难言的轻松。

张沐尔和七七都笑了。

原来，直面一件事并没有想象中那么困难。

我毕竟不能让"十二夜"变成另外一支陌生的乐队。这里面凝聚着我最好的岁月，就算我放弃了，它仍然在我的血液里流淌。

也许我们应该好好混出个样子来让图图看到吧。也许，某天我们一朝成名，报纸上铺天盖地都是我们的专访，我们霸占整个电视频道。如果是那样，图图会回心转意吗？

我正浮想联翩，七七已经摆出一副大姐大的样子："今天也晚了，排练就算了。咱们再喝一轮就散！"

"不准喝酒！"我凶巴巴地说。

张沐尔听话地端来饮料，七七好像心情很好，懒得和我计较，

253

抓起一瓶可乐，狠狠地吸了几口。

"我喜欢这里的氛围，"她边吸边说，"很像我以前爱去的那一家。"

"哪一家？"我机警地问。

她白了我一眼。

怪兽把我拉到一边，要跟我单独聊聊。从酒吧的透明玻璃窗往外看去，这个城市仿佛从没熄灭过灯火。我们一人一杯啤酒，我忽然感性地说："谢谢你的琴。"

"这还不算最好的，"怪兽说，"等以后我们发达了，给你买更好的。"

我看看四周："这里花了你不少钱吧？"

"阿南，"怪兽说，"我想请你替我打理这里，目前我和沐尔都有工作，你是最合适的人选，你看呢？"

"我不懂的。"我说。

"大家都不懂，慢慢学，"怪兽说，"我们只是想有个地方来玩我们喜欢的音乐，不是吗？赚多赚少我是不在乎的。"

"谢谢你的信任。"我由衷地说。

他的目光越过我的肩头，看着七七。

"你别乱想，"我说，"她还只是个孩子。"

"我感觉她和图图很像。"

怪兽的话吓我一跳，我转头看向七七，她正在和沐尔聊天，笑得很夸张。她不是图图，她是七七。这个世界上，只有一个图图，没有人像她，没有。

"你算答应了？"怪兽问。

我没再叽叽歪歪，点了点头，反正在家闲着也是闲着。

接着我们又喝酒了，那晚怪兽喝到半醉，话也比平时要多，后来我们谈到酒吧的主唱。

"'十二夜'只有一个主唱，"怪兽的舌头打着结，眼神却坚毅无比，"等她回来，不该在这里的人就统统滚蛋！"

"呵呵，"七七低声笑，"看来他真是醉得不轻哟。"

我们离开的时候下了一点儿雨。夜已深，没有出租车，我把自己的外套脱下来罩在七七头上。入秋的凉风刮在我脸上有细微的疼痛感。这种痛感，让我真切地意识到：我还活着，我的生活还在继续。

七七在我前面慢慢地走，她仍然是个让我难以捉摸的孩子。活泼的时候，是病态的活泼；安静起来，是吓人的安静。一盏盏街灯扫过她的脸，我忽然觉得自己有必要跟她和解。

"以后不许再这么捉弄人，听到没有？"我严厉地说，"让人担心很好玩儿吗？"

"你担心我？"她出人意料地问。

我一下子不知道该怎么回答。

"我再也不想生活得乱七八糟了，"七七说，"林南一，也许你女朋友真的会回来，张沐尔说得对，你不该过这样乱七八糟的生活。"

"你在说什么？"我有些听不明白她的话。

"反正，我要开始新的生活！"她把两只胳膊高高地举起来，举过头顶，她做着和图图一模一样的动作。我把眼睛闭起来，不允许自己疯掉。

在这么深的夜里，七七显得乖巧、温顺，还有一点点兴奋。

"林南一，你听我说，"因为衣服罩着头，我只看见她的一双眼睛闪闪发亮，"怪兽要是不喜欢图图，我把头割下来给你。"

"我们都喜欢图图，"我温和地拍拍她肩膀，"我要你的头干什么？"

她哈哈哈地笑，问我："林南一，我留在你身边多长时间了，你记得不？"

我摇摇头，我真的没认真算过。

"十二夜。"她笑嘻嘻地说。

"肯定不止吧。"我说。

"傻瓜，十二是一个轮回，"七七说，"林南一，你要小心了，或许我们就要在一起生活一辈子了。如果你找不回图图，我们就是两个孤单的人，注定了要在一起哟。"

这个孩子，居然说出这么有哲理的话，让我的心软得不知道怎么办才好。

"不过，你一定会找回图图的，"七七说，"因为我感觉，她一直在爱着你。"

我奇怪地问："你为什么有这种感觉？"

"不知道，直觉吧，"七七说，"林南一，你是个好人，好人一定会有好报的。"

我拍拍她罩着衣服的头，她冲我吐舌头，笑。

十二是一个轮回？

只是图图，你怎么狠得下心，舍得离开我，舍得离开"十二夜"呢？

到底要经过多少轮回，我才能等到和你重逢的那一刻？还是这一生，我们永远都不会再相见？

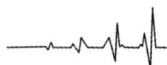

第七章

妖精七七

　　就这样，一夜之间，我成了"十二夜"酒吧的总经理。

　　七七伙同张沐尔他们，戏谑地叫我"一总"。听着别扭，但拿他们没办法。我很认真地做着一切，可是管理酒吧，我是真的没有能力。酒吧的经营惨淡，一直在赔钱。我们每晚在里面演出，这样的演出对我们来说是轻车熟路，但是没有好主唱的乐队是没有任何人喜欢的。如果图图在，就会不一样吧。

　　总之，这已经不是以前的"十二夜"了。怪兽坚持我们应该唱自己的作品，不接受点歌。来酒吧的人普遍对我们兴趣不大，大概是看在特价酒水的份上，才忍受我们的死气沉沉。

　　所以，有人找碴儿也是早晚的事。

　　那天，我们的演出主题是怪兽新创作的一支迷幻风格的曲子，连我都觉得沉闷。

　　"你们这都是些什么乱七八糟的东西啊！"忽然有人喊。

他走到乐池旁边，我一眼就看出来，他是那种闲得无事四处找碴儿的小混混。难得的是他居然趾高气扬："《两只蝴蝶》会唱吗？"

"不会。"怪兽答。

"隔壁的妹妹就会唱！"他嚷嚷着，"你们怎么不学点儿好的？"

"既然如此，你为什么来这里？"怪兽和气地问。

"因为你们很烂，也很便宜。"看来他是成心闹事。

"你小子讨打啊！"七七第一个跳起来。

那人嬉皮笑脸："好啊，小妹妹，打是亲骂是爱，你打我，我决不还手。"

他真是搞错了对象。我还没来得及拦，七七已经操起一只啤酒瓶冲了上去，那人根本没料到一个小姑娘会说打就打，我眼睁睁地看着那只瓶子在他脑袋上开了花。

他一脸呆滞，好像还不敢相信自己就这么被一个小姑娘教训了。

"你说了你不还手，说话要算话哟！"七七提醒他，一副无辜的样子。

那人气得直接晕了过去。

张沐尔赶紧冲过去检查伤势："伤口很深……姑娘你够狠的啊！"他责备七七。

七七一副懒得辩解的样子。怪兽还是有点儿紧张，开酒吧的，谁都不想得罪流氓。"今晚就到这里！"他开始清场，然后拿出手机，大概是想给相熟的警察打电话。这时候，他的电话尖锐地响起来。

"怎么回事？"他没头没脑地问了这么一句。

然后他的神色变得十分严肃，就好像有人欠他二十万没还似的。我猜就算有人欠他二十万没还，他的脸也不会这样形同死灰。

"我家的厂子出事了，"他放下电话说，"工人死了十几个。"然后他开始抓狂地翻自己的口袋，也不知道在找什么，一边找一边说："我得马上回去，立刻回去。"

他一溜烟地跑了出去，中途撞倒了两三把椅子。张沐尔同情地看着他，家大业大原来也是有烦恼的。

七七奇怪地嘟囔了一句："皮衣厂是煤矿吗？死人？怎么死的？"

可怜那个被打的混混，只有我关心他的死活。我打了120，并且垫付了急救费。

怪兽走了一个星期，没有音信。我们"十二夜"仿佛中了消失咒，一个一个地离开。我甚至怀疑，下一个会轮到我。

一个星期后怪兽终于回来了，他好像七天都没有睡觉的样子，问他什么他也不肯说。他不说算了，各家有各家的难事，既然帮不了忙，何必好奇。这些日子，"十二夜"还在继续营业，有时候一整夜我们也没什么顾客。张沐尔发呆，怪兽生闷气，我在那里随便拨弄吉他，七七坐在高脚凳上，用一小时的时间喝一杯可乐。

"为什么呢？"张沐尔说，"是不是这里风水不好？"

"你们的歌太难听了，"七七说，"你们还差一个女歌手。"

"你别逼林南一跳楼。"张沐尔警告她道。

"你们应该把图图逼回来，"七七说，"我看过林南一拍的视频，她才是你们乐队的灵魂。"

"够了！"怪兽呵斥她，"你懂什么！"

"我什么也不懂，"七七说，"我只懂这里不想关门就得想办法。你们那些谁也听不懂的音乐，一文不值！"

"七七说得有道理，"我说，"明天找个新的主唱，唱点流行歌曲，把酒吧养下去了，我们再来谈艺术。"

我对怪兽说："我们不能这样等死，你想办法写点新歌，能流行的那种，我在网上征选歌手。"

"好吧，我试试。"怪兽也终于学会了妥协。

为了我们的新歌，怪兽和张沐尔很配合地每周两次来我这里录

音，每一次我们都必须用厚厚的毛毯把窗户和门遮起来，所有的人不许说话，不许咳嗽，搞得如临大敌一般。

每次我们工作，七七都安静地坐在沙发上，像在听，也像在发呆。她变成一个安静得不像她的姑娘，也成为我们的第一个听众，我们写出一点儿得意的旋律，就拿去给她听。她有时候摇头；有时候点点头，正经的时候说说意见；不正经的时候跟我们要评审费。

张沐尔问他："你要多少？"

她答："那要看跟谁要，如果是跟你要呢，就算了，你一看就是穷人，如果是跟怪兽要呢，我就狮子大开口，他一看就比较有钱，如果是跟林南一要呢……"

她说到这里忽然不说了，眼睛转过来看着我。

"说吧！"我有些好奇。

"我不告诉你们。"她说完，站起来，走到阳台上去了。

那晚怪兽把我拉到楼下，我们俩面对面地抽烟，他忽然问我："你忘记图图了，是不是？"

"怎么会，"我说，"是她走了，不肯回来。"

怪兽指指楼上说："就算她回来，这里还有她的位置吗？"

我敲敲我的胸口说："她的位置在这里。"

怪兽笑道："我不是要管你的事，你爱上哪个女人都跟我没有关系，我只是想提醒你，不要错过这一生最爱你的人。"

我一把揪住他的衣领："你是不是有图图的消息了？"

"没有！"他挣脱我，"你也老大不小了，不要有事没事就动手动脚的，难道你因此惹的麻烦还少吗？"

我知道他是在说七七。

是的，如果那天我忍着一点儿，或许，就不会有七七这场意外了。

但是，那些都是如果，该发生的都发生了，只有迎面接受所有的事实，才有活路可走，不是吗？

遗忘，未尝不是一种好的生活方式。

那天晚上，七七问我："林南一，为什么你们乐队里的歌都是怪兽写？你不觉得他写的歌很难听吗？"

"还好吧，"我说，"请问您有何高见？"

她眼睛看天："你不觉得有点儿羞耻吗？"

"什么意思？"

"你应该自己给你女朋友写一首歌！"她终于忍不住，"不然她就算回来，也不是回你身边！"

然后她就昂首阔步冲进浴室，留我在客厅里听着水声发呆。

她说话不留情面我知道，但是我没想到这一次她这么狠，直接打我的死穴。浴室里哗哗的水声，像记忆里的一场雨。

那天晚上，我一直撑着没睡，等到卧室里没有动静了，才像做贼一样打开壁橱。

那里面有一把吉他。

不是怪兽送我的那把，是在乐队的那次争吵中，被摔坏的那把。

这是我第一次正视它的惨状，不过，情况比想象的好得多。

琴体大多完好无损，断的是琴弦，还剩三根。

我试着轻轻拨了一下，它像一个沉默很久的朋友，迟疑地对我打了声招呼，声音沙哑却亲切。

也许，残破的吉他，未必弹不出美丽的和弦。

也许，只有当一个人消失了，她的美，才会一天比一天惊心动魄，让人撕心裂肺地想念。

这是我第一次写歌，很生涩，一个音一个音地试探。我要写的是我们第一次遇见时，下的那场宿命般的雨。

我歇口气，有人在我身后说："好听，你继续。"

"你是鬼啊，走路没声音！"我吓了一跳。

七七看着我微笑："林南一，我知道你可以写出好歌来。"

261

夜晚实在太具有迷惑性，在那一刹那间，我真以为她是图图，心里一下子悲喜交集，差点掉下眼泪。

我生平写的第一首歌，很普通的歌词，很简单的旋律，用三根琴弦断断续续弹出来，我把它叫作《没有人像我一样》。

没有人像我一样

没有人像我一样

没有人像我一样

没有人像我一样

啊啊啊啊啊

执着的爱

情深意长

你已经离开

我还在疯狂

世界那么的小

我找不到你

哪里有主张

没有人像我一样

在离你很远的地方

独自渴望

地老天荒

这天晚上，七七是我唯一的听众。

黑夜里，她的眼中闪着光，她说："林南一，这首歌我喜欢。"

"真的吗？"我有些不敢相信。

"真的，真的。"她拼命点头。

第二天，我在酒吧演唱了这首歌。一片沉寂之后，是许久没听到过的掌声。

很神奇，好像就是因为这一首歌，酒吧被慢慢救活，人气开始旺起来。渐渐地，我们的酒吧开始拥有老顾客，点唱我的歌曲，还有姑娘为我送花。我变得很忙，七七却还是那么闲。很多时候，她都是独自待在家里。这个从天而降的女孩成了我最大的心病，我一有空就思考该如何把她送回去。

我想了又想，终于在一天早晨认真地跟她说："七七你听好了，不管你告不告诉我，我一定要找到你的家人，把你送回家。在这之前，我替你报了一个补习班，补外语、语文、数学，一周四天课。"

她哼着，不讲话。

"反正你去也得去，不去也得去，这样待在家里，你迟早会生病的。"我觉得自己应该强硬点。

她冷笑道："到头来你们都是这副嘴脸。"

她的脾气一向如此，我也懒得和她计较。我告诉她，我要上街去采购一些东西，她愿意留在家还是愿意跟着我出去透透气，悉听尊便。

原本我没抱希望，谁知我出门的时候，她居然跟了出来。

她手上戴着那只藏银镯子，头上戴一顶黑色棒球帽，相当有型。走在街上行人侧目，她却始终皱着眉头，似乎在想心事。

我知道，她只是不想一个人待着。可是，她何时才能学会主动对我开口，告诉我，在她身上，都发生了什么。

我们去了闹市区，市中心的新华书店门口乱哄哄的，都是和七七年纪一般大的小姑娘，好像在举行某个青春作家的签售会。对这类所谓的作家，我的观点历来是不看不买不关心，而七七站在那里，愣愣地看着那个巨大的广告牌，抿着唇，不作声。

"我们进去吧，"我说，"我给你买点复习资料。"

她居然没有反对。

我一进去就发现自己失策了，书店里围着的人实在有点儿多，通道被挤得水泄不通，我一边高喊着"借过"，一边纳闷，难道哈利·波特的作者来了吗？

就是在这片混乱中，我发现，七七不见了。

她不见了！

我的第一反应，并不是人流冲散了我们，而是她跑掉了！

我的心理阴影不是一般的严重。

我好不容易挤到服务台，想让她们帮我播个寻人通知，可是在美丽的播音员有空搭理我之前，她先镇定地把广告播了三遍。

"参加青春作家暴暴蓝签售活动的读者请注意，签售地点在图书大厦的五楼多功能厅，请大家上电梯的时候不要拥挤，注意安全，谢谢合作！"

我耐心地等她播完，然后说："麻烦你……"

她用手拢住耳朵问："你说什么？"

我对着她喊："我要广播寻人！"

这时候一包 T 恤从我脑袋上飞过，重重地砸到服务台上。

"快播，快播，"有人焦急地喊，"凡一次购买《小妖的金色城堡》超过五本的顾客，均可获得纪念 T 恤一件，请来服务台领取！"

我抓狂了，卖书是卖菜吗？这种促销方式，实在超出我的理解范围。服务台前面迅速排起了长队。

"快来人搭把手！"又有人喊，"有人买了一百本《小妖的金色城堡》，要到书库拿货！"

这个爆炸性的消息激起众声喧哗，我忽然感到说不出的疲惫。

这就是买卖的氛围，书是如此，音乐，怕是也不能例外。

静静地做一首好歌，会越来越成为遥不可及的梦想。

我沉默地退出了疯狂的人群，一下子失去方向，忘了自己要干

什么，忘了何去何从。

"林南一！"七七的声音在身后响起，把我吓了一跳。

她忽然出现，就那么孤孤单单地站在离我两米左右的地方，脸色苍白，好像刚受伤那会儿，眼神涣散得令人心惊肉跳。

"七七你怎么了？"我冲过去抓住她，"你刚才上哪去了？"

"林南一，我们回去吧。"她轻轻挣脱我的手，只说了这么一句。

"书还没有买。"我犹豫地说。

"回去，回去！"她没有征兆地尖叫起来，"我要马上回家！"

她拉着我往外冲，差点把别人撞翻在地，周围的人用看抢劫犯的眼神看我，我只能一边被她拉着一边跟人解释："对不起，我妹妹她精神不稳定……"

听到"精神不稳定"几个字，她像受了什么刺激似的，扑到我肩膀上咬了我一口！

虽然天气还很冷，我穿得还算厚，但是，她那一咬还是疼得我龇牙咧嘴。

"你疯了！"我终于忍无可忍地甩开她。

那时我们已经走到新华书店的大门口，很多和她一样年纪的女孩手里拿着那本《小妖的金色城堡》谈笑风生。我甩开她以后，她愣了一秒，慢慢地蹲下来，把头埋在两膝中间开始号啕大哭。

她的哭声里好像有天大的委屈，行人驻足，连保安都已经往这边走过来了。我情急之下只能把她抱起来，塞进了一辆出租车里。

她并没有挣扎。

回家的路上她一直在发抖，眼泪也不停地流。我问司机要了一包纸巾，很快就用完了。我不停地问她怎么了，她只是摇头。

我不知道在我没看见的那几分钟到底发生了什么，会让她这样接近崩溃。她不停地哭，把眼泪蹭在我左边袖子上，我心疼地搂住她，她稍稍挣脱了几下，没成功，终于放下防备，把脸埋进我的肘弯里。

在出租车上的那十几分钟，是我们有史以来，最为贴近的时刻。

刚刚回到家，我正弯腰换拖鞋的时候，手机响了。

"林先生，"我听到一个甜美的声音，"请问您是否购买了一百本《小妖的金色城堡》？"

"一百本？"我吓一跳，"没这事，你们搞错了！"

那边锲而不舍地说："可是，您已经付过钱了，我们要把书给您送过去，请问您的地址是不是……"

她报出了一个我完全不认识的地名。

我捂住听筒对七七低吼："是不是你搞的鬼？"

她不承认，也不否认。

我干脆把电话挂断，然后开始发作："一百本？你打算开图书大厦吗？"

她喃喃地说："我答应她的。"

我丈二和尚摸不着头脑："你答应谁的？"

"你管不着。"她很直接地说。

"我今天还偏要管你了！"我火了，"还管不了你了？住在我这就归我管！"

她径直坐到沙发上，蜷成一团，双手堵住耳朵。

事到如今，连生气也显得多余了。我只能到厨房去捣鼓吃的，中途偷偷往客厅瞄了几眼，她一直保持那个姿势在沙发上一动不动，似乎睡着了。

她睡着的时候像极了乖孩子，让人心疼。我忽然明白，其实，我是不会真的对她生气的。为了让气氛暂时缓一缓，我一转身又进了厨房。我在厨房里做鱼，忽然听到一声尖叫。

我用百米速度冲进客厅："怎么了,怎么了七七？出什么事了？"

她抱着膝盖坐在沙发上，脸上湿漉漉的，不知道是汗还是泪。

"我的结局呢？"她问我。

"什么结局？"

"她答应我的结局，"她怔怔地说，"我梦到我翻到最后一页，可是书又被拿走了。"

说完这句，她倒头又睡下了，仿佛疲倦至极。

尽管我们已经共同生活了这些日子，她对于我，还是神秘莫测。

而我厨房里那条昂贵的鳜鱼啊，就这样煎糊了。

我一边手忙脚乱地补救，一边脑子里灵光一闪。结局，是不是就是那本书，《小妖的金色城堡》？

也就是说，她不见的那段时间，很有可能，是去参加那场莫名其妙的签售会了？

她的身世来历简直呼之欲出，我耐着性子，慢慢理清思路。如果真的是那场签售搞得她心情大变，只有两种解释：1、她在签售会上被人非礼。2、她在签售会上看见了认识的人。

鉴于她平时的强悍表现，我初步认为第二种解释比较合理。

那个她认识的人，又会是谁呢？她的爸爸，妈妈，或是作者？

又或者，她的爸爸或者妈妈就是作者？

我被自己的胡思乱想搞得心烦意乱，奔向卧室，上网检索《小妖的金色城堡》。

检索结果很快出来，居然超过两万条，原来这是一本近来少有的畅销书，打着"青春疼痛"的旗号，作者暴暴蓝，主人公妖精七七。

妖精七七！我愣在原地。

继续往下看，我看见一个叫"小妖的金色城堡"的网页，让我诧异的是，首页的图案居然就是七七手机屏保的图案。我在城堡大门轻点鼠标，映入眼帘的是一个闪烁的 Flash，有人在里面写了一句话：七七，我知道你会看到，我们都很爱你，希望你早日回来。

继续往里点，是一个新的通告，预告了"少女作家"暴暴蓝的

每一场签售。

最醒目的，还是一个长长的"寻找七七"的公告栏。很多网友通报"妖精七七"的情况，他们都声称自己发现了妖精七七，然后有人挨个去求证，得到的结果，都是失望。

无需去看照片，我已经确定，这个从天而降到我身边的女孩子，就是他们在寻找的人。

然而真正让我震撼的，是公告栏置顶的一条消息。

用很大的红色字体鲜明地标出：七七快回来，爸爸病了。

我点开它看，发布的时间是十月，而现在，已经是二月了。

虽然里面对病情描写得语焉不详，但我能感觉到，一定是很严重的病。

我的第一个反应是，七七是否已经看到了这则消息？

我正在想的时候，她走到我身后，问我："满意了吧，该知道的都知道了是吧？"

"你是谁？"我问她。

"我也想知道。"她说。

我把网站点到首页："我会通知他们，把你领回去。"

她不敢和我对视，但是我看得到她的颤抖。我走过去，轻轻地扶着她的肩膀。

"七七，你为什么不回去呢？"我心疼地问她，"你看看，有很多人，他们都非常想念你。"

"那又怎么样呢？"七七说，"林南一，你别赶我走。再给我一点儿时间，好吗？"

"好的。"我说。

"你别骗我，"她警告并威胁我，"如果你骗我，我就只能去死了，你知道吗？"

我信。于是我点点头。

原来女孩子们心狠起来，都是如此的不要命。

那天半夜下起了雨。我躺在沙发上睡得很不安。开始，听到有雨点沙沙地落在窗边的树上，然后，大颗大颗砸下来，我在梦里也知道这是一场铺天盖地的大雨，无情地洗刷一切，世界末日一般。

末日就末日吧，我不在乎。

最终我还是醒了。被子全部掉到地上，我费力地拉上来，脚一伸，天，我踢到了什么？

我一下彻底醒了，在黑暗里试探着问："七七？"

她不应声，但我能听到她加重的呼吸声，似乎有无限的担忧和恐惧。

"七七，"我弯腰够到她，"你害怕吗？"

她固执地躲避我的触碰，缩得更远一点儿，像受惊的小动物。

我们在黑暗中各怀心事，各自沉默。

"林南一，"她气若游丝地开口，"你知道吗？"

"什么？"

"我有病。"

"什么病？"

"抑郁症，"她说，"有时候无法控制，我想毁掉自己。"

"不会的，"我说，轻轻地摸摸她的头发，"我不会让你那样做。"

她没再说什么，只是稍稍向我靠近一点儿，在沙发脚下，慢慢蜷成一团。

她保持着那样的姿势，我听着她慢慢发出均匀的呼吸声，我把她抱到床上，她轻声地喊"爸爸，爸爸"，终于睡熟了。

我回到沙发上，已经失去了刚才的睡眠状态。接下来的时间我一直辗转反侧，不停做梦。噩梦一个，好梦一个，交替得精疲力竭。

最后图图如期来到我身边。

"林南一，"她温柔地说，"你会不会慢慢把我忘记？"

"不会的，不会的。"我把头摇得像拨浪鼓一样。

第二天早晨，我发现自己落枕了。

醒来后的第一件事，当然是到卧室去看她。上帝保佑，她还在，长长的睫毛在脸颊上投下一片阴影，有种像花朵一样转瞬即逝的美好。

我大概看她看得太久，她终于感觉到异样，睁开了眼睛。

我居然有点儿慌乱。

"你再睡会儿。"我说，"酒吧事情多，我今天要忙一天，肯定没空回来做饭给你吃，你要是没事，就过来玩儿，不要在家一直睡。"

她迷迷糊糊地抱着被子点头，那样子莫名地让我心动。

"林南一，你在发什么呆？"她问我。

"啊，没什么，"我说，"我要赶去酒吧了。"

"林南一！"她在我身后喊道。

我站住了，听到她轻声说："谢谢你。"

她说得那么认真，以至于我脸都红了。我没有转身，差不多是落荒而逃。

那一整天我确实很忙，怪兽写了一首新歌，我跟他们排练了好一阵子，累得全身快散架了。那晚生意也很不错，来了许多人，看样子酒吧会一直红火下去。我很开心，怪兽也很开心，差一点又喝多了。直到夜里一点多钟，我才买了夜宵回到家里。

我听到客厅里有动静，知道七七没睡。

"开门，开门！"我大声喊，"芝麻开门！"

动静忽然没了。

我只好自己掏出钥匙。

天色已经灰蒙，屋里没有开灯，客厅里亮着电脑的光。七七坐在电脑前面，像一尊小小的木雕。

"你干吗不开门？"我有些气恼地问。

她还是不作声。

我好奇地凑近她，想看看她如此专注地在看什么，她却啪的一声，直接拔掉了电源。

"喂，"我不满地说，"请爱护公共财物！"

"赔你一台好了。"她冷冷地说。

这叫什么话吗？好在我已经习惯了她的没礼貌和这种小暴发户的消费行为。

她面向电脑坐着，好像要从黑乎乎的屏幕里看出宝来。我打开外卖，饭吃到一半，终于忍不住问她："你不饿吗？"

她转身，看都不看我一眼，摔门进了卧室。

我去敲过一次门，她不理我，沉默得像个死人。

不开心就让她不开心吧，或许明天就会好的。我这么一想，再加上本来就很累，也无心再去安慰她，倒在沙发上很快进入了梦乡。

我压根没想到她会出事。

第二天是周末，客人来得比昨天晚上的还要多出许多。我有些得意，在前台吹着口哨，准备过会儿好好秀一秀吉他，沐尔晃到我面前问："七七呢？"

"她在家。"我说。

"这么美好的夜晚，你怎么可以把她一个人留在家里？"

我想了想，说得对，于是拿起手机来打家里的电话，她没有接。她一向不接电话，我朝张沐尔耸耸肩。

"不如我打个车去接她吧。"张沐尔说。

"你小子！"我拍拍他的肩，"快去快回！一小时后就要演出。"

张沐尔很高兴地出了门。二十分钟后，我接到了张沐尔的电话，他用无比低沉的声音对我说："林南一，你得回来一趟，马上！"

"你在搞什么鬼？"我问他。

"叫你回来你就给我滚回来！"他在那边咆哮。

我没再犹豫一秒钟，不管怪兽在我身后的呼喊，收起手机就往家里冲。

我到了家，上了楼，看到房门大开着，七七躺在沙发上，张沐尔跪在地上，正在喂她喝水。空气中弥漫着刺鼻的煤气味。

"她怎么了？"我声音颤抖地问。

"没什么，"张沐尔说，"开煤气自杀而已。"

我走近七七，她躺在那里，闭着眼睛。不知道是死是活。我生气地一把把她从沙发上拎起来："你告诉我，你到底要干什么？"

她忽然睁开眼，眼神里的不安和痛苦让我的心揪成一团。

我一把抱住她："好了，有什么事，你跟我说好不好？"

她的眼泪无声地流下来，流到我的衣领上，流进我的脖颈。仿佛过了一个世纪，我才听到她说话，她气若游丝地说："林南一，对不起，我真的有病。我逃得过这一劫，也逃不过下一劫，你以后都不要再管我了。"

她的话让我火冒三丈，我当机立断地推开她，狠狠地给了她一耳光。

张沐尔把门关上，跳过来抓住我。

我指着七七，用从没有过的严厉的语气说："你给我听好了，不许再说自己有病，不许再做这种伤害自己的事，否则，我饶不了你！"

七七看着我。

我在她的眼睛里看到我自己，我第一次深刻地认识到，这个叫七七的女孩，她进入我的生活并不是无缘无故的。不管她来自何方，去向何处，她都是我的亲人。我不能失去她，就像我不能失去图图一样。

绝不能。

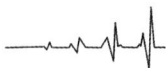

第 八 章

回 家

那一晚，我没有再回酒吧。

张沐尔临走的时候跟我说："如果我再晚来十分钟，你今晚就得待在警察局里了。"

"谢谢你。"我说。

"别让她出事，"张沐尔说，"我有个哥们儿是心理医生，要不，明天我带她去看看？"

"看什么看！"我火冒三丈起来，"我都说了，她没有病！"

张沐尔做出一副懒得和我计较的表情，走了。

我守了七七一整夜。

等她睡着后，我上了网，找到了那个金色城堡的网站，看到了版主的联系电话，我犹豫了很久，终于决定打过去。

我把号码记下来，走到阳台上。电话一声一声地响，我对自己说，我打这个电话，无意赶走七七，只是我急需了解关于她的一切，

防止那些不该发生的事情再次发生。

电话很快有人接起，是一个柔和的女声："你好。"

那一秒钟我心里冒出无数个乱七八糟的念头，她是不是七七的母亲？她长什么样？是不是跟七七一样漂亮？为什么和女儿闹成这样？

见我半天没说话，她忍不住问："请问找谁？"

我镇定了一下，说道："我在网站上看到这个号码，请问，你是七七的什么人？"

"你是要告诉我七七的消息吗？"她说。

"也许是吧，"我说，"不过你首先得告诉我你是谁。"

"请先告诉我你是谁。"她大概是被层出不穷的假消息搞得有了点儿警惕性，"如果七七真的如你所说在你那里的话，你能不能叫她本人听电话？"

"不能。"我说。

她笑道："为什么？"

"因为她睡了。"

"那么好吧，"她显得有些不耐烦，"麻烦你等她醒了之后让她给我打电话，或者你直接告诉我，给你多少钱才能让她亲自来跟我说话？"

什么人啊！我一生气，当机立断地把电话给挂了。

大约两小时后，我的手机响了，那时候我已经睡得迷迷糊糊了，我把电话接起来，一个女声问："请问是林南一先生吗？"

"谁？"

"林先生，你刚才打过我朋友的电话，"对方说，"我叫优诺。"

我已经清醒大半，从沙发上坐起来，"你怎么知道我的名字？"

"从图书大厦查到的，"她说，"你买了一百本《小妖的金色城堡》，你还记得吗？"

"你到底是谁？"我问她。

"我是七七的朋友，我叫优诺，"她的声音听上去甜美、诚恳，不像两小时前的那个声音那样让人反感，"如果七七真的在你那里，请你让她接个电话好吗？或者你告诉我你的地址，我可以去把她接回来。"

我犹豫着。

"请一定告诉我，"她说，"要知道，我们都非常想念七七。"

"可是……"我说，"你能告诉我她为什么要离开吗？"

那边沉默了一会儿，才回答说："我们也想知道。如果七七可以回来，我想，她或许能告诉我答案。"

"但是，如果她压根就不愿意回去呢？"

"林先生，"优诺说，"如果真的是这样，请你一定转告她，家里出事了。"

"什么事？"

她终于忍不住责备我："林先生，请控制住你自己的好奇心。"

"好吧，"我叹口气说，"你回答我最后一个问题，也是我问过很多次的问题，你到底是七七的什么人，我再告诉你七七在哪里。"

"朋友。"她答。

朋友？

"林先生，"她说，"我相信你的诚意，也请你相信我。把你知道的一切都告诉我，好不好？"

"好，"我说，"我可以告诉你，这些天七七确实是跟我生活在一起。她很好，你们不必担心。我明早会劝说她，争取早点送她回家，你看好不好？"

"你的地址在哪里？"她说。

"恕不能告之，"我警告她，"你也不要去查，我答应过你的

事情一定会照办，我也会一直和你保持联系。我只是不希望七七出事，她的脾气想必你是知道的，如果因此发生什么不测，我不会饶恕你！"

"好，"她说，"我等你的好消息。"

我挂了电话，坐在沙发上发呆，半晌无法入睡。七七，这个谜一样的女孩，到底是谁？为什么如此费心费力寻找她的，仅仅是一个"朋友"？

半夜的时候，七七醒来，她到客厅里倒水喝，把我惊醒，我半睁着眼睛问她："你没事了吧？"

她回头看我说："没事，有事就死掉了。"

"以后别这样了。"我说。

她说："林南一，天亮后我就准备走了，跟你打个招呼，你要是没醒，我就不喊你了。"

"你回家吗？"我问她。

"我没有家。"她说。

我试探着问："有个叫优诺的，你认识吗？"

她大惊，把手里的杯子往桌子上一放，冲到我面前来："你都做了些什么？"

"你听好了，"我说，"回家去吧，他们都等着你，有什么事情回去跟他们说清楚，不要再耍小孩子脾气，好吗？"

我说这些话的时候，她一直用一种陌生的眼神看着我。

"告诉我你家在哪里，"我说，"我送你回去。"

她冷冷地问："他们给了你多少钱？"

我愣了一下。

"一定会不少吧？"她笑起来，"不过很遗憾，我告诉你，这些钱，你拿不到了，因为我死也不会回去的！"

"够了！"我说，"别动不动就拿死吓唬人！"

我话音未落，她人已经冲到阳台。

我在沙发上坐了一秒钟，听到一声巨大的响声。我脑子轰地一下炸了，跳起来往阳台上冲。

等我冲过去的时候，七七已经站在阳台围栏上。谢天谢地，刚刚掉下去的只是一只花盆。她还在，只是我的阳台没有护栏也没有窗户，她整个人探出去，从黑暗里探出去。看上去惊险万分！

"七七！"我大喊，"你想干什么？"

她转过身来，平静地看着我，眼睛里闪着让我害怕的光："林南一，你答应过我给我时间，可是你食言了。"

我无言以对。

"你还记得我说过什么吗？"她的语气里没有丝毫波澜，"我说得出，做得到。"

"七七！"我疯狂地喊，可是已经迟了，她转过身，她的左脚已经离开了阳台，这时候我的任何行动都只能让她更加义无反顾。我的心脏骤紧，大脑一片空白。我清清楚楚地知道她在拒绝这个世界，可是，真的就没有任何人让她留恋吗？

"林涣之！"我忽然灵光一闪地大喊，"林涣之来找你了。"

说出这句话，时间仿佛有片刻停顿。七七没有转身，但她的脚步迟疑了一下。我趁机冲上去用全身力气把她拖下阳台。两个人一齐向后跌到一堆杂物上，我的后背被撞得生疼，反应过来的七七开始手蹬脚踢，尖叫着我听不懂的词语，还要冲向阳台。

"七七！"我大喊，"你有完没完？"

她低下头来，在我的胳膊上狠狠地咬了一口，我松开手。她的身体从我的怀里挣脱出去，又奋力地爬上栏杆。她的姿态像站在悬崖边，晚风把她的头发激烈地吹起来，她神情激烈，看来死意已决。

我忽然心灰意冷。

"够了，"我说，"死就死吧，大家一起死，反正我也活够了！"

277

我是真心的。那一刻我感到前所未有地疲倦。活在这个世界上，大概也是不停受苦吧？我们都是病人。她是得不到爱，我是找不回爱，我们都病入膏肓，不如自行了断。

而她对我的话并无所动，没有转身，只是冷冷地问："你以为，我会同情你？"

"你以为，我需要你的同情？"我更冷地回答她，"你比我还惨，没有同情我的资格。"我走到她身边去，没有抓住她，而是复制了她的动作，把一条腿也同样地跨了出去。

我问她："我们要是一起跳，你猜是谁先落地？"

"我物理一向不好。"她居然有心情幽默。

"是同时，"我说，"谁也看不见谁的消失，谁也不必心疼谁。"

她讥笑道："你以为我会心疼你？"

"会的，"我说，"你一定会，不信我们打赌。"

她把双臂展开伸向黑暗，风大起来，她打了个哆嗦："好冷。"

"到这儿来。"我张开胳膊说。

她迟疑了一下，竟然乖乖地靠近了我，举止轻柔，和刚才那个激烈的小怪物简直判若两人。我轻轻抱住她，很久很久，这样的拥抱终于慢慢有了一丝暖意。

彼此都冷静下来以后，我把她抱回了客厅的沙发上。

"我真的不想回去，"七七说，"林南一，我喜欢你这里，求你，让我再在这里待一阵子，好不好？"

"我不赶你走，"我说，"但是，你必须答应我一个条件，让我陪你回去一趟，你爸爸病了，你应该回去看看他。"

她叹息："我没有爸爸。"

"可是你怕听到林涣之这个名字，不是吗？"

她抬起头来看我。

"明天一早，我送你回去，"我命令地说，"现在，你给我把

眼睛闭起来，躺到床上睡觉去！"

"一定要这样吗？"她问。

"一定要。"我说。

"你也嫌我烦了，是吗？"

"不是的，"我很耐心地纠正她，"我是希望你能好起来。"

"我告诉你，刚才你吓到我了，你不要像我一样寻死，"她说，"你还要等到图图回来，不是吗？"

"图图重要，可是，你也一样，"我说，"七七，如果你不好，我也好不起来，你要相信这一点。"

她好像有点儿想哭，然后她转过头去，问我："你今晚能陪我睡吗？"

"好。"我说。

那一晚，我和七七躺在一张床上。她睡在里面，我睡在外面。我的心里干净得像春天的天空，没有任何肮脏的念头。我们只是两个孤单的人，需要彼此的温暖。她面朝着墙，轻声问我："你送我回去，还会接我回来的，对吗？"

"是，"我说，"只要你愿意。"

"那我就放心了。"她说。

我没有再说话，她很快睡着了，没过多久，我听着她均匀的呼吸声也慢慢睡着了。那晚的梦里依旧是图图，她好像就站在门边，用忧伤的眼神看着我。我弄不明白，为什么她每次出现在我的梦里，都是如此的忧伤。如果她过得不好，我该怎么办？如果她过得不好又不肯回到我身边，我该怎么办？

我睁开眼睛，发现七七已经醒来，她支起身子看着我，长发差一点拂到我的脸上。我不好意思地别开头，听到她说："昨晚好像有人来过这里。"

我吓了一大跳："哪里？"

"我们房间，"七七说，"当然，或许，是我在做梦。"

"别乱想，"我拍拍她的头，从床上跳起来，"快准备，我送你回家！"

"林南一，"她在我身后大声喊，"我们在一张床上躺过啦，你以后要对我负责啊。"

要命。

最后还是我替七七收拾的行装，因为她站在窗口看着窗外一动不动，好像不想离开似的。我收拾完喊她："快点，我们该走啦。"

七七说："林南一，有个女人一直站在那里，你说她是在等谁吗？"

我才管不了那么多，把大包挎到肩上，对她说："你的东西都装进去了，除了这张沙发。"

她转头看我说："我还要回来的，你这样子是不是不要我回来了？你说话怎么可以不算数？"

"你又胡闹！"我说，"再不乖就真的不许你回来了。"

她朝我挤出一个夸张的笑，牙齿全露到外面。我忽然有些不舍，其实，我一直都是这样一个感情脆弱的人，重情重义，活该伤痕累累。

我拉着七七出了门，刚走出楼道，七七就喊道："瞧，就是那个女人，一直站在那里。"

我顺着她手指的方向看过去，却只看到一棵树。

那是图图曾站在下面向我告别的一棵树。忽然地，我觉得我看到了她，她的脸上再也没有曾经的笑容，她的嘴角有清楚的悲伤，那悲伤忽然紧紧地揪住了我的心。

"那是你的幻觉。"我强颜欢笑。

她固执地坚持："可我真的看到她了，她很漂亮，对我笑了一下，还挥了挥手。"

她把手举得高高的。"就是这样，是告别的姿势，我肯定。"

这个姿势！我心中忽地一恸，不由自主地抓紧七七的胳膊。

"你弄疼我了，林南一，"七七皱着眉头，她忽然有点儿忧伤，"林南一，如果你女朋友回来了，你还会让我回来吗？"

"别胡思乱想，"我努力强打精神，笑着拍拍她的头，"咱们走。"

二十分钟后我们到达了火车站，挤在窗口买票的时候我才知道，原来七七的城市和这里相距不过三百公里，坐火车不到四个钟头。

买完票挤出来，我在吵吵闹闹的火车站接到张沐尔的电话，他问我："你在哪里？"

"我要出门一两天。"我说。

"你是和七七在一起吗？"

"是的，我送她回家。"我说。

"我帮你去送好吗？"他说，"你别忘了，明晚酒吧被包了，有人过生日，点名要你唱歌。"

"我会赶回来的。"我说。

"我帮你去送好吗？"他还是这句。

我看看七七，她正看着我，抿着嘴，不说话。

当然不行，我一定要亲自把她送到她家人手里，才能放心。

"沐尔，"我说，"车要开了，有什么事回来再说。"

"林南一，"张沐尔说，"怪兽会很生气的。"

"他生哪门子气？"我没好气地说，"不就请一天假吗？"

"那你跟他打个电话吧。"

"不打，"我说，"要打你打！"说完，我挂断了电话。

我拉着七七上了火车，一路上，她都没说什么话，只是抱着她小小的双肩包，似乎满怀心事。火车越往前开，她就越是紧张，身体绷得非常紧，脸上充满戒备。

而我一点儿一点儿更接近她的过去，对这段过去我曾经无限好奇，现在，却充满忐忑。我能安慰自己的是，我送还给他们的，是

281

一个完好无损的七七，虽然时间过得确实有点儿久。

我不能控制地又想起了图图，如果这时有人把图图送回到我身边，我会生气她离开这么久，还是拥抱着她原谅一切，重新开始？

当然，当然是后者。

"林南一，"她终于开口了，"他很凶，我这次走的时间太长了，我怕他会杀了我。"

"谁？"

"林涣之。"

"他敢！"我说，"有我呢？"

她忽然笑了："很奇怪，你们都姓林。"

"你好像从来都不叫他爸爸？"

"我没有爸爸，"她说，"他不是我爸爸，七岁那年，他把我从孤儿院领回家里……"

这是我第一次听七七说她的故事，我屏住呼吸，生怕错过一个字。

"他真的很有钱，他给了我一切，却好像一切都没有给我。我恨他，又好像从来都没有恨过他。这样的生活实在是太累了，所以，我只有选择离开。你知道吗？我走了，他就不会累了。这样对我们大家都好。"

"可是，这只是你一厢情愿的想法。你有没有想过，他在等你回家，在日日夜夜为你担心，期待你会出现，你有没有考虑过他的感受呢？"

"你是在说你自己吗？"她冰雪聪明地回答，"我和他之间，和你跟你女朋友之间，是完全不一样的。"

我住嘴了。反正她已经上了火车，我不能得了便宜还卖乖，万一她使起性子来要跳火车，我就什么办法都没有了。

她提醒我："说好了，你送我回去，还要领我回来，你不能说

话不算数！”

"是。"我说。

"林南一你是怕我跳火车吧。"她说完，哈哈大笑。

这个破小孩儿，我迟早要收拾她。

我们到达车站，出站口已经有两个美女在守候了。七七看到她们，懒懒地说："嗨！"算是打过了招呼。

"是林先生吧，"年轻一些的那个美女落落大方地开口，"谢谢你把七七送回来，我是优诺。"

"应该的。"我说。

"我们走吧，"年纪大一些的那个人对七七说，"你该回家了。"

"林南一，"七七回头喊我，"快走啊。"

我站在那里没动，把七七交还给她们，我是不是就算完成任务了？

"你不能说话不算数！"七七说，"你信不信我现在就买张票离开这里？"

"好了，七七，"优诺说，"我们还要请林先生去你家喝杯茶呢，你说对不对？"

七七说："林先生，请别忘记你昨天说过什么。"

"好吧，"我耸耸肩，"恭敬不如从命。"

开车的人是那个年长一些的女人，我猜，她一定是七七的继母，年轻的继母和青春期的孩子，注定会有一场又一场的战役。七七和我坐在后座，一路上她都没有说话。前面的两个人也没怎么说话，真是沉默的一家人。

我预感到有些不妥，或许我刚才应该坚持离开。我又不搬家，七七如果愿意，可以随时回来找我，不是吗？

抱着到七七家小坐一下的心态，我来到了她的家里。她家是栋别墅，很大的房子，看上去像个小小的城堡。七七进了门，鞋也没换，

就大声地喊："伍妈，泡杯茶来，家里有客人！"

她又转身拉着我说："林南一，快进来，不要扭扭捏捏的。"

我跟着她进了屋，身后的两个女人也随之跟了进来。

"伍妈！"七七朝着楼上大声喊，"我叫你泡杯茶来，你没听见吗？"

屋子里很静，楼上没有任何回音。

七七转头，用疑惑的表情看着站在门边的两个女人。

那个叫优诺的女人走上前来，对七七说："七七你先坐下，林先生你也请坐下，我去给你们泡茶。"

七七一把拉住优诺，问道："伍妈呢？"

搭话的人是站在门边的那个女人："伍妈走了，回乡下了。"

七七看着她，再看看优诺，脸色已经慢慢地变了。然后她轻声说："你们骗我，伍妈怎么会走？她不会走的。"

站在门边的女人已经转过身，靠在墙上开始哭泣。

优诺过来，一把抱住七七的肩膀："七七你听我说，你爸爸他去世了，我们一直找不到你。"

"你撒谎！"七七一把推开优诺，迅速地跑到楼上，她急促的脚步声穿过走廊。

"林涣之！"她踢着不知哪一扇门，"你不想见我，是不是？你躲着我，是不是？你给我出来！你千方百计地把我找回来，躲着我干吗？出来……"

她的声音慢慢带上哭腔，她仍在一下一下地用力踢门，声音却越来越沉闷。我看见优诺也冲上楼去。

我完全没想到，会是这样的一种状况。我这个陌生人，傻傻地站在七七家宽大的客厅里，手足无措。我也想跟着上楼，门边的那个女人却已经擦干眼泪，招呼我说："对不起，您请坐。"

我傻傻地坐下了。

"我叫麦子，"她说，"是七七的医生，这些天，七七一定给你添了不少麻烦吧？"

我摇头，虽然她给我添的麻烦确实不少，可是这一刻，我全都想不起来了。我只记得雨夜她蜷在我沙发下的样子，那时候的我和她一样孤独。其实说到底，真的说不清是谁安慰了谁。

所以，怎么能说她给我添麻烦呢？这不公平。

我指指楼上："确定七七没事，我就走了。"

"谢谢你送她回来，"麦子说，"请把你的银行卡号留给我，我会很快把钱汇过去给你的。"

我涨红了脸："我不是这个意思。"

她轻咳一声："这是林先生的意思，不管谁把七七送回来，这都是他应该拿到的报酬。如果您拒绝，我们会很难办。"

我注意到她说的是林先生，她念这个词的时候像一声叹息，声音里充满温柔和惆怅。

除此之外，她说话就绵里藏针，显然是个厉害角色。

我对她忽然没什么好感。

"谢谢，"我生硬地说，"但是收这个钱违反我的原则，七七是我的朋友，你必须明白这一点。"

"好吧，"她聪明地说，"这个问题我们改日再谈。"

"我想去看看七七，"我说，"方便吗？"

"不用，她下来了。"麦子忽然转头看向楼梯口。

她果然下来了。可是下来的这一个，已经不是我送回来的那个七七了。她走路的时候膝盖伸得笔直，像个没有生命的木头人，从楼梯上一步步挪下来。优诺跟在她身后，一直不停地轻轻地唤她："七七，七七。"她像没听见似的神情呆滞，自己慢慢走到楼梯口，似乎想了想，慢慢坐下来，头埋在两膝之间。

我以为她会哭的，可是她没有，她只是保持着那个姿势时。这

个姿势充满疼痛和庄严的意味，我不敢靠近，是真的不敢。

其他人也和我一样。

优诺用求助的眼神扫过我们每一个人，我能感觉到她对七七的疼惜和此刻的焦灼，但是我真的无能为力。当七七做出这个姿势时，她是要把自己封起来，任何人都没办法进去。忽然她站起来，跑出门，在院子里找了个水壶，接上水，跑回客厅，给客厅里的一盆植物浇水。她的动作一气呵成，背对着我们，我看到她的肩膀一耸一耸，显然是在哭泣。

麦子想走上前去，被优诺一把拉住了。

整个房子里静悄悄的，只能听到七七浇水的声音。

麦子对优诺说："我马上打电话给 Sam。"

"不许打！"七七忽然转头，拎着水壶大声地说，"你们都走，我想一个人静一静。"

我条件反射一样，第一个站起来。

"林南一，你留下好吗？我想让你陪我。"七七忽然换了一种口吻，请求地对我说。

我走近她："好的，七七，如果你需要，当然可以。"

"我想上楼去躺会儿。"她拉住我的手臂。

"好，"我接过她手里的水壶，把它放到地上，"我陪你。"

我扶着她上楼，能感到优诺和麦子的目光粘在我背上。一个年轻男人，一个刚成年的少女，这样的景象很引人遐想。

不过，我也管不了那么多了，我只知道，七七需要我，此时的我不能离开。七七的全部重量压在我的胳膊上，我连拖带拽地把她送进卧室，扶上床。

"好好休息，"我说，"如果想哭，就哭一场。"

她摇摇头，我看到她的眼睛，果然是没有眼泪的。

"你说他要躲到什么时候呢，林南一？"她仰着脸问我，神情

纯白得让我不安，"他总要出来见我的，不是吗？"

"你的脚都肿了，"我慌乱地说，"我叫你的医生来给你看看。"

"不许叫！"她在我背后大声命令，"我不想看到她！"

"好吧，"我说，"那你休息一下，好吧？"

她瞪大眼睛看着我，忽然开始哭，哭声一开始很微弱，然后越来越大，不可收拾。她们冲上楼来，麦子用责备的眼神看着我，我只能用无辜的表情回应她。七七哭得很厉害，谁也不理，接近神经质。我看到麦子拿出注射器，在她的胳膊上打了一针。

她稍微抗拒了一下，终于屈服。药物很快起了作用，七七慢慢平静下来，睡着了。麦子检查了她的脚踝，说："还好，只是有点儿瘀血。不碍事。"

我忍不住问："你们给她打了什么针？"

"镇静剂。"麦子说。

但我发现她睡得很不安稳，睫毛还在一抖一抖地颤动。

"我想守着她。"我说。

"林先生，她一时半会儿不会醒，"优诺说，"时间不早了，你一定饿了，我们下去吃点东西，你再上来，可好？"

也好，我觉得我也有必要跟她们好好谈谈，不然，我怎么可能放心离开？

她们叫了外卖，没有七七的一顿晚饭，我和麦子、优诺三人食不甘味。

"林先生买的什么时候的票？"麦子礼貌地问我。

"还没买，随时可以走。"我答。

优诺说："林南一，可以告诉我们七七这些天都在做什么吗？"

嗯，好像是很长的故事，又好像没什么好说的，我都不知道该从何说起。

优诺对我笑了一下，她笑的时候眼睛弯弯亮亮，给人一种很舒

287

服的感觉。我实话实说："说真的，我没想到事情是这样的。如果我知道，我一定会尽早送她回来。"

麦子问："可以知道你是做什么的吗？"

我觉得我有义务回答她，于是我又实话实说："我做过音乐老师，现在在开酒吧，玩乐队。"

"我在大学里也参加过乐队，"优诺说，"本来是想当吉他手，可是实在太难了，学不会，只好当主唱。"

"这里有客房，"麦子说，"林先生要是不介意，可以在这里住一夜。明天我送你去车站。"

"不用麻烦你。"我说。

"而且你现在也不能走，"麦子说，"我怕七七醒了会找你，你不在，她会闹。"

看来这个叫麦子的，对七七真不是一般的了解。

"麻烦你了，林先生，您好人做到底。"她说得有礼有节，我无法拒绝。

最重要的是，我也放心不下七七，我必须看到她好好的，才可以放心地走。所以，留一夜就留一夜吧，这也不是什么难事。

想到这里，我点点头。

"谢谢。"麦子很客气。

"哪里的话。"我说。

吃完饭，麦子引我进了客房。我想想也没有什么可做的，洗了个澡，直接上床睡觉。

七七家的客房真大，陈设一丝不苟，电视、冰箱、写字台一应俱全，床头甚至摆着几本旅行指南和列车时刻表，我简直倒吸一口凉气。

这哪里是家？这简直是某家酒店的豪华商务间。

可怜的七七，原来十年的时间，她都是住在"酒店"里。

我生就一条贱命，在豪华的地方睡得就不安稳。睁眼看着天花板，我甚至能感觉到这个即将被遗忘的地方所散发出来的一股又一股的气场。

这是一所有故事的房子。

只是，曾经发生过的那些故事，随着主角的离开，一一散场。

七七会不会算是主角之一？我这样胡思乱想时，门被轻轻推开。

声音太轻了，我有点儿头晕，我应该是在做梦吧。

窗帘透进来一点点月光，借着这点光，我能看得清，七七穿着白色睡衣，慢慢地走到我的床边。

"林南一，"她唤我，沉静而尖锐的目光冰凉如水，"你是不是要走？"

"是，"我点头承认，"七七，我总是要走的。"

她不点头，也不摇头，慢慢在我床边坐下来。她就那样坐了很久。

夜静得我可以听见自己的心跳，一下，一下，每跳一下都微微地疼。那一刻我真想拥抱她，告诉她有我在就什么都不用怕，可是我甚至不敢打破这沉默。

是的，我害怕，我害怕只要稍有不慎，她就会像一个影子一样消失，我将再也不能靠近她。

终于她站起身，我看见她打开门，细微的脚步声在走廊里响起来。

我光着脚追出去的时候，她正趴在一扇推开的门边向里张望，姿势诡异得像个幽灵。

天哪！她在干什么！

"七七！"我又痛又怒地冲上去，一把抓住她的胳膊，"不要再找了！这里面没有人，他死了！林涣之已经死了！"

"不可能！"她发疯似的甩开我，"我还没有原谅他，他怎么会死？"

"你不信，你不信是不是？"我拉着她，一扇一扇地推开所有的房门，打开所有的灯，"你好好看清楚！他不在这里了！他永远不会再回来了！"

"不可能，"七七闭上眼睛，捂住耳朵哭喊，"不可能！"

当所有的房门都被我推开，当她终于意识到房间里确实空无一物，她的声音渐渐低了下去。

她颤抖地说："怎么会这样？我都还没有原谅他！"

我轻轻地抱住她，无言以对。

"去睡吧七七，"我最终没主意地，苍白地说，"明天又是新的一天。"

她居然回应我："一天过去还有一天，林南一，我累了，不想再继续了。"

这话听着不妙，我担心她还会有别的举动，但她只是一步一顿地走回了自己卧室，关灯，然后夜晚重归沉寂。

可怜我却不敢再合上眼，竖起耳朵听着周围的一声一响，如果因为我的疏忽让她受到伤害，我将永远不能原谅自己。于是我又走到她门前，敲门。门很快就开了，她原来一直就站在门后。

"我知道你不会不管我。"她说。我心疼地抱她入怀。

"我要你陪着我。"她像个孩子一样。

"好，"我说，"你睡，我陪着你。"

她用手钩住我的胳膊，慢慢闭上眼睛。

很大的房子，我好像听到哪里有滴水的回响。不知道这个房子里住着哪些人，不知道他们会做着什么样的梦。在这陌生城市的陌生夜晚，只有七七的呼吸声让我觉得安心。

希望明日醒来，她一切安好。

接受失去的疼痛，面对孤单的日子。七七，或许，这就是我们的宿命。

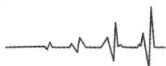

第九章

失 忆

　　一整晚我都待在七七的房间里。她睡在床上，我趴在床前，中途感觉有人打开门来看过，但我已经完全没力气起身了。折腾成这样，早晨的第一缕阳光还是把我刺醒。我打开门，正好看到麦子，她疲倦地朝我微笑："昨晚没睡好吧？"

　　看她的样子，估计才是真正的一夜没睡。

　　"还行。"我说。

　　她朝里看看："她还在睡？"

　　"是的，"我说，"让她多睡会儿吧。"

　　"嗯，"麦子说，"早饭我已经买好了，你下去吃点？"

　　我点点头。

　　我和麦子刚走到楼下，门铃就响了起来。麦子去开门，迎进来的是一个三十多岁的男人，刚进门就问："七七怎么样？"

　　麦子说："她情绪不太稳定，所以只好请你来。"

291

"哪里的话，"他转头看我，"这位是……"

"这是林先生，七七的朋友，七七出门在外，多亏他照顾。"

他虽然微笑，却用锐利的眼神看我，看了我大约三秒钟，才朝我伸出手说："我叫 Sam，是七七的心理医生。"

她们到底还是叫了心理医生。她们到底还是把她当作病人。

我们在客厅坐下，他第一句话就问我："七七和你在一起，都说过些什么？"

我摇头。

"没提过她的家？"

"没有。"

"没提过她的过去？"

"没有。"

"没有任何过激行为？"

"有。"

"什么？"

"我一定要告诉你吗？"

"为了七七好，那是当然。"

"好吧，"我说，"她试图自杀。"

"几次？"

"两次。"

"为什么没出事？"

"第一次被我朋友发现，第二次我想跟她一起死，结果就都没死成。"

"你为什么想死？"

我的耐心已经到达了极限，我从沙发上站起来："对不起，时间到了，我该回家了，相信你们能把七七照顾好，如果有需要我的地方，可以随时给我打电话。"

292

也许我有偏见，但我就是看不惯优诺和麦子把心理医生看成仙丹。在我的概念里，他们就是一帮江湖骗子，有且仅有的本事就是用一些玄乎其玄又没有什么实际意义的新名词来挣别人的钱，挣得还不算少。

如果七七真有什么病，为什么她跟我，跟怪兽，跟张沐尔在一块能过得好好的？那两次所谓的"过激"行为，也都是和她的往事有关，不是吗？或许这些人，才是她真正的病根！

"Sam是我多年的朋友，"麦子似乎看出我的心思，"七七也很信任他，他是七七唯一能吐露心事的陌生人。"

"那我就放心了。"我多少有些无奈地说。

"如果要走，还是跟七七道个别吧，"麦子说，"然后我送你去车站。"

"那也好。"我说。

我们三人一齐上楼，麦子推开门的那一刹那，我们没有看到七七。找了半天，才发现她缩在屋子里最黑暗的一个角落，用垂下来的窗帘裹住身体。

"七七！"麦子喊，"你干吗蹲在那？"

七七的回答是用窗帘把自己裹得更紧，只露出一张脸，戒备地盯着我们。

Sam走上前去，要把窗帘拉开，七七开始尖叫："不要！"

但Sam没理她，窗帘被他硬生生拉开来，阳光霎时照进整个房间，七七捂住自己的脸，无助地蹲在那里，像只受伤的小兽一般开始呜咽。

"够了！"我上前一步，把窗帘整个拉起来，房间里再次陷入半黑暗状态。七七跳起来，抱住我不肯松手。

"没事了。"我安慰她。

她却又推开我，用疑惑的眼神看着我，问我："你是谁？"

我小声答："我是林南一。"

她歪着脖子问："林南一是谁？"

我的天。

麦子走上前，拉住她说："七七，来，Sam 来看你了。"

"你是谁？"她茫然地问麦子，"Sam 又是谁？"

麦子惊慌地说："七七你怎么了，你到底怎么回事？"

Sam 给我们做手势，示意我们先出去。

这个时候，还是听医生的比较好。我和麦子出门后，她疾步走在我前面下了楼，我到楼下的时候，看到她红肿的眼圈。这个女人到底在林家扮演着什么样的角色，我猜来猜去猜不明白，但她身上自有她的磁场，让人忍不住想要继续对她猜想下去。

我们在楼下担忧地坐着。没过一会儿，优诺也来了，陪着我们坐。麦子跟她说起七七的现状，优诺拍拍她，安慰她说："没事，会过去的。她可能只是一时无法接受这个事实罢了。"

麦子叹息："在的时候整天吵啊吵，现在……"

她说不下去了，一句话咽回肚子里，满目辛酸。优诺轻轻拍着她的手臂，眼神中充满关怀和安慰。

看得出，她们都是真心关心七七的。相比之下，我始终是个路人，却也无法轻易说出离开。也许这一切只因为，和七七相依为命的那些日子，早已经在我心里刻下烙印，挥之不去了吧。

好几次我都想起身离开，却总是不忍。再等等吧，等到七七有安好的消息，我才能走得安心。就这样心急火燎地又过了一个钟头，Sam 终于下楼来，脸色让人捉摸不定。

麦子问他："怎么样？"

他回答："难讲。"

"什么叫难讲？"优诺在旁问，"她到底怎么了？怎么会忽然不认识人了？"

"很难说她是不是真的失忆，"他耐心地说，"这和遭受外在伤害比如撞击造成的失忆不同，七七的情况更多是心理上的障碍，她不是想不起来，是不愿意去想。"

"你有没有什么办法？"优诺问，"你有没有把握治好她？"

Sam摇头："这样的事很难说有什么绝对的把握，我们需要的，是多一点儿耐心吧。看来她父亲的死，对她的刺激实在是太大了。"

"我想去看看她，"优诺说，"可以吗？"

"好的，"Sam说，"其实她刚才跟我说了很多话，虽然听上去有些乱，但是我想她需要跟人谈心。"

"那我去！"优诺听罢，立刻就上了楼。

一分钟后，我们听到七七的尖叫声。我和麦子不约而同地冲上楼去，只见七七顺手抓起一个靠垫就扔向优诺，声嘶力竭地喊："滚，都给我滚出我的房间，都给我滚！"

我站在那里，看着完全失控的七七，心痛得不能自已。

优诺要过去抱七七，被她一脚踢开，优诺再去抱，她便俯下身要咬她的肩膀。麦子见状又准备给她打针，我失声喊出："不要！"

麦子回头看我，七七随着她的视线看过来，看到我，她奇迹般地忽然镇定下来，轻声喊："林南一，是你吗？"

她认得我，她喊得出我的名字！

我差点掉眼泪，上前一步："七七，是我，是我。"

"是你。"她靠着我，整个身子都倒在我身上，很累很累的样子。

"是我，"我说，"你记起来了，是吗？"

"是你刚才告诉我的，"她说，"我觉得我认识你。"

那一天，我没有走成。因为事实证明，什么都不记得的七七，唯一能叫出的，只有我的名字。张沐尔打电话给我，我告诉他不行，我走不掉。他好像生气了，口不择言地说："富商的女儿就那么吸引人吗？"

我挂了电话。十分钟后我接到他的短信息："那个小姑娘对你来说，真的比什么都重要？"

我想了想，为了避免他再纠缠，干脆回过去："是。"

因为我肯定不能走。连心理医生Sam都这么认为，他说我可能是唤起七七记忆的钥匙，所以我必须每天保持在她眼前出现几个钟头，不管有用还是没用。

大概是为了双保险，他们还召唤来了另一把钥匙，她叫作暴暴蓝。我记得她，她就是那个写《小妖的金色城堡》的少女作家，那本不知道讲了些什么，却风靡网络的畅销书，我记得七七一口气买了一百本。

书里的彼七七，应该不是此七七。

此七七是不可复制的，她深入骨髓的孤独，桀骜不驯的眼神，没有人可以像她。

尽管我对一个少年成名的女作者的飞扬跋扈已经作了充分的想象，但暴暴蓝出场的时候那股拉风的劲头，还是让我的想象力自愧不如。

她居然是开着一辆宝马mini来的。我看见她把车停在院子里，跳下车使劲地和优诺拥抱。

"七七怎么样了？"她急切地问。

"在睡觉，"优诺说，"不过她好像什么都不记得了，希望她会记得你。"

这位暴暴蓝小姐点点头，松开优诺，然后转身不客气地打量我。

我也不客气地打量她。她穿着看上去很昂贵的牛仔裤、韩版的套头衫，头发乱蓬蓬的、有些发黄，眉眼大大咧咧地透出一股凌厉之气。我不得不承认，她也很漂亮。但是这种漂亮，抱歉，不在我的欣赏范畴。

"你就是传说中的林南一？"她抱着双臂问我。

"是。"我谦虚地回答。

"七七出走的这些天，都是你跟她在一起吗？"

"是。"我已经习惯了他们的盘问。

"那么，请你告诉我，你为什么现在才把七七送回来？"

"如果你学不会有礼貌地说话，我不会再回答你任何问题。"

她一愣。

"我认识你，"她举起一只手说，"有些事，咱们待会再聊。"然后她转头对优诺说，"我想去看看七七。"

她们一行人浩浩荡荡地上楼，我不想凑热闹，独自留在客厅，顺手拿起一本杂志。

是一本音乐杂志，等等，"实力新人周杰伦"？我翻到封面，杂志崭新，日期却已经久远。

不知道从什么时候开始，这栋别墅的时间已经停滞，像一座失去了记忆的古堡。

没过多久，有人走过来一把把我手里的杂志抢下。这么没礼貌的，除了那位暴暴蓝小姐，还能有谁？

我无可奈何地叹口气，她意欲何为？

"我在 A 市有很多朋友。"她坐到我面前，直视着我的眼睛，像在审犯人。

"嗯，"我说，"看出来了。"

"他们在七七出事以后查遍了每一家医院。"

"你去问问他们有没有查 A 大的校医务室？"

第一回合较量，林南一胜出。只是，她有什么资格盘问我？

"七七的情况很不好。"她又说。

"我知道。"

"你为什么被学校开除？"

"请注意，"我提醒她，"我是辞职，不是被开除。"

297

"差不多的，不是吗？"她嘲讽地看着我，"怎么回事，你和我都清楚。"

我无奈，看来她在 A 市，的确"朋友"不少。我无力争辩也不想争辩，事情是怎么样的，我自己心里清楚。

第二回合较量，暴暴蓝胜。

"你现在没有工作,管理着一家生意很差的酒吧,"她乘胜追击,"你很缺钱。"

"有话请直说。"我不傻，已经明显听出她语气里的敌意，当然也明白她的潜台词。

"我在麦子那里看到了七七这些日子的账单，"她不客气地说，"她在你那里花了不少钱，是不是？"

接下来的话我可以帮他说下去：林南一，你很需要钱，而七七很有钱，所以你才迟迟不肯送她回来，对不对？

她的眼神已经在这么说了，这种眼神里充满不屑和轻蔑，那一刹那我明白她已经把我定义成一个为了钱不择手段的小人。接下来，我的每一个举动，都只会更加证明我就是那种人。

认识到这一点，我就懒得和她争了，转身往楼上走。

"你干什么去？"她在我身后警觉地问。

"去看看七七。"我说。

"你去看也没有用，"她尖锐地说，"她已经不认识任何人了，我想，也包括你。"

"你肯定？"我实在忍不住刺激她,"如果她记得就算我赢了？"

"你以为你会赢？"她反唇相讥，"你把自己看得有多重要？记住，我和优诺是七七最好的朋友！你了解她什么？你能给她什么？在这里，"她用不屑的眼神画了一个大大的圈，"你完全多余，明白吗？"

"你凭什么说我不了解她？"我气得够呛。

暴暴蓝把下巴抬得很高："那你告诉我，她的生日是哪一天？"

我哑口无言。

后来我才知道，七七的生日是十二月三日。

那一天没有电闪雷鸣，没有天降瑞雪，没有任何突发事件。我已经完全记不起我们当天在干什么了，多半是我在酒吧唱歌，她在家里上网，吃一份简单的外卖。没有蛋糕，也没有蜡烛。

她居然就那样默默无声地，与我度过了她的成人礼。

暴暴蓝说得对，我了解她什么，又能帮到她什么？

我忽然觉得很灰心丧气。

暴暴蓝得理不饶人，还给我做了个"洗洗睡吧"的表情。正好Sam推门进来，我趁她们七嘴八舌跟他聊"病情"的时候，独自跑上楼看七七。

那一天的发作之后，她变得吓人的安静，整天穿着睡衣在房间里不说一句话。

我进去的时候，她沉默地站在窗前。一夜之间好像瘦了很多，宽大的睡衣在身上飘来荡去，看见我，她还懂得用眼神招呼一下，但眼神空洞，丝毫看不出悲喜。

我和她并肩站在一起，风吹着她的长头发扫过我脖颈。

"七七，"我说，"为什么我没有早一点儿遇见你？"

她用询问的目光注视我，我继续轻声说："我多希望，可以在很久很久以前遇见你。那时候你还是小孩子，什么也不懂，我还有机会保护你，还有机会让你健健康康，单纯快乐地过一辈子。"

我知道，我说的话很肉麻，我也知道，她可能不会听见，不会明白。但我还是忍不住要说，不说我会闷死，难过死。

但是，说了就会好些吗？她不为所动，只是沉默地看着我，她黑黑的眸子深不见底，让我心慌。

"七七，"我说，"你听好，我要走了。不过，你随时都可以

打我电话，或者是回去找我。"

"是吗？"她转头问我。

"是的，"我在她的房间里找到一张白纸，写下我的手机号码，压在她的书柜上，"这是我的电话，我放在这里。"

"林南一，"她清晰地唤出我的名字，"这些天都是你陪着我的，对吧？"

"是。"我说。

她很费劲地想："为什么我们会在一起？"

"那天晚上，你救了我。"我说。

"是吗？"她忽然微笑，"这么说我还是一个英雄？"

"那当然。"我说。

"好吧，林南一，"七七说，"如果你非要走，就一起吃顿晚饭吧。"

"你不必客气。"

"一顿晚饭而已，说不定以后我们再也不会相见了。"她看着我，轻柔的语气让我心碎。说不定以后我们再也不会相见了。

图图是否也是这样，在某个远方，忽然失忆，忘掉我们曾经有过的所有欢乐。我们曾经拥有的一切是否都会这样，在某一天，某一刻忽然消失。如坏掉的钟，再也走不回最美好的时刻。

那天晚上七七带着我们去了"圣地亚"，一家不错的西餐厅。同去的人有麦子、优诺、暴暴蓝，还有 Sam。

我始终感觉尴尬，感觉所有人看我的目光犹如利刃，我只能把自己当个小透明。不管有多难，我都会陪七七吃完这最后一顿饭，纪念我们的相识。

话最多的人是 Sam。但是响应的人并不多，整个饭局显得既沉闷又尴尬。七七忽然用叉子敲敲桌边："我有一个问题。"

"你说。"优诺鼓励地看着她。

"我家那栋房子是谁的？"她问。

麦子犹豫地答："以前是你爸爸的，现在当然是你的。"

"噢。"七七低下头，像在考虑什么，所有人的心都提到嗓子眼儿，包括我在内。

"我不喜欢它，"她终于冷冷地说，"我要把它卖掉。"

"七七，你不要这么任性！"优诺忍不住出声责备。

七七用诧异的目光看她："你凭什么发言，我跟你很熟吗？"

"七七，你为什么要卖房子？"麦子耐心地说，"你如果不喜欢住这里，可以再买一处啊。你要知道你有足够的钱。"

"我有必要跟你解释吗？"七七用手指了指我，"你马上去给我找人来看房。"

"跟我无关吧！"我气恼地喊出来，胡闹也应该有个限度。

"我帮你找，"麦子冷静地说，"林南一对这里不熟。"

"好，谢谢你，"七七面无表情，"我希望你尽快。"

"明天，"麦子说，"你好好吃点儿东西，行吗？"

"好，"七七终于满意地说，"你最好不要让我等太久。"

暴暴蓝重重地哼了一声，讽刺的意思很明显。我担心这两个问题少女会打起来，但是还好，七七似乎没有听见，暴暴蓝也陷入沉默。

"这里的西餐不错，我以前常来吃。"七七忽然说。

一桌子的人都看着她。

"你们看着我干吗？"她说，"都吃吧，吃饱了再慢慢跟我介绍，你们各自都是何方神圣，好吗？"

暴暴蓝忽然把面前的盘子一掀。

"你脾气不是一般的坏，"七七评价她，"或许你是我同父异母的妹妹，有没有分到遗产？"

我心情再坏也笑了出来。

"笑你个头！"暴暴蓝趁势把气出到我头上，"你的账我还没跟你算呢！"

"他有账吗？"七七说，"如果有，都算到我头上来好了。"

什么乱七八糟的！

"林南一，"七七又发话了，"你今晚不许走，等我明天卖完房子你再走，不然我要是被人骗了，谁来替我做主？"

"那就别卖了。"说话的人是 Sam。

"你又是谁？"七七说，"我拒绝和你们谈，我要和律师说话。"

"我就是律师。"Sam 说。

"呵呵。"七七冷笑，"你明明是医生。"

"够了！"暴暴蓝说，"我受够了！"说完她起身走了。但在她起身的时候，我却分明看到她眼角含泪。

都是爱七七的人，这又是何必。

那晚我又没走成，因为吃完饭七七点名要我陪她走走。

说走就走。

我想起七七的话，也许以后我们再也不会相见，忽然悲从中来。我一直都是这样一个脆弱的人，活该受这样的折磨。

我陪她走到半夜，送她回家。她伸出手，柔弱无骨的小手，拉着我上楼，就这样一直到了她的房门口，她继续拉着我，一直把我拉进她的房间，然后她说："很抱歉，你昨晚一定没睡好，我一会儿请人搬个沙发来我房间，好吗？"

"三万八的吗？"我尝试着问。

她用大眼睛看着我，不说话。

我走近她，双手放到她的肩上："听我说，你得勇敢些。你爸爸已经走了，我知道你心里很难受，但你必须接受这个事实。"

她很费力地想，然后说："我很想知道我过去是什么样子的，你可以告诉我吗？"

"很抱歉，"我说，"我们认识的时间不长，你应该去问优诺，或者麦子，或者暴暴蓝，或者 Sam。"

"不，"七七坚决地说，"我不会去问他们。"

"为什么？其实我能感觉到，他们是真的很爱你。"

"就算是吧，"七七叹息地说，"可是都过去了，我也都忘掉了，有何意义呢？"

我哄她："你累了，先睡吧。"

"那你呢？"她问。

"我陪着你，"我说，"不用搬沙发了，我在椅子上睡就可以。"

"那随便你吧，"她打了个大大的哈欠，"我真的很累了，晚安，林南一。"

"晚安，七七。"

我没有食言，又守了她一夜。早上醒来，发现身上盖着被子，可是七七仍在安睡，如果不是七七，给我盖被子的到底是谁？

我忽然感觉到一丝暖意。

麦子言而有信，一大清早，她就找来了一个房产代理人。当然，这和房子本身也有关系，麦子说："建的时候花了三百万，现在升值了五倍不止，而且门前马上要修商业街，再升值多少，都很难估计。"

"那么现在出价多少？"那个西装革履的小子彬彬有礼地问。

麦子看向七七。

"你姓什么？"七七问他。

"我姓陈。"

"你有三百万吗？"七七说，"我看你这熊样，连三十块都不一定拿得出。"

可怜的房产代理人看看麦子，气愤地摔门而去。

一个上午，七七赶走了三个来看房的人。

"她不是存心要卖。"麦子最后生气地说，"她只是想借机发疯。"

而所有的人，除了看着她发疯，居然什么都做不了。

等七七蹬蹬地冲上楼后，麦子整个人陷进沙发里，疲倦地用手捂住脸。

"这栋房子是林先生亲自设计的，"她的指缝里透出声音，"里面很多东西都是他的心爱之物。如果真被七七卖掉，简直不知道该如何收场！"

"你可以阻止她。"我说。

"不行，"她讲，"我们都是外人，如何干涉？林先生把一切都留给她，这是她的权利。"

我吃惊，从来没见过这样溺爱女儿的父亲，更何况，他只是她的养父。

我忽然觉得，一切都不对。从一开始就不对。他不该给她一切他认为好的东西。他越是给，她只会觉得他越不在乎。

她想要的，也许一直都没有说出口。

当天下午，又有买家来看房。

只是那人我很看不上眼，一看就知道是那种没多少文化的暴发户，看着屋子里的一件件陈设，眼睛瞪得溜圆。

"这些东西卖不卖？"他就差没有流口水了。

"卖，"七七说，"你开个价。"

他开出来的价格让我都觉得恶心，五百块就要买走一只古董花瓶。

七七居然说："没问题。"

暴发户开心得嘴都合不拢，一路看一路买，恨不得连痰盂都买走。最后他停在一幅画面前，是齐白石的一棵白菜，画得栩栩如生，沉着俊逸，一看就知是佳作。

那幅画挂在客厅最显要的位置，应该是林涣之的心爱之物。

"这个我也要买。"他觑着脸说。

"这个不卖！"麦子终于喊出声来。她目光灼灼地看着七七，

眼神里终于有了真实的愤怒和疼痛，"七七，这是他最心爱的东西！"

七七说："你开个价。"

"……八千。"暴发户喜滋滋地说。

那一刻，我在麦子的脸上看到了绝望。

"你不如去死，"七七平静地说，"买的时候花了十二万。"

"我出一万！"他还是不知死活。

七七沉着地命令他："滚出去。"

暴发户没有反应。

"滚出去，滚出去！"七七忽然暴怒，"你给我滚！"

暴发户好像也怒了，张嘴要骂人的样子，我赶紧架着他的胳膊把他推出了门。

做完这一切回来，七七站在楼梯上，直直地看着麦子，神情捉摸不定。

"这个送给你。"她忽然指着那幅画对麦子说。

"七七……"看得出来，麦子完全不知道该说什么。

七七就像没听见一样，转身上楼，这时候一个人冲到她面前，使劲一推，七七一个趔趄跌坐在地。

是暴暴蓝。她的身后，跟着惊慌失措的优诺。

"叶七七！"暴暴蓝指着七七的鼻子，"你到底要装到什么时候？"

"别这样！"优诺去拉暴暴蓝，暴暴蓝用力挣脱。

"优诺你没有听到吗？"暴暴蓝失控地喊，"她其实什么都记得！她甚至记得那幅画的价钱！"

七七慢慢站起来，脸色平静得吓人，没有伤心，也没有愤怒。

"你搞错了，"她缓缓地说，"我不认识你。"

暴暴蓝也一动不动地看着她，神色里有伤心也有愤怒，眼泪在她眼眶里打转。她忽然抡起胳膊，往七七脸上狠狠抽了一巴掌！

305

"这是替所有人打的！"她尖叫道，"叶七七，你这个冷血动物！你给我醒来！醒来！"

这一下实在太突然，所有人愣在原地，七七面无表情地后退一步，这样子更激怒了暴暴蓝，我冲上一步死死抓住她的手。

"你疯了！你给我住手！"

"你管不着！你算老几？"暴暴蓝挣扎着，反手给了我一肘击，撞在我肋骨上，硬生生地疼。

"我算老几？"我也豁出去了，"你又算老几？你敢打她？别以为我不敢揍你！"

"住手！"优诺喊道，她一副心力交瘁的模样，"大家都是为了七七好，你们吵成这样，像什么样子？"

"为了七七？"暴暴蓝大声冷笑，"他为的是什么还不清楚呢！"

"你们都闭嘴，"七七用手捂住脸，眼睛却看着我，"她说得对，我就是冷血动物，我不需要你们任何人为我做任何事。"

"现在，我只求你们让我安静。"

她说完这一句话就不再理我们，上了楼，楼上变得死一样的沉寂。

我们打成这样，鸡飞狗跳，除了让自己丢脸之外，没有任何意义。

我忽然心灰意冷。

暴暴蓝趴在优诺怀里抽泣，好像挨打的是她自己。

我起身告辞。这是我唯一的选择。

我只愿七七记得我放在她书柜上的那个号码，不管她是不是能够恢复记忆，有一天，她能凭着它给我打一个电话。或者不忙的时候，能来探访一下我这个老友，足矣。

我们有过相遇，但终究要回到各自的生活。

我亲爱的七七，再见啦，就此别过。

上帝知道，我会一直记得你。

第十章

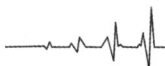

真 相

我选择了悄悄离开，没有跟任何人道别。

我打车到火车站，买了夜里十点的火车票。离开车还有一些时间，我很累，哪里也不想去，躺在候车室的椅子上很快便进入了梦乡。

梦里，我的电话一直在响。可我每每接起，电话就挂断，不知道是谁。醒来的时候，我发现电话真的在响，一看显示屏，竟是优诺。我的第一反应是七七出事了，慌忙接起来问："七七又怎么了？"

那边笑道："她没事，林先生你走了吗？"

"是的，"我松了口气，"我在车站。"

"这时候应该只能买到晚上十点的票了吧，"她说，"你要是愿意，我请你吃晚饭，你在车站门口等着就可以，我打车去接你。"

"不必了，"我说，"我一个人在这里坐坐就好。"

"你别介意，"优诺说，"暴暴蓝并无恶意。"

"哪里的话。"我说。

"谢谢你，坦白说，七七遇到你真的很幸运。"

她的声音听上去很真诚，于是我也很真诚地答道："不用客气，有事可以随时给我打电话，我手机二十四小时不关机。"

"好。"她说。

我挂了电话继续睡，不知道又睡了多久，直到被人拍醒，我睁开眼睛一看，竟是优诺。她把一个白色的塑料袋往我面前一放，说："饿了吧，我给你带了快餐，你凑合着先吃点儿。"

"你怎么来了？"我问她。

"你不肯出来吃饭，我怕你饿啊，"她微笑着说，"找了半天才找到你，原来你躲在这里睡着了。"

我第一次注意到她的微笑，才发现这个世界上原来有这么美丽的微笑。

"这两天确实累得够呛。"我坐直身子，打开快餐盒，香味扑鼻而来，我顿时食欲大增。其实这两天除了没睡好，也完全没吃好，这样的快餐对我而言已是无上的美味。

优诺替我拧开矿泉水的盖子，把瓶子递给我。

"你是七七的姐姐吗？"我问她。

"不是，"她说，"我说过了，我们只是朋友，我给她做过一阵子家教。"

"你们的关系，我觉得有些奇怪。"

"是吗？"她说，"我可以问你一个问题吗？你愿意回答就回答，不愿意回答也不必勉强。"

"问。"看在吉野家的份上，在她没问问题之前我已经打算要认真回答她了。

"七七和你在一起那么长时间，你为什么没想过要送她回家？"

"我以为她是外星人。"我说。

"是有别的原因吧？"她的眼睛看着我。

"是。"我说。

"我知道你不是为了钱。"

我看着她清澈的眼睛，叹了口气全招了："因为我女朋友忽然失踪，我再也找不到她了。我很寂寞，七七从天而降，我觉得一切都是天意。所以，忽略了很多本该重视的东西，我很抱歉。如果我早一点儿去了解七七的真相，或许，她不会错过见她爸爸最后一面的机会。"

"也许，这就是命运，"优诺说，"对了，我今天来还有一件事。"

她从随身背包里拿出一张银行卡递给我："这里面存了一些钱，是给你的。密码是七七生日的前六位数字，麦子让我转交给你，请你一定收下。"

"不行。"我很坚决地说。

"我就知道你不会要，"优诺说，"那我替你还给麦子。"

我笑着说："谢谢。"

一个不强人所难的女孩子，现在真是难找。

"现在像你这样的人很少了。"优诺说，"我在网上听过你写的歌，那首《没有人像我一样》很棒。"

"是吗？"我说，"网上怎么会有？"

"一搜你的名字就出来了，"优诺说，"不信你自己试试，有机会一定去听你的现场表演。"

呵呵，看来网络世界，谁都可以做主角。

我跟她要了纸和笔，把"十二夜"的地址写下来给她，欢迎她有空去玩。她很认真地把纸条收起来，并陪我坐到检票前，一直送我到检票口这才离去。

七七有她这样体贴、懂事的朋友照顾，我觉得，我也没什么好担心的了。

凌晨一点多，我回到了我熟悉的城市。我忽然很想念"十二夜"，

想念我的吉他，想念那个小小的舞台，想念胖胖的张沐尔和古里古怪的怪兽。酒吧现在应该还没打烊，所以我没有回家，而是直接打车去了酒吧。可是，当我到达那里的时候，我彻底傻了眼。

我用一分钟的时间来思考，我是不是走错路了。

我真的是走错路了？

当我站在一间叫作"西部小镇"的酒吧门口，看着里面的灯红酒绿，真的怀疑自己不小心去了趟天界。天上一天世间百年，回来之后就沧海桑田物是人非了。

或者只是他们闲着没事给酒吧改了个名？

后者简直比前者还要不可理解。

我站在酒吧门口使劲掐自己的胳膊，一个打扮前卫的中年人过来招呼我："哥们儿，今晚才刚开张，开业酬宾，欢迎光临啊！"

我傻傻地问："原来……原来的那家呢？"

"不知道！"他坦率地把手一摊，"如果价格合适，我就盘下来了，你是谁？"

对啊，我是谁？我不会像七七一样，完全失忆了吧？我是林南一，这应该是我的地盘，这是属于"十二夜"的领域，难道不是吗？

唯一的可能就是，我不在的这几天，怪兽和张沐尔卖掉了酒吧！

怎么可能！！我掏出手机拨过去。

怪兽关机了，张沐尔也关机了。

我像一下子掉进了黑洞，一股疑惑翻涌上来，简直让我窒息。

他们为什么要这么做？

我脚步跟跄地回到家里，好在家仍是那个家，我那三万八百元的沙发还在，图图叠的幸运星还在，七七的气息还在。只是，只有我孤孤单单一个人了。

我还是没有睡床，只在沙发上蜷缩了一夜。第二天天一亮，我就跑去找张沐尔，因为他今天要上班，没办法躲着我。

在我不知道的情况下，他们居然卖掉了"十二夜"！

如果不能在第一时间知道前因后果，我一定会疯掉。

我冲进Ａ大医务室的时候，张沐尔正假模假样地戴着听诊器，叫一个女生把舌头伸出来。看见我，他像被雷打了一样呆住，女生把舌头缩回去，不满地看着他。

"流感，"张沐尔反应过来，"我准你两天假。"

他扯了一张假条："你自己填。"

女生喜出望外地走了，张沐尔不自主地躲避着我质疑的眼神。

"这季节流感还真多……"他心虚地说，"你回来了？七七怎么样？交到她家人手里了？"

"少废话！"我啪地一拍桌子，"咱们出去说。"

他跟在我后面走出来，在校医院的门口，他点燃一根烟，狠狠地吸了一口。

"手机为什么关机了？"我问他，"故意躲着我？"

他装模作样地掏出来看了一眼，诧异地说："没电了。"

"少来这套！"我凶他，"到底是怎么回事？"

"我缺钱用。"他有点儿艰难地说。

"缺钱可以想办法！"我说，"咱们还没穷到需要砸锅卖铁的地步。"

"酒吧生意不好，"他说，"你还没告诉我七七到底怎么样了？"

"你们有事情瞒着我。"我诈他。

"没有。"

"是不是怪兽家的厂子又出事了？"

"没有，没有，林南一，你别瞎想。"他几乎是在告饶，"你让我回去上班行不？今天事情多，我们领导会检查的，搞不好一个月奖金就扣掉了……"

"今天不说清楚，你小子哪儿也别想去！"我揪住他，"看不

起我是不是？好歹我也是酒吧的总经理！"

我的声音大了一点儿，已经有人围过来指指点点了。张沐尔感到惶恐，他一向胆子小，因此问道："林南一，你讲点儿理行不行？"

"谁不讲理？"

"这事跟你没关系，"他说，"怪兽他……"

"是怪兽决定卖酒吧的？"我逼问，"为什么？"

"林南一你别管了！"张沐尔可怜兮兮地叫起来。

这下我确信他们真的有事情瞒着我，但是张沐尔是不会说的。我很了解，怪兽不让他说的事情，打死他也不会说。

"你回去上班吧。"我说。

"你要去哪里？"他问我。

"你说呢？"我咬牙切齿地反问他。

"不要去！"他莫名其妙地央求我，"这事跟你没关系。"

我懒得理他。他摸出手机，准备给怪兽打电话。

我冲上前把手机夺下来，凶巴巴地命令他："别耍花样！跟我一起去！"

本来我没有想到会有什么事，也许怪兽真的需要钱，也许他对酒吧经营不再有兴趣，这都很正常，我只是奇怪他们在卖之前居然不通知我。

但是，张沐尔的反应让我觉得事有蹊跷。沐尔，我的老朋友，我知道他是不会撒谎的。如果他撒谎，肯定有不同寻常的事发生。

上了出租车之后，他就垂头丧气不再说话，脸上的焦虑却无法掩盖。

"把电话给我，"他说，"我给学校请个假。"

"号码多少？我帮你拨。"

他喃喃地骂了我一句就没声音了。车离怪兽家越来越近，张沐尔也显得越来越紧张。

"咱们别去了，把他叫出来问问不就成了吗？"他小心翼翼地建议。

"闭嘴！"

车停了，我跳下来，张沐尔也跟着跳下来。怪兽家住在一楼，楼道里有语音防盗门。我把张沐尔推过去，嘱咐他。"就说你来了，别说我在。"

他央求似的看了我一眼，我用力再一推，他的脸啪地撞到门上，撞得变了形。

真像一出蹩脚的警匪剧，他用带着怨恨的眼神看我，终于按响了门铃。里头一直没有人应声。

"没人，"张沐尔松了一口气，"咱们走吧。"

我把他拨到一边，用力按下门铃，一声又一声。我忽然感到莫名的恐惧，那一声声铃声在怪兽的房间里尖锐地撞来撞去，始终没有回音，仿佛直接掉进黑暗里。

"谁啊？"怪兽疲倦的声音终于响了起来。

"我，林南一。"

他犹豫了很久，最终还是砰的一声把防盗门打开了。我三两步走到他家门边，开始用力地砸门，张沐尔沉默地跟在我身后。

不知道为什么，我心里的恐惧越发浓烈。

怪兽一把打开门，他的脸有些浮肿，好像很多天没睡似的。

"哥们，怎么回事？"我问他，"酒吧……"

怪兽做了个粗暴的手势，意思是，闭嘴！

我火气上来："你们到底是怎么回事？"

"我要用钱。"他沉声说。

"好，"我咬着牙，"就算这是理由，可是不通知我这件事我饶不了你。"

"你算什么呢，林南一，"怪兽说，"你说走就走，一声招呼

313

都不打，你整天忙着别的女人的事，还管我们这边干吗？"

"算了。"我知道他是误会了，于是先消了气，总不能站在大门口吵架吧。于是我缓和语气说："我们进屋慢慢谈。"

怪兽伸出一只脚挡在门口，冷冷地看着我。

"怎么了？"我生气地看着他，"你是不是跟我没得谈？"

"没错。"怪兽说。

他话音刚落，我就愤怒地一脚踢到他的小腿上，他痛得一缩，我趁势闪进门里。

有人拉着我的衣领，把我又拖了回去，是张沐尔。

"有什么事就在外面说不好吗？"他结结巴巴地说，我使劲抓住他的胳膊一带，他笨重的身体猝不及防地跌坐到地上。

他从地上弹了起来，狠狠地朝我脸上来了一拳！

接下来的事情就是一片混乱，我的脸火辣辣地疼，视线也开始模糊，世界摇摇晃晃。张沐尔还在没轻没重地揍我，我的拳头也不断地落到他身上。我一边打，一边迷迷糊糊地想，这到底是为什么？我们怎么忽然成了这样？

怪兽在一边吼道："都给我住手！"我不管，挥着拳头向他扑过去，心里有个声音在说，不管了，就这样闹一场，大家散了干净。

"你们都别打了。"忽然，我听到一个声音。

整个世界在这一刹那安静了下来。

我停下动作，抬头，模模糊糊地好像看到怪兽的卧室里走出来一个很瘦很瘦的女孩子。

我第一眼看见她，心都碎了。

是图图。

不用再看第二眼我也知道是她。她为什么会突然出现？她为什么会在这里？她为什么离开我？这些问题忽然都变得无关紧要。

重要的是，她终于出现在我面前。

"图图。"我百感交集地喊完她的名字，就一直待在那里。

她不看我，她的眼睛看着窗外。我恍若隔世，这真的是她，我心酸地发现，她变了，变了太多。

她好像很多天没有睡觉，面目憔悴，眼睛底下有大大的黑眼圈。下巴比以前尖，皮肤苍白到近乎透明。她的头发烫成了大卷，但是发黄干燥，像没有生命的野草，凌乱地搭在肩上。

这不是图图，可是，这还是图图。或者说，她是以前图图的一个影子。往日欢乐的影子还留在她的眼角唇边，可是她开口说话时，声音飘忽而冷酷："林南一，现在你什么都知道了吧。"

我茫然地摇头，这谈话里有太多我不敢面对的东西。

她微笑了一下："那你知不知道，我为什么要走。你又知不知道，我走了以后，一直都住在哪里呢？"

"这不重要，"我说，"你收拾好东西，我现在就带你回家。"

她坚定地摇头，一下又一下，每摇一下，我的心都被痛苦和怀疑紧紧扭成一团。我听到她更加遥远的声音："请你走吧，我再也不想看到你。"

"少废话，你跟我走！"我走上前拉住她的胳膊。天啊！她的胳膊何时变得这么细，好像轻轻一拧就会折断一样。我的声音不由自主地轻柔起来："走吧，乖，我们回家。我发誓，我什么都不问。"

"是吗？"她终于转过头来看我。她的眼睛还是那么大，那么美，在看到我的那一刻，充满了雾气，像一汪清晨的湖，我跌入里面不自知。

"真的，"我说，"我什么都不会问。"

她忽然笑了，说："你真傻，世界上怎么会有你这样的傻瓜？"

说完，她挣脱我，慢慢走到怪兽身边，轻轻地抱住了他："请你成全我们，不要让三个人都难过。"

怪兽颤了一下，脸上泛起痛苦的表情。然后他伸出胳膊紧紧地

拥抱了图图，抱得那么紧，好像生怕她消失。

我呆呆地看着他们。

我最好的朋友，我最爱的女孩。

世界上再没有比这更让人心碎的画面了。

下一个场景，是我像个疯子一样扑向怪兽，却被张沐尔死死拉住。

图图的声音像从天边飘来，她说："林南一，你现在应该明白了吧？"

我终于明白了。

我明白了两个很近的人其实也可以相隔天涯，也明白了一个人一直信任的东西，可以变得多么脆弱不堪。可我还是不愿意相信这样的真相，对我而言，这不仅仅是失败和耻辱，这关乎我对爱情的信任，对人生的希望。失去了这些，我该如何度过以后漫长的日子，直至终老呢？

"我们要走了，"怪兽说，"明天我会带图图回老家，我们不会再回来，你也可以想跟谁在一起就跟谁在一起。"

"你少跟我扯这些不相干的事！"我冲着他们咬牙切齿地说，"就算是真的，那也是你们先背叛我，不是吗？"

"别把人都当傻瓜！"怪兽骂我，"你做了什么你自己清楚！"

我指着自己的鼻子，一头雾水。

我做什么了？我和七七，我们压根什么事都没有做，她还是个孩子，不是吗？

图图放开怪兽，轻声说："我累了，要进去休息。"

说完，她转身进了房间，关上门，留给我一个决绝不愿回头的背影，用一扇木门隔开我和她的世界。

怪兽走进屋，拎起我的吉他对我说："我现在没有钱给你，这把吉他留给你，欠你的我以后一定会还。"

"怎么还？"我问他。我抬起手来，指着屋内，表情一定绝望

得可以。

他面无表情地说："你说怎么还就怎么还。"

"好，"我说，"那你把图图还给我。"

"放心吧，"怪兽说，"只要她自己愿意，我绝不会阻拦她。"

"走吧，都走吧，"张沐尔一只手替我拎起吉他，另一只手用力拉我，"我看大家都需要冷静。"

我无可奈何地跟着张沐尔走出了怪兽的家。可是，我真的不甘心。我了解图图，我不相信她会爱上怪兽，我不相信我会输得这样彻底，我绝不信！

我不清楚自己是怎么回到自己的小屋的，我好像已经丢掉了我自己。我用手枕着头躺在地上，这间屋子里的回忆在我眼前跳舞，快乐的，难过的，平淡的。但一切都是好的，有她在，一切都是好的。

原来是这样，她真傻，我想，她爱上别人，直接跟我说不就行了吗？只要她觉得幸福，我无论怎样都会愿意的。

半夜十点的时候，我从地板上坐了起来。我决定去做一件事，这是我最后的努力。不管有没有用，我一定要去做。

我拎着吉他，打车去了怪兽的家。不过，我没有敲门，我绕到房子的后面，面对着图图的窗口，开始拨动琴弦。

第一首歌，当然是《心动》。

啊，如果不能够永远都在一起，也至少给我们怀念的
勇气，拥抱的权利，好让你明白我心动的痕迹……

噢，图图，你还记得吗？这是我们相识的曲子，我曾经在你的学校门口唱过。我凭着它找到你，我们度过了生命中最美好的时光。

第二首歌，是《我想知道你是谁》。

317

在你离开的第十二个夜晚，天空倒塌，星星醉了，漫天的雪烧着了，我的喉咙唱破了，我坐在地上哭了，我好像真的不能没有你……

噢，图图，这首歌你一定不会忘记，这是你的成名曲。我们因为它兴奋，也因为它吵架。后来你离开我，我每一天都不曾忘记过你。

第三首歌，是《没有人像我一样》。

世界那么的小，我找不到你，哪里有主张，没有人像我一样，在离你很远的地方，独自渴望，地老天荒……

噢，图图，这首歌我不知道你有没有听过，这是我为你写的歌，也是我写的第一首歌。我还没来得及问过你，你是否喜欢……

第四首歌……

在我的歌声中，有很多的灯亮起来，有很多的窗户推开来，我都没有抬头。我相信我的图图会听到，我的姑娘会听到。如果我唱到夜半，她还没有回到我身边，那么，我知道我应该选择什么样的结局。

是的，她没有回到我身边。

属于她的那扇窗，一点儿动静都没有。

天渐渐地亮了，唱累了的我，终于带着我的吉他和我带血的手指以及一颗千疮百孔的心，回到了自己的家。

我就那样躺了很多天，什么也没干，哪里也没去。某一天下午，我听到不远的地方有许多声响。我想起我很喜欢的一首歌，*Knocking On Heaven's Door*，这就是天堂的敲门声了。我想，一切都很完美，到此结束，干净利落。

所以张沐尔冲进来的时候，我甚至还对他微笑了一下，天堂里

居然有朋友，这一点，还算不错。

我清醒之后发现自己手背上扎着吊针，身上盖着被子。

我用力把针拔掉，血一下子涌了出来。

张沐尔跑过来，手里端着一碗汤。

"严重营养不良，"他看着我说，"兄弟，你差点死了。"

"关你什么事？"我说，"谁是你兄弟？"

"喝了吧。"他把汤放在床头柜上，被我一巴掌打翻，哗啦一声掉在地上，汤汁飞溅。

"我再去给你盛。"他低眉顺眼地说。

他转身走向厨房，我喊住他："不用了。"

他仍是不敢看我，低头说："阿南，对不起。"

我叹口气，竟然不合时宜地想起了某部电视剧里的一句台词：如果道歉有用，还要警察做什么？

"你什么时候知道的？"我问他。

"事情其实并不是你想的那样。"他说。

"那你告诉我是什么样的？"我用虚弱的声音对着他大喊，"图图爱上怪兽，怪兽爱上图图，然后她玩儿失踪，你们什么都知道，就瞒着我一个人？"

"阿南，你别这么冲动……"

"别说了！"我大吼一声，他吓得一哆嗦，不敢再多话。

"你到底是什么时候知道的？"我问，紧接着又泄了气，"算了，你不必回答。"

他用我不能理解的怜悯眼神看我，一直看，直到我受不了，把头扭向天花板。

"阿南，"他忽然小心地问，"你和七七，真的没什么？"

我暴躁地捡起地上一片碎片向他砸过去。

七七？开什么玩笑！她只是个孩子！

319

"原先我也不相信，可是……你在那边待了那么久。"他说得有点儿艰难。

"你什么意思？"我怒吼，"你给我说清楚！"

"这不该由我说，"他的声音忽然变得很低，"有一天你会明白的。"

说完这句话，他就转身头也不回地走了。这死胖子，居然也有如此决绝的时候。

我会明白什么？或者说，我需要明白什么？我唯一明白的，是我不能死。

为情自杀，呵呵，我自嘲地想，那是十六岁女生玩儿的把戏，就算死了图图也会看不起我。

但是我必须离开这里，我没有任何理由在此停留。我去厨房把张沐尔做的汤一口一口喝干净。他的手艺真不怎么样，人参、红枣、肉桂塞满了一锅，喝到最后一口我差点吐出来，突然一身大汗，心底空明。

电话停机，银行卡销户，房子退租，行尸走肉的我办起这一切来，居然还有条不紊。

行李已经打包，车票已经买好，很快地，我在这个城市生活过的痕迹将被完全抹去，连同我以为会地老天荒的爱情。

把手机扔掉之前，我有一丝犹豫。

我想到七七。

这些天她一直没有打过我的电话。我猛地想到她，她的病情有没有好转？房子卖掉以后她会住在哪里？我想给她打个电话，却发现，我只有优诺的号码。

于是，我拨通了优诺的电话。

那边有人轻快地喊我："嗨，林南一，是你吗？"

"是，"我说，"七七呢？"

"她在睡觉，"优诺说，"她一直在找你，或许过两天我会陪她去看你，你欢迎不欢迎啊？"

"噢。"我的声音停在空气里。

"她最终没卖那个房子，"优诺说，"而且她愿意定期去 Sam 那里，她的记忆应该可以恢复，这真是个好消息，对不对？"

"嗯。"我说。

"她常常提起你，有时候说起你们在一起的片段，那好像是她现在唯一愿意回忆的东西。"

"是吗。"

"林南一，你怎么了？"优诺说，"你听上去像病了一样。"

"没，"我说，"有点儿累。"

"你们那里的樱花真漂亮，等我带七七去的时候，你陪我们一起去看樱花好吗？"

"好。"我说。

"等七七醒了我会告诉她你来过电话，"优诺说，"我让她打给你。"

原来她过得还不错，我欣慰地想，这世界上总算还有一件值得开心的事情。

我把手机关机，扔进抽屉，它淹没在图图叠的幸运星里，消失不见。我出门，用手遮住脸，不让任何人看见我的眼泪。

林南一，我们再也见不着了。

我好像听见七七的声音在虚空里向我喊。她明亮的，忧伤的眼睛紧盯着我，像流星一样，嗖地一下，消失不见。

再见图图，再见七七。

再见，所有我爱过和爱过我的人。

请相信，离开并不是我真心想要的结果。

第十一章

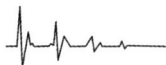

失 速 的 流 离

　　我去支教的地方，叫作幸福村；我教书的小学，叫作幸福小学。

　　这所学校只有三个年级，我教三年级的语文、数学和自然，以及所有年级的体育和音乐。

　　每个年级一个班，每个班二十几个学生。

　　学校里只有一台破旧的风琴，所以孩子们的音乐课是全校一起上。

　　虽然以前的音乐课都由五音不全的老校长兼任，但是每一节课，仍然是他们的节日。

　　我带去了我的吉他，摔坏的那一把。临走前，我去了一家琴行，简单修理了一下，换了琴弦。它总算活了过来，虽然有点儿苟延残喘的味道。

　　共鸣箱已经老迈，声音已经不再清澈，好几个音还会莫名其妙地跑调，它就像一个缺了牙，说话漏风的老人。我最忠实的伙伴，

它和我一样，伤痕累累，提前苍老。

但是孩子们并不在乎，第一节音乐课，我教他们唱《送别》，孩子们扯着嗓子，唱得响亮而整齐。

> 长亭外，古道边
> 芳草碧连天
> 晚风拂柳笛声残
> 夕阳山外山
> ……

干净而羞怯的童音，让我的心慢慢回归宁静。

他们都是拙于言辞的孩子，只有用这种方式，表达他们对我的喜欢和尊敬。

每次一下课，我都会让两个唱得最好的小孩儿来玩玩我的吉他。他们先是胆怯地伸出小手轻轻拨几下琴弦，然后慢慢大起胆子模仿我的样子哼哼唱唱，笑逐颜开。

我的小屋就在学校旁边，小屋另一侧是村民的菜园。每次我回家，如果碰到正在侍弄菜地的村民，一定会拔几棵菜让我带回去。

肥料的气味、水渠的气味、泥土的涩味、风吹过蔬菜叶子的喧哗，终于，这些慢慢让我不再感觉那么悲伤痛苦。

我决定在这里生活一辈子。这样就永远不会有一天，在街头碰见怪兽和图图，看见他们幸福的笑脸，他们紧握的手，他们的孩子，而我也永远不必走上去强颜欢笑地说恭喜。

我毕竟不是一个心胸宽广的人。

没有电话，没有网络，日子过得静如止水。有时候我会想起七七的话，她如果知道我现在的生活，还会不会咧着嘴嘲笑我是在让自己腐烂？

不管怎么说，我们都在试图忘记。她真是旷世奇才，懂得在一夜之间将所有的记忆移进回收站，而愚笨如我，恐怕用尽一生，也没有办法从记忆中彻底抹去一个人的身影，抹去她的一颦一笑，还有曾经的那些海枯石烂和愚蠢的幻想。

忘记真是一件伟大的事情。

每个星期，我要去镇上进行一次必要的采购，采购一些生活必需品。顺便去看望介绍我来这里的朋友——以前在大学时睡在我上铺的兄弟——阿来。

阿来毕业后没有去找正式的工作，而是在镇上开了一个网吧。网吧很小，电脑速度也不快，但生意不错，来上网的人很多。每次我去了，阿来定会请我喝酒。在网吧边上一个邋遢的小饭店，一盘花生米，一盘拌黄瓜，一盘肉丝，我们喝到心满意足。

"南一，"阿来说，"你真的打算在这里待一辈子吗？"

我沉默一下回答他："或许吧。"

"以前我们都认为你会有很大出息。"阿来说，"那时你在学校跟我们不一样，有理想，有追求，还讨女孩子喜欢，羡慕死我们一帮兄弟了！"

"不谈女孩子。"我说。

"失恋嘛，"阿来劝我，"不可怕。不过赔上自己的一辈子，就有些不值得了。"

因为这个话题，那天的酒喝得不是很痛快。阿来要回网吧，我就跟着去了。我已经很久不上网了，在一台空机前坐下，努力劝说自己该去看看国家大事，海啸干旱，飞机失事。我曾经所在的那个世界就算再一如既往地灾难频发，这些都已经不能再影响到我了，所以，关心一下也无妨。

至于过去常去的网站和论坛，已经跟我绝缘了。

除了一个。

324

我犹豫了几分钟，终于忍不住去看了看"小妖的金色城堡"。

　　我放心不下七七。

　　小镇的网吧网速很慢，在网页终于打开的时候，令人惊愕地跳出来一个对话框，就像一面旗在大风里飘啊飘，上面写着一行大字：寻找林南一！

　　我看见上面写：林南一，男，年龄20-30岁，血型不详，星座不详。性格暴躁，爱弹吉他，不太快乐。如有知其下落者请速与我们联系，即付现金十万元作为酬劳，决不食言！

　　留的联系人赫然是优诺。

　　就像当年寻找七七一样，他们这样大张旗鼓地寻找我，这是为什么？难道又是那个心理医生出的馊主意，让我回去唤醒七七的记忆？或者是七七哭着闹着要找我，他们没办法，只好出此下策？

　　我从来都不知道，自己竟然这么值钱。

　　十万元，我的天。

　　搞笑的是，重赏之下必有勇夫。我看了看，已经有超过两百条留言报告我的行踪了。每一个人都说得言之凿凿，我看着自己上午在甘肃，下午就跑到了海南，实在忍不住笑了。

　　遗憾的是，我在网上找了半天，也没有看到他们通报七七的病情。倒是暴暴蓝的新书搞了个主题歌的噱头正在做宣传，她新书的名字居然叫作《没有人像我一样》。

　　网上有个链接，点开来，是我唱的歌。

　　我不知道是谁录的，还是现场版，不算清晰，却足以勾起我对前尘往事的记忆。

　　我翻遍了网站的每个角落，还是没找到七七的任何消息。我也就无从得知她是已经恢复记忆了，还是已经彻底失忆了？她还会不会记得世界上有个关心她的傻瓜叫林南一？

　　我终于决定关掉电脑，关机之前，我恶作剧地匿名留下一句话：

一个人不可能找不到另外一个人，除非他瞎了眼睛，那么全世界都瞎了，不是吗？

我走出网吧的时候，天空开始飘雨。我忽然想起七七说害怕下雨的样子，心里有了一阵柔软的悸动。我只能笑自己，林南一啊林南一，搞了半天，你对这个世界还是未能忘情。

那天晚上我梦到七七，却是一个恐怖的噩梦。她不知道被什么人追着一路疯狂地奔跑，她的胁下插着那把水果刀，但是奇怪的是她没有流血，也没有喊疼。

"林南一，"她忽然镇定地停在我面前，轻声问我，"你怎么在这里？你不管我了吗？"

"管，当然管，"我忙不迭地回答，伸手轻轻拥住她，"七七我怎么会不管你呢？"

"你是谁？"她忽然疑惑地看着我说，"我不认识你。"

这句话在梦里也伤透了我的心。我就那样傻傻地，伤心欲绝地看着她，直到她的脸慢慢地变得模糊。"林南一，现在你知道了吧？"她忽然这样问我，我定睛一看，竟然是图图的脸，她冷漠的表情仿佛要拒我于千里之外，她像一滴水一样溶在了空气中，再无一丝痕迹。

"图图！"我撕心裂肺地喊。

我猛然惊醒，熹微的晨光透过窗户，新的一天又开始了。

学生已经列队在煤渣铺的操场上做早操了。我深吸一口气，加入他们，用夸张的动作来驱散残存在心中的恐惧。

梦都是反的，我一边用力踢腿弯腰，一边告诉自己，做噩梦恰恰就说明，她们过得都还不错。

但是我的心还是像被猫抓了一样。

早晨上完两节语文课，我终于还是走到公用电话前。

我忽然庆幸自己还记得优诺的电话号码。

电话很快就通了，山里信号不好，通话声里带着嚓嚓的电流声。但优诺的声音还是那样悦耳："喂，哪位？"这么简单的几个字，她的声音能让人从雨里望到晴天。

我忽然一句话都说不出，心慌意乱地挂断了电话。

我只能从她尚算愉快的声音里，自欺欺人地推测一切正常。

我一直是个软弱的人，一直是。所以，七七，请你原谅我。

晚上，我在昏黄的灯下批改学生作文，我布置的题目是《我最喜欢的人》。大多数人写的是自己的亲人，还有几个学生写的是我。只有一个叫刘军的男生，写的是同班的女生张晓梅，因为他买不起课本，张晓梅总是把自己的课本借给他。

"张晓梅同学不仅有助人为乐的精神，长得也很漂亮。她梳着一根长长的辫子，喜欢穿一件红色的衣服，不论对谁都甜甜地笑。"

我给了这篇作文最高分，第二天，在课堂上朗读。

有学生吃吃地笑起来，一个男生终于站起来大胆地说："老师，他早恋了！"

全班哄堂大笑。

我没当回事，隔天却被校长叫到办公室，委婉地问起我"早恋作文"的事。

看来对于这类事，不管哪一所学校都是一样敏感。我正在想应该怎么应对，校长办公室的门忽然被人粗鲁地撞开。

"林南一！"有人吵吵嚷嚷地喊。

我的天哪！竟然是七七！她围着一条火红的围巾，像一个妖精那样冲了进来。

优诺跟在她的身后进来，看我惊讶的样子，调皮地一吐舌头。

"我找到林南一了，十万块钱是我的了。"七七看也不看我，板着脸对优诺说。

"反正也是你的钱，"优诺笑嘻嘻地说，"老板，你给自己开

张支票吧。"

简直像在做梦。

校长也一定这样想。

"这是怎么回事，林老师？"他有点儿结巴地问，他是个老实本分的中年男人。十万块？少女老板？这个玩笑对他来讲未免开得太大了些。

优诺快活地说："我们来找林老师，有点事想和他谈，可以吗？"

中年男人不能拒绝美少女的要求，校长别无选择地点点头。

在这种情况下，我要是不出去和她们谈，简直要把人都得罪光了。

"我不会回去的，"我第一句话就说，"你们不要白费心机了。"

七七插话道："这话我好像在哪里听过。"

优诺敏感地瞟了她一眼。

七七正色看着我说："林南一，你说话不算数，你说过要带我走，却自己一走了之，躲在这个鬼地方让我好找，你说，这笔账怎么算？"

"我是谁？"我问她。

"林南一。"她干脆地答。

"那你呢？"

"你别问了，"她说，"问也是白问，我只能想起一些片段。"

难道，她真的还没有恢复记忆？我疑惑地看看优诺，那一次通电话她不是说已经找了最好的医生吗？

优诺岔开话题："林南一，你的身价赶上 A 级通缉犯了。"

"你们怎么知道我在这里？"我实在忍不住自己的好奇心。

"这个嘛，"优诺说，"我可以告诉你，但是你要先让我们找个地方休息一下，我们是坐晚上的火车来的，又翻了三个小时的盘山路才找到这里，你躲得还真够远的。"

美女既然发了话，我只好领她们到了我的小破屋。说实话，我

自己住的时候没觉得有多差，但是一来了客人，尤其是女孩子，就显得有些寒碜了。

"坐床上吧，"我红着脸招呼她们，"这里只有一把椅子。"

优诺不以为意地坐下，七七却不肯坐，在屋子里四处转悠。破旧的书桌，简陋的厨房都在她挑剔的目光下展露无遗，我只能忍无可忍地对她说："你能不能消停点？"

"你以为你是我什么人？"她瞪我，口齿伶俐地反驳，"我高兴消停就消停，不高兴消停就不消停，你管得着吗？"

谢天谢地，她终于又成了那只不好惹的小刺猬。我看着她微笑，她却别过脸不再看我。她到底不再是以前的那个七七了，她的神情中会偶尔闪过一丝被掩饰的悲伤，眼神也不再灵动。

也许，当我们真的遭受过一次大的伤痛，就再也不可能真正地回到从前。

优诺遵守诺言地告诉我她们找我的经过。

"七七给了我一个 IP 地址让我查，然后第二天，我接到一个来历不明的电话，区号显示在同一个地区。"

"就这么简单？"我瞪大眼睛，"没有想过是巧合？没有想过会白跑一趟？"

"女人的直觉是很灵的。"优诺一本正经地说。

"可是你们为什么找我呢？"我说，"找我有什么用？"

"有什么用？"七七在一边冷冷地说，"原来你衡量世界的标准就是这个？那你活着有什么用？你总是要死的，是不是？"

她还是一如既往地唇尖舌利，让我哑口无言。

幸好还有优诺，有她在，七七就不会太肆意地由着性子来，她一直是一个能让人心里安稳的女孩子。过去我并不相信世界上真有接近完美的人存在，但是现在，当她坐在我简陋的小床上；却像坐在富丽堂皇的皇宫里一样安闲自在时，我真的相信了七七曾经对她

的溢美之词：她是一个天使。

"林南一，回去吧，"优诺说，"我相信你在这里生活的意义，但是，你还是应该回去做你的音乐，你会是一个很棒的音乐人，能做出成绩来。"

"别夸我了，我自己什么水平自己心里有数。"我说。

"来这里之前，我去了'十二夜'。"优诺说。

"再也没有'十二夜'了。"我说。

"谁说的？"七七插话说，"我说有就有！"

"好吧。"我无可奈何地说，"就算有，也跟我没有任何关系了。"

"怎么会？"优诺说，"你答应过我，要面对面唱那首歌给我听呢。"

"实在抱歉，"我说，"恐怕再也没有这个机会了。"

优诺还想说什么，我双手一摊："美女们，难道你们一点都不饿？"

"有什么吃的？"优诺问，"我来做。"

"没有肉，"我不好意思地说，"有蔬菜，随便找块菜地拔就是，要多少有多少。"

"林南一，你这里是世外桃源。"优诺笑。她拍拍手出去摘菜，我看着她渐渐走远，再看七七，她趴在窗框上，呆呆地出神。

"七七，"我走过去，把她的肩膀扳过来，看着她的眼睛，"都是你的主意对不对？"

她躲避我的目光："我不知道你在说什么。"

我直截了当地说："暴暴蓝说得对,叶七七,你要装到什么时候？你累不累？"

"你有多累我就有多累，"她说，"我不知道我有没有在装，但是你，林南一，你装得真够辛苦。"

"我过得很好，"我说，"我并没有失忆，也没有逼一大群人

陪我卖房子！我只是过我自己的生活而已，这有什么错吗？"

"是吗？"她的眼睛看着我的破瓦屋顶说，"这就是你想要的生活吗？你骗得了你自己，但休想骗我！"

"我从没想过要骗谁！"

"你那时候天天找她，现在她回来了，你又要躲，林南一，你到底在搞什么？"

我吃惊："你都记得？"

"只记得一点点。"她说。

见过会耍滑头的，没见过这么会耍的。虽然我确认她的失忆百分之七十是装出来的，可是，此刻她清白无辜的眼神怎么看也不像在作假。我长叹一声："好吧，你的事我不管了，可是我再说一遍，我不会回去，不会离开这里。吃完饭就请你们赶快走，我下午还有课。"

"林南一，"她终于直视我，"难道你真的不再关心她了吗？"

"她是谁？"我装傻地问。

她瞪大眼睛："不得了，难道你也失忆了？"

那一刻我真的是啼笑皆非。

七七却一下子变得严肃起来。

"林南一，你愿意自己像我一样后悔吗？"她看着自己的脚尖，语气缓慢地说，"在她最想看见你的时候，你却在这么远的地方。也许等你想再次看到她的时候，却发现你已经没有机会了。"

她居然一口气说这么长的话，也许在说之前，她已经在心里演练过很多遍了。

在这个世界上，她仍然是独一无二的那个人，永远知道什么样的话最能击中我。

"你弄错了，"我喃喃地说，"她已经不再需要我了。"

"你怎么知道？"她反问。

"是她说的。"我不能再继续这个话题，我不愿意再回忆，图图黯然失神的脸又出现在我眼前，让我无法呼吸。

"你怎么能相信女人的话？"七七肯定地说，"回去找她吧，林南一，你去找了，最坏的结果是伤心一次，但不去找，你注定会后悔一辈子。再争取一次吧，那个怪兽根本就不是你的对手，她只是在气你，你怎么就想不明白呢？"

优诺捧着两个大萝卜和一堆西红柿回来的时候，七七已经强行把我的吉他放进琴盒了。

"菜真新鲜！"她开心地说，"林南一，西红柿凉拌可以吗？"

"做什么饭？"七七得意地说，"帮林南一收拾行李吧，他已经决定跟我们回去了。"

接着她又对我说："你那些破行李能扔就扔了吧，回去我们给你买。"

我一把抓住七七："我跟你说了，我不回去！"

七七一把甩开我说："你什么臭脾气啊，能不能改一改？"

"不能，"我说，"我就是这样。"

"林南一，"优诺打断我们的争执，"七七去看张沐尔了。"

"谁是张沐尔？"七七说，"我只知道一个大胖子。"

"随便你。"我瞪她一眼。

优诺插话道："她还在张沐尔那儿看到了你的女朋友，她生病了。"

"她不是我女朋友。"我嘶着嗓子说。

图图病了，可是，这关我什么事呢？

优诺又说："林南一，就算她不是你女朋友，你不觉得这一切都很蹊跷吗？你不想知道她得的是什么病吗？"

"难道你知道？"我反问她。

"我当然知道，"七七说，"但是，如果你不回去，我就不告

诉你，"然后她咄咄逼人地直视我，"回，或者不回，等你一句话。"

我似乎没有选择。

优诺善解人意地插话："林南一，反正明天就是周末，我们陪你到明天上完课再走，你要是舍不得这里可以随时回来，你说呢？"

我知道，就算图图病了，张沐尔和怪兽也会把她治好。

我甚至知道，也许这一切都是子虚乌有，不过是七七为了骗我回去想出来的花招。

可是，为什么我没办法拒绝呢？

有句话叫台阶是给人下的。

那么好吧，有台阶，我就下一下，或许，这并不是什么坏事。

那晚，我安排七七和优诺在我小屋睡觉，我自己跑去和一个男老师挤一挤。那晚忽然停电，好在她们都不介意。我点了蜡烛，七七很兴奋，在我那张小床上跳来跳去。优诺悄悄对我说："很久没见她这么开心了。"

"是吗？"我说。

"找不到你，她不会罢休的。"

噢，我何德何能。

优诺果然冰雪聪明，很快猜中我的心思："有些人很重要，遗憾的是，他们往往不知道自己有多重要。"

"优诺，"七七大声地说，"你能不能不要讲大道理，唱首歌来听听吧？"

"好啊，"优诺大方地说，"我要唱可以，不过要林南一伴奏才行。"

七七蹦到床边，把吉他递到我手里，用央求的语气说："林南一最好了，我想听优诺唱歌。"

我拨动生涩的琴弦，优诺竟唱起那首《没有人像我一样》。

她的嗓音干净而温柔，和图图的完全不一样，却同样把一首歌

演绎得完美无瑕。唱完后，七七鼓掌，优诺歪着头笑。

我忽然觉得，我没有理由拒绝回忆过去的美好。

折磨自己，有何意义呢？

第二天上完课，我拎着行李去跟校长告别，他很不安地说："林老师，我昨天不是在批评你，我只是跟你说一说而已。"

我红了脸："不是因为这个，我有事要回去。实在对不起。"

"那你什么时候回来？"

我没法回答他。

操场上，七七和优诺在和一些孩子玩跳房子。她是那么开心，仿佛一切不如意都已经过去。

在回程的火车上，七七睡着了。

这列慢车上没有卧铺，幸好人也不多，七七在一列空的坐席上横躺，很快变得呼吸均匀，乘务员大声吆喝也没能把她吵醒。

优诺心疼地看着她。"她已经有两天没睡了。"

"怎么回事？"我说，"她到底好没好？"

"她在网站上看到一句话，说是什么这个世界上不可能一个人找不到另一个人，除非瞎了眼之类的，她一看到就认定是你留的。"

我张大嘴巴。

她居然什么都记得！

"我们在你的城市待了一整天，"优诺微笑着说，"顺便看了樱花，两年前我曾经看过，这次再去，樱花还是那么美。我想，我没有什么理由不快乐。"

"你也是个有故事的人，优诺。"

"我二十四岁了，林南一，"她冲我眨眨眼睛，"如果一点儿故事都没有，那我岂不是很失败？"

我看着她忍不住微笑，她的心情，似乎永远是这样晴空万里。不过我知道，她一定也很累。因为她靠在座椅上，也很快睡了过去。

她睡着的时候像个孩子似的，毫无戒备，好几次头歪到我肩膀上。我想躲，可最终没有，她均匀的呼吸声响在我耳边，我把半边身体抬起来，好让她靠得更舒服一点儿。

而那个我以为自己再也不会回去的城市，终于在列车员的报站声中，一点点地近了。

列车进站的时候，优诺总算是醒了过来。

"对了林南一，有件事我一直没敢告诉你。"她迷迷糊糊地说。

"什么事？"

"你可别说是我说的，"优诺故作神秘，"七七把那间酒吧盘回来了，用了原来的名字。她要给你一个惊喜。"

是吗？我苦笑，我果然惊了，喜却未必。

优诺仔细地看着我的脸："我就知道你会是这种反应，但是一会儿记得装高兴点儿。人家本来不愿意的，七七差点没把那人逼疯，简直要打起来了。"

"何必，"我说，"买下又能怎么样？我又不会再回去。"

"不回去哪里？"七七好像被我们谈论话题的声音吵醒，忽然坐起来，惊慌失措地问。

等搞清楚状况之后，她骄傲地一仰头："林南一，你知道你女朋友为什么离开你？"

"为什么？"我简直无奈。

"因为别人对你的付出，你总是这么不领情。"

这样一来，我完全相信了优诺说的，再这样下去，我也会被她逼疯。

"你说她到底是不是在装蒜？"我故意大声问优诺。

"你说什么？"优诺的表情诧异得有些夸张，"医生都不知道的事情，我怎么会知道？"

这一对超级姐妹组合，我真是不服都不行。

下火车后，七七拦了辆出租车。

"去酒吧街东头的'十二夜'，"她说，"你认得路不？"

司机点点头，七七上车，优诺拉我坐到后排。

"麻烦先给我找一家旅馆，"我说，"我是游客，不去什么酒吧。"

"不许听他的！"七七说，"给钱的是他还是我？"

"我到底听谁的？"司机恼火地说，"你们要不下车，这个生意我不做了行不行？"

我推开车门就下去，优诺跟下来。

"林南一，"七七摇开车窗，"我们不是说好了吗？"

"是说好了，"我镇定地说，"我已经回来了，请给我答案。"

七七气急："林南一，你不要跟我耍赖！"

"我承认我关心她，但这并不意味着我要回去把事情再一次弄得一团糟。你现在告诉我，当然好；不告诉我，我也不能强求。我相信他们会把她照顾好的。"

"我给你三秒钟的时间选择，去还是不去？"

"一秒钟也用不着，"我说，"请告诉我答案。"

"你真不跟我去吗？"七七嘲讽地问。

我肯定地点头。

"那好，你不要后悔。"七七丢下这么一句，重新摇上车窗，她甚至没有招呼一声优诺，出租车就开走了。

"你怎么不去追？"我问优诺。

"她对这里比我熟，"优诺笑着说，"不用担心。"

"她吃错药了。"我郁闷地点燃一根烟，想到自己全部的行李都在那辆出租车的后备箱里，不知道七七下车的时候会不会帮我取出来。

"夏天到了，"优诺忽然说，"林南一，你喜欢夏天吗？"

我啼笑皆非地看着她，据说她是学中文的，是不是学中文的女

生都会像她这样不合时宜地多愁善感，在别人焦头烂额的时候东拉西扯？

"对我来说，所有的季节都差不多。"我尽量认真地回答。

"失去一个人之后，所有的季节都差不多，没想到你还是个诗人呢，林南一。"

"你才是诗人，你们全家都是诗人！"我实在是被她酸得不行，只能反击。

她笑道："七七是去年夏天离开我们的。一年的时间，很多事情都变了。"她深吸一口气，"她说她答应帮你找一个人，你知道吗？"优诺的眸子忽然变得亮闪闪，"现在她已经找到那个人了。"

这个消息在几个月以前说出来，我应该会欣喜若狂吧。但是此刻，我只是看着香烟淡蓝色的烟雾飘散在空气中，耳朵里还有残余的蝉声，路灯一盏盏地亮起来，空气中慢慢飘来夜间烧烤摊的味道，这是我如此熟悉的城市，她的夏季的夜晚总是如此喧嚣。

我和图图，也是在夏天认识的。

而一个又一个的夏天，就这样不可抗拒地来到又走掉。

"迟了，"我说，"已经迟了，优诺，就像你说的，什么都变了。"

"也许没有变呢？"优诺说，"我很喜欢图图，她是个好女孩。"

我用恳求的眼神看她，她叹口气，我知道，她会给我那个答案。

她果然开口："七七一直在找你，但是你的电话一直不通，所以我带着她来了这里。来了我们才知道你已经走了。七七去找张沐尔，她在那里看见图图，张沐尔正在给她打针。"

我屏住呼吸，而她深吸一口气："那种针，我认不出来，但是七七从小被打过很多次，她绝对不会认错。"

我说不出话，紧张地盯着她的嘴唇，听见她清清楚楚地吐出来三个字："镇静剂。"

"为什么？"我喃喃地问，"为什么？"

优诺双手一摊："我不知道。"

然后她转了一下眼珠又说："难道你不想知道？"

她的话音未落我已经拦了一辆出租车。

"去酒吧街！"我冲司机吼出来，"快点！"

那块熟悉的招牌出现在眼前时，我居然一阵心酸。可是，我看到了什么？

酒吧内部被拆得乱七八糟，七七站在一群忙碌的工人中间，摆出工头的样子，作意气风发状。

"你在干什么？"我冲过去问。

"我没告诉你吗？"她酷酷地看我一眼，"这里在装修，我要把它改成这里最酷的酒吧，音响超好，在里面可以办演唱会的那种。"

"为什么？"我问，"我知道你有钱没处花，但是你不觉得你真的很浪费？"

"暴暴蓝会在这里举行她的新书发布会，"优诺赶上来解释说，"她已经选定了主题歌，也选定了乐队，万事俱备，只等酒吧装修完工。"

"什么主题歌？"我敏感地问。

"《没有人像我一样》，"七七没有表情地说，"演唱者，十二夜乐队。"

"谁同意的？"我火冒三丈地问，"歌是我写的！我说过给她了吗？"

"都是民意，"七七狡猾地说，"网友投票这首歌票数最高，我们也找过作者啊，悬赏十万呐！"

"那我现在说不给。"我有点儿气。

"可以。"她大方得让我吃惊。

"说定了？"我问她，"不会反悔？"

"决不反悔，"她说，"请把钱准备好。"

"什么钱？"

"你必须赔偿我们，"她扳着指头算，"酒吧的转让费、装修费、暴暴蓝新书的宣传费、音乐制作费，还有我的精神损失费……太多了，"她不耐烦地说，"不如你去和我的律师说。"

"叶七七你耍无赖！"我指着她，"我的耐心也是有限的！"

"你想打架？"她更无赖地说，"我的律师会在赔偿金里加上人身伤害费。"

"她真的有律师吗？"我转头问优诺。

"别闹了，七七，"优诺说，"我知道你有很重要的事要告诉林南一，是不是？"

"没有，"七七说，"我是一个失忆的人，我全都忘光了。"

我咬牙切齿，却又无可奈何，不小心招惹上一个妖精，这就是我的下场！

还是洗洗睡吧。

酒吧的楼上有一间小储藏室，怪兽曾把它布置成简单的卧房。我走上去查看，它依然在。被褥上积了厚厚的灰尘，看上去绝对算不上干净。我已经顾不了那么多了，像被人打晕了一样地倒了下去。

我很累。

图图，我很累，你知道吗？

发生这么多的事情，我有点儿撑不住了。

至少，让我梦见你，好吗？我迷迷糊糊地对自己说，让我梦见她，就像从前一样，她是我的好姑娘，我们相亲相爱，从来没想过要分离。

"林南一，"我真的听见她轻轻地对我说，"傻瓜林南一。"

然后她柔软的手指拂过我的额头，充满怜惜。

我翻身醒来。

"图图！"我大声喊，惊出一身的冷汗。

窄小的窗户只能漏进来一丝月光，但是也足够我看清楚，站在

339

我床边的人不是图图。

是七七。

她穿着一件火红色的上衣站在那里，在月光里燃烧得像一只精灵。夜色让她的眼睛恢复清澈和安宁，她轻轻叹息："你还是忘不了她，林南一。"

"你也忘不了他，不是吗？"我双手捂住脸反问，"七七，我们都失败得很，对不对？"

"我比你失败，"她说，"我再也没有机会了，但你还有。"

"机会？"我笑起来，"我甚至不知道她现在在哪里。"

七七看着我，神情凝重："如果你愿意，我明天就带你去找她。"

我心潮澎湃，我觉得，我已经等不到明天了。

"现在去不行吗？"我激动起来，"我想现在就去。"

"嘘，"七七做了一个噤声的手势，"你在做梦呢，林南一，好好睡吧，你太累了。"

说完这一句，她火红色的身影就消失在我的视线里。

我恍恍惚惚，不知道是梦是醒。

尾声

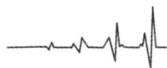

没有人像我一样

　　第二天早晨，优诺把我叫醒。七七站在她身边，背着她的双肩包，用一种陌生的目光打量我，一刹那我怀疑昨夜的一切其实并未发生过。

　　"起床了，林南一！"优诺说，"我们要去一个地方。"

　　"就是你昨晚跟我说的地方吗？"我看着七七急切地问。

　　"昨晚？请问你有梦游症吗？"七七不动声色地说。

　　老天，她到底要装到什么时候？

　　我管不了那么多了，随便拿冷水扑了扑脸就跟着她们出发了。出门的时候我看见工人已经来报到了。优诺说，新的十二夜明天就会开张。

　　"开业大吉新书大卖，你觉得这个创意怎么样？"七七问我。

　　"少废话！"我命令她，"上路！"

　　她吐吐舌头，我们上了出租车。我还记得怪兽说，会带图图回

341

老家，所以我对司机说："去海宁。"

"谁说的？"七七瞪我一眼，"你照我说的走。"

"听谁的？"司机问。

七七得意地看我，我忍气吞声地说："她。"

然而这段路，我觉得异常熟悉，一个红绿灯，一个忙碌的十字路口，一段荒废的林荫道……

"等等！"我终于忍不住喊出声来，"咱们这是去哪里？"

"你家，"七七说，"我们在那里住过，连我都记得，你不记得了吗？"

"你搞什么鬼？"我吼她，"房子我已经退租了！"

"林南一，你是真傻还是假傻呢？"她同情地看着我，"还有，你能不能不要一点儿小事就凶巴巴的？成熟一点儿行不行？"

我被她噎得说不出话，她继续气定神闲地给司机指路，还不忘回头揶揄我。

"顺便问一句，你知道暴暴蓝新书主题曲的演唱者是谁吗？"

"谁？"我很给面子地回应。

七七的唇边绽放出一个神秘的笑容："这个人，我不知道你是否认识。"

"到底是谁？"

"刘思真，不过，也许你更愿意管她叫图图。"

我目瞪口呆，优诺在一旁抿着嘴笑，看来她们什么都计划好了，被算计的人只有我。

我有理由大发雷霆的不是吗？幸亏优诺的笑容告诉我，事情应该不算坏。

真的回来了吗？车子停下，我有点儿犹疑地问自己。林南一，你真的准备好面对一切，不管摆在你面前的是怎样的真相？

"上来吧，林南一。"优诺在楼梯口叫我。

七七已经快速地跑了上去，我能听见她的脚步声在楼道里回响。

我深吸一口气，也跟着跑了上去。就这样直接重回过去，老天知道，这需要多么大的勇气。

长长的楼道让我有种错觉，时间它并没有残酷地流走。我回去，推开的会是两年前的一扇门，图图站在窗前，脸上都是夏天的影子。她会看着我说："林南一，去做饭好吗？"

我会一个劲儿地点头说好，那时候全世界都知道，她是我的姑娘，是我的爱人，我会宠着她，溺爱她，让她永远开心得像个孩子。

然而，我听到清脆的敲门声，七七的声音让我回到现实。

"张沐尔！"她大喊，"林南一回来了！"

我屏住呼吸，然后，门开了。

张沐尔沉默地看看七七，又看看我。

"进来吧。"他声音低沉地说。

我走进门，我被眼前的一切惊呆了。

除了客厅中央那个三万八的沙发，这间屋子，真的已经恢复到图图还在时的样子了。

图图的衣服，图图的鞋子，她贴在门背后张牙舞爪的狮子，她折的那些幸运星被做成一个很漂亮的风铃，挂在窗边，风吹过叮叮当当地响，好像图图的笑声还在屋内流动。

"怎么回事？"我张大嘴巴，半天才能出声，"张沐尔，这是怎么回事？"

他看也不看我，当然，也不回答。

"沐尔，"七七问，"你怎么了？他们俩呢？"

张沐尔终于开口："昨晚去市医院了。"

医院？我抓住他的胳膊："她怎么了？"

他冷静地扳开我的手。

"林南一，这个世界上最没有资格问她的人就是你，"他说，"你

还有脸回来？在她最需要你的时候，你去了哪里？"

我如堕云雾中，这一切，说不出的离奇，但是我知道，一定有什么事情，是我做错了。

"她每天坐在这里等你，"张沐尔指着一把椅子说，"直到昨天，她再也撑不下去了。"

我回身看七七，还有优诺。从她俩的表情上，我可以断定，她们对现状并不完全知情。

我低着头，用请求的语气对张沐尔说："请告诉我，到底怎么回事？"

"我正在收拾东西，"张沐尔说，"收拾完我们一起去医院吧。"

他的话音未落，我便转身下楼。叶七七跟在我后面喊："林南一，你等等我们，你能不能不要这么冲动……"

她的声音，我已经渐渐听不见了。

我独自打车去了市医院，他们的车紧跟着过来。在医院大门口，张沐尔追上我，用拿着水瓶的那只手替我指引方向，我用从没有过的速度奔了过去。

医院长廊的尽头坐着怪兽，看见我来了，他先站起来，随后又无力地跌坐回椅子上。

急救室的红灯一直亮着。

我的每一步都像踩在棉花上，两只手紧紧握在一起，可还是一直发抖。

"图图怎么了？"我终于问出声，但那声音嘶哑得不像我自己。

怪兽看了我一眼，没有说话。

"你说呀！"我吼道，"有种你就开口说话！我以为你会好好地照顾她！"

怪兽铁青着脸，仍然不发一语。

紧跟上来的张沐尔发出石破天惊的一声大喝："林南一，你现

在还有脸跟别人发火？我告诉你……"

"沐尔！"怪兽低吼一声，"不许说！"

"为什么不能说？"张沐尔反问，他的声音听上去像嚎叫，眼里却已经有泪光，"图图是被人害的！"他转向我，怒目圆睁，"是被这小子害的！他应该要负全责！"

我脑子里电闪雷鸣，怒不可遏地揪住张沐尔："你小子给我说实话！不然我揍死你！"

拉开我们的是优诺。

"好了，大家不要在这里吵，我们找个地方说去。"

在优诺的带领下，我、怪兽、张沐尔来到医院后面的一个安静的小院落。我站在假山的后面，喘着气等着他们告诉我一切。

先开口的是张沐尔，他冷笑着说："到现在你小子还在假装清高！当初要不是你不肯卖歌，图图怎么会这样呢？"

"她到底怎么样了？"我觉得我的耐心已经到了极限。

"吸食违禁药品。"张沐尔别过脸去。

"你胡说！"我一拳揍过去，张沐尔几个趔趄倒在地上，他吐了一口唾沫，指着我的鼻子："林南一，我告诉你，图图是世界上最好的姑娘，你欠她的，你一辈子都还不清！"

他到底在说什么！我无力地把目光转向怪兽，他躲避着我的注视，别开头去缓缓地说："图图离开你，是到长沙的歌厅唱歌去了。"

"你一直知道？"

他摇头："我不知道，直到那一天，就是七七在酒吧打人的那天，图图才打电话给我，向我求救。"

求救？我的心被拉扯得一下一下痛起来。

去长沙三个月的图图，本来以为很快就能赚到足够的钱来重组乐队，但是一天晚上，有人递给她一根烟。

这根烟改变了一切。

"她染上了成瘾性药物，"怪兽艰难地说，"走投无路的时候，她终于决定回来。她打电话给我，第一句话就是，不要告诉林南一。"

怪兽在一间破烂的出租屋里找到图图。他偷偷把图图带回来，安置在自己家里。

"她一直相信自己能好的，她一直想好了再回到你身边，她不想让你知道她那些不好的事情，"怪兽用手捂住脸，"我们把事情想得太容易了。"

图图身体不好，戒除药物成瘾的过程无比艰难。她坚决不肯让任何人知道这一切。为了支付昂贵的戒除费用，怪兽花光了所有钱，直到家里也不再肯提供资助。

"你为什么不告诉我？"我抓住怪兽的胳膊。

"图图有时候会回去看你，"他低声说，"有一天晚上……"

他看看我，又看看七七，然后什么也没说。

我松开他，绝望地捂住脸。我想我知道图图看见了什么。

"第二天你就走了，"怪兽接着说，"我们都以为你不会再回来了。"

"所以我卖了酒吧，张沐尔也是那时候才知道的。图图那时候已经有了一些并发症，他是医生，我需要他的帮助。"

"我没用，"张沐尔靠在墙角揪住自己的头发，"我没能救她。"他呜呜地哭了起来。

我的心里有个声音轰鸣地在响，她来看过我！她就站在我面前，她憔悴的面容，她决绝的神态。而面对触手可及的真相，我就像一个又聋又瞎的人，听而不闻，视而不见。

我居然真的相信了她说的话，相信她已经不爱我了。

我是全世界最不可原谅的傻瓜。

"那天晚上，你在我家楼下唱了多久，图图就在家里哭了多久。她用枕巾捂住自己的嘴巴，不允许自己发出任何声音。我劝她出去

找你，告诉你一切，但她不肯。她说，一定要等治好了再回去，你脾气那么倔，不会轻易原谅她。你走了之后，图图求我租下你们原来住的房子。我知道，她心里始终盼着你能回来，发现真相。"怪兽用手遮着眼睛，继续说，"可是，你走得还真干净。她每天坐在阳台上等你，她那个样子……"眼泪顺着他的指缝流下来。

这时候，那边传来七七的喊声："医生出来了，你们快过来！"

我们三人一起冲过去，急救室的门已经打开了。

"医生，她怎么样？"优诺首先问。

她知道，我们三个男人都没有勇气开口。

戴着口罩的医生说："循环系统的问题已经很严重了，肺和心脏也都有病变。总之，情况糟透了。"

"我们要用最好的治疗，"七七抢上去说，"最贵的那种。"

医生狐疑地看着这个小姑娘，她已经拿起手机，电话接通的一刹那，她叫了一声麦子，忽然泣不成声。

优诺沉默地抱住她，她仍然哭个不停。

"你们最好安排人守着她，"医生说，"如果有情况，马上按铃通知值班医生。"

我沉默地举了举手。

"你也配！"张沐尔狠狠地骂我。

"我们……能进去看看她吗？"怪兽小心地问。

医生点点头。

我终于，又见到图图了。

本来我以为，我们这一生，都没有可能再见。

她安静地躺在病床上，躺在一大堆洁白的被子里。她整个人看上去非常弱小，非常轻盈，似乎吹一口气就会飘浮在空中。

她醒着，眼睛黑亮，但是没有看任何地方，眼神空洞得让人心碎。

"图图，"我用最温柔的声音叫她，"图图。"

她的眼睛眨了眨，似乎认出了我。

"林南一。"她居然奇迹般地开口了，她的声音还是那么美，甚至美得比过去更加澄澈，有种震撼人心的力量。

"吉他……"她叹息一声，然后又昏迷过去了。

所有人离开以后，我在图图的床边支了一张小床。她的情况很不稳定，大多数时间都在昏迷。偶尔清醒的时候，她也并不说话，甚至不看我，只是盯着很远的地方，发出若有若无的叹息。

她的嘴唇仍然那么丰润，似乎过去所有的亲吻还停留其上。

而我已不能再亲吻她，张沐尔说得对，我不配。

她的昏迷，似乎是一次长时间的睡眠。她睡得惊人的安静，除了在梦里，她会不能控制地呻吟、喊痛。

她会不会梦见我呢？在梦里，我们是不是像从前一样甜蜜？

老天，请你一定让她醒来。她若不醒来，这些揪心的问题将永远不会有答案。

终于，终于有一天，她醒了。

她在一个午夜醒来。我听见她一声声叫着："林南一，林南一……"

"图图！"我大喜若狂，"你醒了！"

她轻轻地点点头，我傻乎乎地笑："这不是在做梦？"

她也看着我笑，笑得像月光一样美。我们就这样相对笑着，不知道过了多久，她皱起眉头。

"林南一，这里好静，"她轻声说，"你能唱首歌吗？"

"以后再唱，"我把她的手握在我的掌心里，"医生说你得好好休息。"

"有什么关系呢？"她摇头，脸上有一种费解的神情，"林南一，我真的很想听，我死了就没法再听了。"

"不会，不会，"我摇头，"图图你不会死。"

她微笑，似乎懒得和我争辩。

"图图，我很想你，"我傻傻地说，"一直很想你。"

"我知道。"她温柔地回答。

"今后，再也不许就这么走掉了，听到了没有？"

她仍是微笑，不点头也不摇头。我忽然不知道该说些什么好，只能悲喜交集地看着她，这样甜蜜的夜晚，一秒钟如果能拉长成一万年，该多么美好。

"林南一，你是不是不喜欢我去唱歌？"她忽然问。

"没有，"我说，"只要是你做的事，我都喜欢。图图，我从没生过你的气，我只气我自己。"

她点点头，好像很放心的样子。她脸上的微笑越来越恍惚，她就那样微笑着，轻轻抓住我的手。

"林南一，对不起，"她说，"我本来差一点儿就凑够钱了。"

"什么钱？"

"吉他啊，我一直想给你买一把吉他，世界上最棒的吉他。"她有点儿喘不过气，"我一直想让你知道，虽然你又傻又倔，脾气还臭，但是，在这个世界上，还有一个更大的傻瓜，她那么爱你。如果有一天我不在了，当你弹着那把吉他，你还会想起，有个天下第一号大傻瓜那样爱过你，你就会觉得自己特厉害……"

"别说了，图图！"我的心已经紧紧揪成一团，痛到不能呼吸。

"唱一首吧，林南一，"她叹气，"那天在窗户底下，你唱得真好听。"她说完，竟然开口先唱，我的调子，我的歌词，却打上了图图独一无二的标签："没有人像我一样，没有人像我一样，啊啊啊啊啊，在离你很远的地方，独自渴望，地老天荒……"

我握住她的手，我的眼泪和她的眼泪一起流到我们的手心里。那一刻，我很想唱歌，唱我会唱的所有歌给我最爱的女孩听，可是我的喉咙再也发不出声音，大团的悲伤累积着，我已经失去我自己

了。

"林南一，你以后一定要好好地去爱她……"她微笑，"七七很好。"

"别瞎说，"我打断她，"图图，不会有别人，从开始到结束都只有你。"

她轻轻叹息一声，唇角有一丝挣扎的笑。

"傻瓜林南一，"她的声音已经轻得像呼吸，"会有别人，一定要有别人，可是，你知道吗？"

"没有人会像我一样爱你。"

这是她最后的一句话。

然后，她沉默了很长时间，我知道，她是睡着了。我用颤抖的手抓起她的手，她很平静，她只是睡着了。

我并不知道自己何时开始发狂的。

"医生！医生！"我大叫，同时伸手疯狂地一次又一次按铃。我似乎听见铃声穿过走廊，直抵黑夜里最黑最深的角落，我把自己的头一次一次用力地撞向墙壁，这是个梦，这是个噩梦，你必须醒来，醒来！林南一！

我任由自己这样疯狂地胡闹，心底却悲哀地明白，一切都是徒劳。

图图已经走了，这一次，她不会再回来。

我终于永远地失去了她。

直到七七冲进来，她从我的背后一把抱住了我，尖声喊："不许这样，林南一，你不许这样，我不许你这样！"

我转身抱住她，在一个孩子的怀里号啕大哭。

这是我一生中最放肆，最绝望的一次哭泣，我发誓，也是最后一次。以后的我，将不允许这样的事情再发生。我会将每一份爱都牢牢地抱在怀里，不让它丢失一点一滴。

我会小心地呵护它，直至生命的最后一刻。

秋天到了，暴暴蓝的新书发布会如期举行。

据说这是图书界的一次创新，一首真正的主题歌，一支专门的乐队。我抱着我的吉他，和我的"十二夜"一起完成了一次有纪念意义的演出。

我们的衣服上，都画着图图的头像，那是七七专门为我们做的演出服。

图图不在了，我们的主唱，换成了优诺。

暴暴蓝染了金色的头发，穿着短短的外套，被书迷围着签名。

七七走到我的身后，对我说："你准备好了吗？"

我转身对她微笑。

她也笑："林南一，你笑起来比哭还难看。"

我迅速做出一个哭的表情回应她。

"我很想他，"她忽然没头没脑地说，"你也很想她，对不对？"

我知道她说的一个是他，一个是她。

"你都记起来了吗？"我问她。

"也许吧，"七七说，"不过我觉得这个并不重要。"

"那你说说看，什么重要？"

七七竖起一根手指，放在唇边，调皮地对我说："你猜！"

我伸出手，怜爱地摸了摸她的头发。同时，我的视线扫过去，看到麦子、Sam，还有很多陌生人。他们都面带微笑，一切安好。

我想我知道七七说的"重要"的东西是什么，我将怀揣着它，藏好伤痛和遗憾，在漫长的人生路上，开始一段新的旅程。

我亲爱的图图，你会祝福我，对吗？

后记

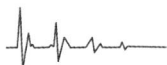

表达之欲

　　2005 年写的故事，先拍成剧，成就了一首很流行的歌《永不失联的爱》。

　　现在，它变成了电影。

　　电影有很多的改变，但书的宗旨是不变的，即人们对逝去的爱的反省和追随。

　　处于青春期的女儿和父亲之间有着没完没了的矛盾与对抗，离家出走的女儿没能见到生病的父亲最后一面，这成了她心中最大的遗憾。之后，女儿前往大美甘孜开了一家民宿，想在平静的生活里寻求内心的救赎。

　　打破平静的客人叫林南一，他是一名主唱，他所在的乐队有个很有趣的名字——心脏复苏。可惜，由于一些乱七八糟的原因，乐队解散了。两颗受伤的心相遇，不但复苏，还擦出了火花。

　　女孩感受到了心动带来的恐惧，于是对男孩说："你说，人要

是没有感情该有多好？"

男孩回答："我也曾这么想过，可是这跟死了有什么区别？"

我的偶像齐秦老师已经64岁了。就在上个月，他推出了新歌《稀客》。如果我没记错的话，这是他今年推出的第六首新歌了。里面有句歌词是我为他写的：心动，不再是常来常往的客人，你也是，也是。偶像说，唱这首歌的时候，他的心突然柔软了一下。他这么说的时候，我的心也柔软了一下。

回想过去，初次听齐秦的歌时我正在上高三，再听的时候我已经"三高"了，或许这就是创作的终极意义吧，穿越岁月的风沙，还能与那些早已稀缺的记忆奇妙重逢。

人为什么要活着？活着的意义究竟是什么？人类终其一生都在寻找答案。创作者或许无法提供答案，但一定能提供参考和辅助。作为一名创作者，尤其是女性创作者，我知道自己是幸运的。我十七岁的时候写过这样一句话：没有人永远十七岁，但永远有人十七岁。直到现在，我仍然很喜欢这句话。我也从不眷恋过去的繁荣，我知道旧的过去了，自然会有新的东西生长出来，"生命"这个词是多么准确，充满力量。

我也深知，作为一名创作者，当你的心脏还在有力地跳动，当你还能感受悲欢，还有表达的欲望时，毫无疑问，你就是幸福的。

总有人问，我们为什么要创作。我想是因为我们要表达。当你想要表达的一切从一颗心顺利抵达另一颗心时，就如同东石镇草民曹操那句耳边的寻常问候，看似漫不经心，却日复一日，像温柔的海水，漫过每一颗需要被治愈、被共情的心。

这时，你笔下的慈悲，救赎的不只是他人，一定还有自己。

人到中年，不再羞于承认活着是件很苦的事。但只要把苦看透，把苦尝够，总会有甜不可阻挡地渗出来，在字里行间，在跳跃的音符里，在山谷中，在云端上，在每个创作者想要表达的珍贵欲望里。

353

创作不死，生命不息。

心动不停，于是，爱永不失联。

感恩这本书可以再版，在我的生命里，它很重要。

爱你们。

饶雪漫

2024 年 11 月 28 日